唐朝有嘻哈

★唐詩Hip-Hop新解。從海選到決賽，★
直播大唐國民詩人freestyle說唱現場 & 燃炸battle戰

古人很潮

序

這精神上的盛唐就是：嘻哈盛唐

文／王左中右

（傳統文化愛好者。先後就讀於西安交通大學和早稻田大學，國際新聞記者出身，後參與創建和管理朝日新聞中文網及其官方微博、曾在澎湃新聞就職。）

不知道是不是從小練書法的緣故，我對漢字特別著迷。

小時候著迷的是形、橫、豎、撇、捺、勾，在我眼裡，每個漢字筆劃就跟一個兵器一樣，帥得一塌糊塗。一篇文章，就是一個冷兵器庫，鋼盔鐵甲，氣勢磅礴。

後來著迷的是「意」。喜歡諧音、喜歡對仗、喜歡押韻，所以喜歡古詩、喜歡對聯、喜歡燈謎，到後來開始聽音樂後，就迷上了最需要玩文字的嘻哈。

所以《中國有嘻哈》我一集也沒落下，每位歌手都瞭若指掌。Gai 的傳統風說唱當然合我口味的，PG one 的 freestyle 我也是甘拜下風的，小青龍和輝子的《time》音樂感出類拔萃，Jony J 的《不用去猜》，我現在開車時都是單曲迴圈。

但我最喜歡的，是孫八一。

原因我現在不說。我先跟你講講，我最喜歡的一個詩人，一個可能你沒聽說過的詩人。因為我喜歡他和喜歡孫八一的原因一樣。

鏡頭拉向西元七二八年一個陽光明媚的日子，一個年輕人在家門口陷入了迷茫。

不久前，他剛剛參加了科舉考試。本以為會等來八抬大轎和狀元通知書，沒想到等來的是二泉映月的二胡聲和來自考官的八個字：給你零分都嫌多，滾。

他托人打聽到了原因：他寫的詩不合典雅。換成今天的說法就是：不符合《基本法》。

寫詩這件事情看起來瀟灑，其實對格律、韻腳甚至用典都有著一系列的嚴格要求。

但這位詩人卻是用大白話寫詩，讓格律滾蛋，嫌平仄麻煩，幽默為主，調侃為輔，甚至在詩中用俚語俗語，深入基層與人民群眾打成一片。

所以，他的詩在傳統文人眼裡是下里巴人的粗俗玩意。考官都是喝咖啡的，但他卻是個吃大蒜的。落榜是這個詩人遭遇的人生第一次打擊。在經歷這次打擊後，詩人痛定思痛，做了個決定：繼續吃大蒜。

結果是可以預料的，在喝咖啡盛行的時代，吃大蒜的怎麼可能吃香呢，只有口臭。就這麼吃了十幾年大蒜後，已經三十五歲的詩人做了一個大膽的決定：在一個陽光明媚的早晨八點，選了一趟隨機航班，逃離了北上廣（北京、上海、廣州），隱居在山裡當了一個種田農民。

這一當，就當了三十年。

在遠離大城市的日子裡，詩人與青山綠水作伴活得瀟瀟灑灑，策馬奔騰獨享人世繁華。後來在村民的撮合下，他還和村裡的一位姑娘結了婚，沒多久就生了兒子。

有詩有魚有好酒，老婆孩子熱炕頭[1]，他過上了每個文藝青年都羨慕的生活。

然而在他六十五歲的時候，一個災難突然降臨：他的妻子和兒子突然染病，不久就雙雙離他而去。他再次回到孑然一身的狀態。

六十五歲喪偶喪子，白髮人送長髮人黑髮人，你可能覺得他的一輩子就這麼完了。並沒有。

這位詩人決定再次動身，離開這傷心之地，再尋找一個新的生活地。

在踏遍了無數房產仲介，綜合比較了房型、交通、自然環境、教育資源和車位評比之後，他選中了一套面積約六百多坪的——山洞。

細草作褥，青天為被，枕石而眠，渴了就喝洞裡的井水，餓了就去山上採野果子吃，譜寫了一曲人與自然的忠誠讚歌。

與世隔絕的生活讓他更加無視社會規則。不修邊幅，面容枯瘦憔瘁，戴著樺樹皮編的帽子，穿著破衣，拖著木屐，不久便成為一名正宗的唐朝版犀利哥。

他有時大聲念詩，有時獨自狂笑，有時對著空氣罵街，附近的山民和尚都覺得他是智障。

1「老婆孩子熱炕頭」意指平淡又幸福的田園生活。

但詩人覺得，人活一世，不是為了得到大多數人的認可，別人的認可對他一文不值，最有價值的，是找到自己的知己——他在寺院裡結交了一位和尚，這個和尚也是個異類，兩人一拍屁股即合，一摩擦就生出了火花。

兩人的對話字字珠璣，充滿了禪意，被今人廣泛地運用於QQ空間和微信上很出名的普通人中。比如：世間有人謗我、欺我、辱我、笑我、輕我、賤我、惡我、騙我，該如何處之乎？只需忍他、讓他、由他、避他、耐他、敬他、不要理他，再待幾年，你且看他。

你一定猜不到，在山洞裡，他又住了四十年，活到一〇五歲後，才和這個世界說再見。

這位詩人，因為一直我行我素，歷史上已經無法考證他的真名，後世把他一直隱居的那座山當做了他的名字——寒山。

我們說唐詩，總說李白杜甫白居易。但我喜歡上唐詩，喜歡上唐士，是從喜歡寒山開始的。

在我心中，寒山是唐士最典型的代表，是唐朝精神的縮影。

我所認為的唐朝精神，不是那些華麗的詞藻所體現出的風華絕代，而是在那個物質豐富的年代一幫詩人的人生態度。

寒山沒有因為主流不接受，沒有因為考官的標準，就政治正確，向主流靠攏。你們喝你們的咖啡，我吃我的大蒜；你們住你們的樓宇，我住我的山洞；你們錦衣玉食，我破布野果；你們觥籌交錯，我對飲而歡。

這是不羈，是獨立，是個性，是反叛，是放肆，是風清，是雲淡，是自我，是——自由。

這就是唐士，這就是唐朝精神。

同時，這也是嘻哈精神。

所以我為什麼喜歡孫八一？很多人覺得他一點都不嘻哈，嘻哈應該是寬褲，是大金鏈子，是紋身，但他穿的像個銷售員，成何體統，太不成體統了，完全是走錯片場的存在。

這就是問題所在。當你說出「應該」兩個字的時候，你其實已經不嘻哈了。嘻哈的世界裡，是沒有「應該」兩個字的。

孫八一不知道嘻哈「應該」的打扮嗎？他當然知道。他只是不想和嘻哈應該有的樣子一樣。

這才是真正的另類，這才是真正的反叛，這才是真正的個性，這才是真正的嘻哈。

孫八一也許不是詞寫得最好的，不是唱的最好的，但他是最有嘻哈精神的。這是我最喜歡他的原因。

唐朝之所以厲害，就是有一幫寒山、孫八一這樣的人存在。有你以為只是個大才子但實際上確實是個大酒鬼、古惑仔的李白；有長得醜卻依然我行我素，嘴毒上青天的羅隱：生活已經如此艱難了何必要拆穿呢，我就是要拆穿；有反穿襪子炫富成魔，又熱愛瘋狂 diss 別人的王梵志……

唐朝之所以厲害，就是有這麼一堆和歌舞昇平的盛唐格格不入的唐士。正是這樣一個個的格格不入，造就了另一個精神上的盛唐。

這個精神上的盛唐就是：嘻哈盛唐。

目次

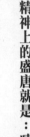

第四卷　唐朝有嘻哈八強選手

第一卷

我們從不知道寫詩的那天，
發生了什麼人們無法解釋的現象
你得看下去才知道

《贈鄰女》

魚玄機

羞日遮羅袖，愁春懶起妝；
易求無價寶，難得有心郎。
枕上潛垂淚，花間暗斷腸；
自能窺宋玉，何必恨王昌。

美麗的鄰家女子，白天用衣袖遮住臉龐，春日裡更添愁緒懶得妝扮，都是有原因的。她深深感慨嘆著，像她這樣的女子，在人世間求得無價的珍寶，是很容易辦到的事；然而，想要獲得一個至誠的心靈伴侶，卻是如此困難。為此她夜夜在枕上暗自垂淚感傷，而她經過花叢間也不免有了斷腸的思量。想著，既然已有了這樣的才貌，只要再鼓起勇氣，主動爭取，便是宋玉這樣的才子也能求得的，又何必怨恨王昌這樣的才子若即若離的態度呢？

第一回　被出軌了怎麼辦？當然是選擇不原諒他

文／抹什麼茶

這首詩的作者是唐代大名鼎鼎的三大才女之一——魚玄機，關於魚玄機，世人的爭議很多，明代戲曲作家黃周星在《唐詩快》中評論魚玄機的《贈鄰女》：「魚老師可謂教猱升木，誘人犯法矣。」教猱升木說的是教猴子上樹，常被用來比喻「教唆人幹壞事」，想來肯定不是什麼好話。而孫光憲就沒那麼委婉，在《北夢瑣言》中直接罵魚玄機「乃娼婦也」，用詞粗魯，放到現在應該屬要被消音的詞彙。只有明末的竟陵派詩人鐘惺說了幾句好話，他在《名媛詩歸》中讚魚玄機為「才媛中之詩聖」，我們都知道詩聖是杜甫，想想杜甫在詩壇的地位，這評價著實不低。

但不管是誇還是罵，這都是文人的一面之詞，歷史上對「魚玄機」並無正史記載，唯有後人支離破碎的寥寥數語，實在無法完整構建一個真實的「魚玄機」。正所謂「文變染乎世情，興廢繫於時序」，瞭解歷史人物如果不結合時代背景探究，那和鹹魚有什麼區別？所以我們不妨把歷史的時鐘再往回撥動一些，回到唐會昌四年，回到長安平康里，魚玄機出生的地方。

魚玄機剛出生的時候還不叫魚玄機，而是叫幼薇，字蕙蘭，這名字很好聽，比起當時城鄉結合部很流行的諸如李點點、張佳佳之類的「疊字名」，不知道高到哪裡去了，而這應該感謝魚幼薇的那位有文化的父親——一個多年考不上公務員的潦倒士人，魚幼薇的父親飽讀詩書，但是一生功名未成，就把心血傾注到自己的女兒身上，每天監督她吟詩作對，這有點類似於我們現在父母非要給我們報一些鋼琴補習班、小提琴補習班，讓我們去圓父母的夢。

當時鄰居都笑魚老爹，女兒教得這麼聰明有什麼用，一來不能考功名，二來女子無才便是德。但我們後人如今再看這些譏笑，無論人們如何評論魚玄機，魚玄機這個名字總歸是留到了現在，比起鄰居家那些早被遺忘在歷史長河中的孩子，高下立判。

在父親的栽培下，年幼的魚幼薇才華橫溢，滿腹經綸，加上人又好看，京城的文人騷客對這位小姑娘都很感興趣，都稱之為天才兒童，其地位好比如今的網紅女主播，當然，魚幼薇那時候又沒有經紀公司，過得不僅沒有網紅女主播好，甚至有點慘，加上家父生病早早去世，她不得不和母親做些針線漿洗活勉強度日。

在眾多欣賞魚幼薇的文人中，就有花間詞派的鼻祖——溫庭筠，他看了魚幼薇的詩忍不住上門來拜訪，看看這位小姑娘是不是真的名副其實。

溫庭筠買了水果籃，多番詢問，幾經轉折，終於在一個破舊的院子裡找到了魚幼薇一家，溫庭筠說明了自己的來意，並以「江邊柳」為題，請魚幼薇來段 freestyle。

溫庭筠之所以取這樣的題，估計是因為在來的路上在江邊遇到柳絮飛揚，有感而發，這三字頗有詩意，坦白說，以詩言「柳」難度不大，但倘若溫庭筠沒有發現美的眼睛，取了「岸邊石」、「路邊廁」這樣毫無美學可言的題目，那就著實是為難人家小姑娘了。

才華橫溢的魚幼薇果然沒有讓溫庭筠失望，略假思索就作詩一首：

翠色連荒岸，煙姿入遠樓。
影鋪秋水面，花落釣人頭。
根老藏魚窟，枝低繫客舟。
蕭蕭風雨夜，驚夢復添愁。

——《賦得江邊柳》

這首 freestyle 的遣詞造句、平仄音韻以及意境詩情，都是難得一見的上乘佳作，那些文人想破頭顱而不得，卻被眼前這個小姑娘信手拈來，這讓溫庭筠刮目相看。

再加上溫庭筠環顧四周，一片破敗狼藉，長安城裡歌舞昇平，又怎麼想得到長安郊區會有如此陰暗之地，而這陰暗之地，卻長出了一朵純潔的花，在他的眼前亭亭玉立，這極強的反差讓溫庭筠大為感觸，從此以後，溫庭筠經常出入魚幼薇家，為小魚幼薇指點詩詞，並提供一些經濟幫助。

他對魚幼薇十分疼愛，但這感情一直控制在師生、朋友的界限，從不越界，這讓人大為佩服，但魚幼薇這個小姑娘又怎麼能像年長的溫庭筠一般壓抑感情？情竇初開的魚幼薇早就把一顆心繫在溫庭筠身上。

苦思搜詩燈下吟，不眠長夜怕寒衾。
滿庭木葉愁風起，透幌紗窗惜月沈。
疏散未閒終遂願，盛衰空見本來心。
幽棲莫定梧桐處，暮雀啾啾空繞林。

——《冬夜寄溫飛卿》

這首詩內含的情意和冬天雪地裡的紅褲子一樣顯目，詩歌老炮兒溫庭筠怎麼會不明白，但是溫庭筠思前想後，覺得還是不要跨出這一步，依然以師生關係和魚幼薇相處。

細思這段感情，著實讓人感動的，溫庭筠雖然是婉約派詩人，但是他的長相一點也不婉約，醜得一看就知道是實力派，長安城的父母常常用溫庭筠嚇唬不睡覺的小孩，人稱「溫鍾馗」，其醜陋可見一斑。因此喜歡溫庭筠真的是需要勇氣的，魚幼薇看上的是溫庭筠的才華和無微不至的照顧。想來溫庭筠自然也是喜歡魚幼薇的，那時候沒有三年起步最高死刑，溫庭筠選擇克制完全是他理性的表現。

魚幼薇大膽表白，想讓溫庭筠「再靠近一點點就讓你牽手」，但是溫庭筠非但沒有靠近，反而走遠了，友達以上戀人未滿的關係讓魚幼薇很難過。但錯誤的感情沒有開始，從某種角度來說可能也是一件好事，如果一段感情開始了又不得不中止，這才是最傷人的。

而年幼的魚幼薇，很快就會明白這一點。

某日溫庭筠在家無事，突然聽見敲門聲，來者是江陵的名門之後——李億，李億這次赴京是為了繼承因祖蔭而榮獲的左補闕官職，俗稱官富二代，李億初來乍到，當然要和長安城的官宦們一起吃個飯洗個腳，活絡一下感情，方便以後官官相護（誤），這天就輪到拜訪溫庭筠了，溫庭筠說你來就來吧還帶什麼東西嘛，把他迎到家中坐，招呼他隨意就跟在自己家裡一樣，李億也著實不客氣，到處亂走，跑到書房去看看溫庭筠的書桌，說來也巧，書桌上正好放著一幅字跡娟秀的詩，你猜猜是誰的？當然是女主角魚幼薇的啊，難道還能是你的嗎？

李億看了這首詩以後十分激動，臉色漲紅問溫庭筠這是誰寫的，老到的溫庭筠自然明白李億的心思，加上他覺得魚幼薇跟了李億這個貴公子肯定不是壞事，就順水推舟，撮合二人在一起。有很多人都跟魚幼薇求婚過，但是看上的都是魚幼薇的姿色，唯有李億，是因為自己的才華愛上自己，因此魚幼薇很快接受了李億，那時候的李億已經成婚，在江陵有正房妻子，魚幼薇自願成為小妾。

陽春三月，長安繁花似錦，剛剛及笄的魚幼薇穿著嫁衣坐著花轎，來到李億的府邸，他們度過了一段快樂的時光，但是美好的時光總如課間十分鐘一般短暫，我們剛剛說到李億還有一個元配夫人，那個元配夫人見丈夫去了京城就不理自己了，自然三天兩頭發加急郵件催促，李億覺得這樣拖著也不是一回事，只好去江陵接老婆來京城。李億有元配這事情魚幼薇知道，接正房來長安這也是情理之中，通情達理的魚幼薇點點頭，讓丈夫在路上小心。

魚幼薇獨守空房，而李億也一刻不停，快馬加鞭回到了江陵，儘管李億再三斟酌言詞，但他的元配裴氏知道真相後還是怒了，原來這小子去京城電話也不接，哦不對，是信也不回，原來是在外面養了小三！而且對方不是什麼大家閨秀，是個窮苦出身的臭婊子，這一點讓裴氏尤其動怒，不論李億怎麼說好話，裴氏都不願意接受魚幼薇。

裴氏和李億剛剛到京城，魚幼薇出門相迎，結果裴氏根本沒給好臉色，直接讓人把魚幼薇按倒用藤編毒打了一頓，然後又再三逼迫，讓丈夫寫了休書，將魚幼薇掃地出門，裴姓家族是唐代著名大姓，勢力遍佈京城，你李億想要混的好，就得聽我裴氏的！

這個李億前幾個月還跟魚幼薇你儂我儂，這會兒立馬慌了，要前途不要美人。話說你作為男主角好歹也再掙扎一下啊，怎麼就直接寫了休書，和魚幼薇一刀兩斷。

表面上李億和魚幼薇分開了，但李億這小子心思還是很活絡的，私下找人在曲江找了一個道館——咸宜觀，讓魚幼薇暫時住在這裡。從此魚幼薇入觀成了道姑，取了「玄機」的道號。

「小薇啊，你忍一忍，過段時間我就來接你。」

這個場景真的太熟悉了，唐代的楊貴妃不也是被送去當女道士嗎，唐代人怎麼回事，一言不合就送老婆當道士，欺負道觀老實嗎？不過楊貴妃運氣好點，後來又被接回去了，魚幼薇就沒這麼好運了，她左等右等，可是這個妻管嚴李億就是不來，看著這春天繁花似錦，想到當年李億娶自己的時候也是這番美麗春色，忍不住賦詩一首：

山路欹斜石磴危，不愁行苦苦相思。冰銷遠磵憐清韻，雪遠寒峰想玉姿。
莫聽凡歌春病酒，休招閒客夜貪棋。如松匪石盟長在，比翼連襟會肯遲。
雖恨獨行冬盡日，終期相見月圓時。別君何物堪持贈，淚落晴光一首詩。——《春情寄子安》

這首詩首聯開門見山寫相思苦，次聯以「遠磵」、「寒峰」比喻李億，三聯表達關心，絮絮叨叨卻又含情脈脈，四聯堅信兩人的海誓山盟，堅信兩人能比翼連襟，五聯幻想和丈夫重逢，末聯是點睛之句，說的是講以上這些思念愛戀幻想關懷統統寫入詩中送給丈夫，這和後世的兒歌《歌聲與微笑》「請把我的歌帶回你的家，請把你的微笑留下」的立意不謀而合，令人唏噓不已。

如果說這個時候魚玄機還對李億抱有幻想，那麼李億舉家搬遷到揚州一事徹底讓魚玄機絕望了，魚玄機這才明白，這位有情人不會再來，她被永遠地拋棄了。

冷清的道館裡，魚玄機看著燭光微弱，月明星稀，有感而發，寫出千古佳作：

羞日遮羅袖，愁春懶起妝。
易求無價寶，難得有心郎。
枕上潛垂淚，花間暗斷腸。
自能窺宋玉，何必恨王昌。——《贈鄰女》

易求無價寶，難得有心郎，好詩，好詩，沒有魚玄機這樣的人生經歷，又怎麼可能寫得出這樣的佳句？讀這樣的詩句，再聯想到既得不到無價寶，又得不到有情郎的慘兮兮的自己，你是不是忍不住哇一聲哭了出來？

這個風華絕代、才華橫溢的姑娘沒有長伴青燈，在寫完《贈鄰女》後，她看破紅塵，不再相信愛情，她收養了幾個孤女成為弟子，寫了一張「魚玄機詩文候教」的紅紙告示貼在觀外，邀請文人騷客來探討詩歌。

我們剛剛說到，唐代的道觀跟我們想像的有點……不太一樣，唐代是我國封建社會中鮮有的較為開放的朝代，女冠之風盛行，女道士固然不乏刻苦清修的人，而借出家以便其交際之自由的，卻也不在少數，女道士不用受禮教的束縛，自由的身份讓她們能夠自由地和社會上的士人交流。

魚玄機把告示貼出門以後，當朝官員前小妾、知名美女作家、溫庭筠關門弟子，這一大串頭銜讓不少人慕名而來，吟詩作對，夜夜笙歌，還有許多少兒不宜的畫面，這裡就不一一贅述了，總之長安城的男人們都紛紛拜倒在魚玄機的石榴裙下。

這樣自由放蕩的生活持續了好幾年，直到後來，她親手殺死了自己的侍女。

皇甫枚所撰的《三水小牘》完整地記載了事情全部的經過：

魚玄機有個侍女，名叫綠翹，長得聰明伶俐（亦特明慧有色），有一天魚玄機被邀請去參加一個party，走的時候讓綠翹乖乖在家不要出去，如果有客人來就說我出門了（誡翹曰：「無出。若有熟客，但云在某處。」）。魚玄機出去玩得很盡興，到了晚上才歸來，綠翹出門相迎，如實彙報說下午有個叫陳韙的客人來了，聽說您不在，依依不捨地駕車離去了（不舍轡而去矣）。魚玄機起了疑心，那個陳韙和自己交好，以前總會耐心等自己，今天怎麼就急匆匆走了呢？

到了晚上的時候，魚玄機越想越不對，就讓綠翹到屋子裡來審問她（及夜，張燈扃戶，乃命翹入臥內。訊之），綠翹太慘了，人家孫悟空半夜去師傅房間裡學法術，結果自己半夜去主人房裡受審訊。

綠翹一五一十說了下午發生的事情，說自己真的沒有做對不起魚玄機的事情，魚玄機不信，拿鞭子鞭撻數百下，這就是你魚玄機不對了，估計以前被李億的元配夫人用鞭子打出陰影了，怎麼遇到事情這麼暴躁呢，綠翹不是魚玄機，沒那麼能挨揍，打了幾百下不行了，她知道自己死期將至，索性把對魚玄機的不滿統統發洩出來，然後魂歸西去。

魚玄機看到出了人命就慌了，強作鎮定，把綠翹埋到後院，別人問起來的時候就說綠翹趁著下雨逃跑了（有問翹者，則曰：「春雨霽，逃矣。」）。

之後依舊夜夜笙歌，好像這件事從來沒發生過一般。有一天開party的時候，一個客人喝多了，跑到後院去撒尿，看到一塊地上有蒼蠅飛來飛去，驅之不散，仔細看還有血痕，這個客人出來以後把這個事情告訴僕人，僕人又告訴自己的哥哥，他哥哥正好是員警，曾經跟魚玄機收保護費被拒絕了，趁這個機會正好報復一下（客有宴於機室者，因溲於後庭，當瘞上，見青蠅數十集於地，驅去復來。詳視之，如有血痕，且腥。客既出，竊語其僕。僕歸，復語其兄。其兄為府街卒，嘗求金於機，機不顧，卒深銜之），帶著一些衙役一起去後院挖出了屍體，這事情敗露了，魚玄機被關到大牢之中，很多文人都替魚玄機說話，結果最後還是判了死刑（府乃表列上，至秋，竟戮之）。這個故事告訴我們，保護費還是需要按時交，不然後患無窮啊。

執行死刑那天，沒有所謂武藝高強的俠客劫法場，更沒有人及時喊刀下留人，讓人大失所望，這個才情俱佳的女子就這樣香消玉殞，聞者落淚，聽者感傷。至此再看魚玄機的一生，竟驚訝地發現，她的一生與她初見溫庭筠時所作詩詞居然一模一樣。

根老藏魚窟，枝低繫客舟。

她幼年飽讀詩書，被溫庭筠賞識，隨後嫁入豪門，可是好景不長，被一紙休書逼入道觀，她短暫的一生都在泥潭中掙扎，她曾想要抓住溫庭筠，曾想要抓住李億，曾想要抓住更多男人，以為繫住這些客舟就能得到幸福，但是最後這些客舟都自顧自離去，這泥潭只剩下魚玄機一葉扁舟，她孤獨地飄蕩，永遠也找不到依靠了。

《送友人》

薛濤

水國蒹葭夜有霜，月寒山色共蒼蒼。

誰言千里自今夕，離夢杳如關塞長。

水國的夜晚被籠罩在淒寒的月色之中，清冷的月色與夜幕下的山色渾然一體，蒼蒼茫茫。

誰說友人與自己的千里之別，是從今夜開始？那離別後的夢可是杳杳遠去，竟像是迢迢關塞那樣遙遠。

第二回　唐朝第一女道士薛濤：包養小鮮肉，我覺得OK

文／抹什麼茶

《送友人》是唐代著名女詩人薛濤的代表作之一，全詩共有四句，最大特點是隱含了《詩經》名篇《秦風．蒹葭》的意境，使得詩歌的內涵被大大豐富了，以情點題，層層推進，處處曲折，是送別詩中的名篇。

如今我們形容一位女子優秀，總喜歡說「美貌與才華並存」，但仔細想想，古今真的「美貌與才華並存」的女子恐怕屈指可數，如果再給這幾位女子列個排行榜，那薛濤絕對名列前茅。可惜就是這樣一位風華絕倫的奇女子，在封建社會也無人會為她立傳，她的故事散落於各種文學筆記之中，隱藏於各種八卦軼事之中，常常一事多說，難辨真偽，我們只能儘量在一些嚴肅有根據的紀錄中窺探這位奇女子的一生。

薛濤從小就機敏過人，八九歲的時候張口就能 freestyle，出去跟人 battle 就沒有怕過，張篷舟先生在《薛濤詩箋》中這樣評價薛濤：「性情慧敏，思想開朗，饒詞辯，嫻翰墨」。據說有一天她爹薛鄖坐在院子裡沒什麼事情做，突然對著井邊的梧桐樹就來了一句「庭除一古桐，聳幹入雲中」，八歲的薛濤在旁邊玩呢，聽見這話，想都沒想就脫口而出「枝迎南北鳥，時送往來風」，薛鄖一開始挺高興的，自己女兒真聰明，可是仔細想想就不太對了，又是迎南北鳥，又是送往來風，這不就是風塵女子嗎？這個故事聽起來挺扯淡的，但也不是憑空捏造，記載於鐘惺的《名媛詩歸》，但是細細思考總覺得不太對，迎南北鳥、送往來風怎麼就只有一個風塵女子的選項了，驛站信使不也是嗎？交通警察不也是嗎？

但就這麼胡扯的一個說法，還真給它一語成讖。古人常愛說「詩讖」，指詩能預示人的命運，譬如魚玄機幼年作詩「根老藏魚窟，枝低繫客舟」，再譬如薛濤這句「枝迎南北鳥，時送往來風」，這事情教育我們沒事就別讓孩子念詩了，念出點不吉利的東西就完蛋了。

沒過幾年，薛濤的父親英年早逝，薛濤和母親相依為命，為了能夠養活二人，她不得不加入樂籍，張篷舟《薛濤詩箋》記載了此事：「（薛濤）父卒母孀，養濤及笄，以詩聞外，又有掃眉塗粉，與士族不侔。客有竊與之宴語者。貞元元年，韋皐鎮蜀，號令侍酒賦詩，因入樂籍，時年十六，越及笄僅一年。」那時候的劍南西川節度使韋皐管理四川，估計是聽說了薛濤的事蹟，就喊她來飲酒賦詩，薛濤也因此入了「樂籍」。

這樣想想薛濤挺可憐的，小時候衣食無憂，集美貌與才華於一體，結果長大以後卻成了官妓，如果放到現在，要是遇到個媒體炒作，或者某個老闆重金包養，又或者寫本書回憶一下自己的前世今生然後當個美女作家也可以，薛濤的才華用來寫本書自然綽綽有餘，更何況現在的美女作家多數連話都說不全卻也圈粉無數，難以想像薛濤要是生在當代會是什麼樣，只能說生不逢時。

不過塞翁失馬焉知非福？借助韋皋的名聲，薛濤一躍成為成都網紅，圈粉無數，從此穿梭於達官顯貴、文人騷客和名人雅士之間，儼然成為了上層人士，而這段時間是她寫詩最多的時候，高產如小野貓。

而且最重要的是，韋皋非常喜歡她。薛濤的字寫得非常好看，而且邏輯清晰，富於文采，因此韋皋讓她參與一些案牘工作，這是非常重視薛濤的表現，要知道古代女人是不會被允許參加政治的，而且韋皋還突發奇想，為薛濤申請「校書郎」一職，這個職位的門檻很高，必須進士出身，很多名人比如李商隱、王昌齡都是從這個位置做起來的，但是礙於薛濤的女子身份，這件事被駁回，但也讓薛濤名聲鵲起，大家都稱她為女校書。

按理說要這樣一直下去，也挺不錯，但是好景總是不長，很快薛濤就犯了一個錯誤，一個致命的錯誤。

韋皋作為四川的最高長官，「鎮蜀期間，治績卓著，邊功尤偉」，人們誇他是諸葛亮轉世，韋皋聽了嘴巴上說你們不要想搞些大新聞，心裡自然還是美滋滋的。當時其他國家的使者經過蜀地，當然要討好一下韋皋，那想討好韋皋，自然先要賄賂一下他身邊的大紅人——薛濤，你可以理解為去領導家拜訪給他兒子老婆包紅包，薛濤來者不拒，全部收下，但是她收了以後還不是自己用，而是全部上交給了韋皋本人。韋皋急眼了，這樣不就是敗壞自己的廉政的名聲嗎？中央反腐倡廉這麼久了，你背地裡給我搞了這麼一套，當機立斷，把薛濤流放到松州去改造。松州差不多是現在的九寨溝，你可能會說九寨溝多好啊，風景秀麗，國家五A級重點風景名勝區，但是九寨溝成為旅遊景點是近幾十年的事情，唐朝你去九寨溝試一試，真的不知道哪天就命喪黃泉了，細皮嫩肉的薛濤怎麼可能受得了這種折磨，當下發揮特長，寫了兩首《罰赴邊上韋相公二首》，希望韋皋念及舊情，可是韋皋作為節度使，政治家的鐵石心腸難以撼動，薛濤慌了，不得不放棄尊嚴，先後又寫了《十離詩》送給韋皋，其中還包括一首《犬離主》，光聽這個名字就知道薛濤真的已經不要尊嚴，但求饒命了。不過反思一下，在那個年代，一個人的自由和地位是如此的脆弱，只需要統治者一句話，所有的美好就會灰飛煙滅。

長期的寫詩打動了韋皋，韋皋念及舊情，將薛濤放回成都，薛濤也趁機脫離了樂籍，成為了一名普通人。成都太守換了十幾任，薛濤總能成為那位座上賓，真的是社交花一般的存在。

唐貞元二十一年，六十一歲的韋皋突然暴斃，不知道薛濤對此有何反應？總感覺薛濤對韋皋並不是愛情，但這不重要，因為很快，薛濤的愛情就來了。

韋皋去世四年以後，一位叫元稹的監察御史巡視地方，遇到了薛濤。元稹久聞薛濤美名，看看這位女校書到底長什麼樣，因此約梓州相見。通常來說網友見面不會有好結果的，但是畢竟人家是男女主角啊！怎麼可能出現你們一般網友見面的那種情況！

剛一見面，元稹就被薛濤深深吸引了，據傳，當晚元稹就留宿在薛濤的住處（做了什麼事大家自己想）。第二天，薛濤寫了一首《池上雙鳥》：

雙棲綠池上，
朝暮共飛還。
更憶將雛日，
同心蓮葉間。

之後他們在蜀地經常相會，度過了一段神仙眷侶般的生活，元稹和薛濤經常一起談詩論道，議論時政，在薛濤的支持下，元稹參劾了為富不仁的東川節度使嚴礪，卻由此得罪權貴，被調離到洛陽。這真的是不作死就不會死，你說你元稹還好意思反貪腐，你自己不也在蜀地養小三嗎？

薛濤原以為元稹被貶，兩人勞燕分飛，不會再有聯繫，但很快她收到了元稹的來信，這讓薛濤異常驚喜，看來元稹並不是無情之人！然後他們就通過一來一回的信件訴說彼此的思念。而正是這段期間，薛濤創製了薛濤箋，以木芙蓉皮加入芙蓉花汁，製成深紅彩箋，大小剛好能寫下一首律詩。因這種箋紙紙質細膩，風格獨特，故深受文人雅士喜愛，稱之為薛濤箋，後世多有仿製，以寄情思。

這種「薛濤箋」有幸看過一次，想來放在二十一世紀的今天，你們肯定是看不上眼的，但是在當時，這絕對是網路爆紅款。人們也因此牢牢記住了薛濤，這說來也是諷刺，可惜薛濤一生才情，最為人所道的，卻是那「薛濤箋」。

薛濤是個聰明人，她知道自己比元稹大了十歲，不可能有什麼好結果，而且人家有妻有子，還是不要影響人家的生活了，因此慢慢和元稹斷了聯繫。後來元稹去了浙江，與劉彩春在一起，薛濤知道了這件事，寫了一首《柳絮》自嘲，說元稹是「他家本是無情物，一向南飛又北飛」。

可是元稹後來又想起了她，作《寄贈薛濤》，但這時候，已經是長慶元年了。距離他們見面時，整整過去了十年。薛濤已經不再是當年那個交際花，她早已換上粗布道袍，接受孤獨終老的事實。

薛濤對元稹的愛之深，從當年初識那首《池上雙鳥》可見一斑，但愛得深往往不是好事，那些「朝暮」、「共飛還」，還有「同心蓮葉」，在分別之後看起來便會異常可笑。

元稹對薛濤是愛的，但是薛濤是不是元稹最愛的那一位，無人得知，畢竟元稹所作詩歌用心最深的那一句「曾經滄海難為水，除卻巫山不是雲」是寫給他亡妻的，而寫給薛濤的詩，不過寥寥數句而已。

大和五年七月，元稹暴病去世。次年，薛濤去世。

縱觀薛濤的一生，無論是韋皋座上賓，還是元稹摯愛，幾乎都在喧鬧中度過，即便後來成為道姑，門前依然不乏車馬。即便她死後，劉禹錫為她賦詩，段文昌為她修墓，依然生前那種人人鞍前馬後的熱鬧景象。而她死後所葬之處，百年之後的今天，遊人如織，喧囂不絕，一如當年成都太守座上賓的熱鬧景象。

這一切都很好很好，唯獨不知道，她是否真的喜歡這樣的生活呢？

《贈去婢》

崔郊

公子王孫逐後塵，綠珠垂淚滴羅巾。

侯門一入深如海，從此蕭郎是路人。

追求你的公子王孫絡繹不絕，美若綠珠的你卻暗自垂淚。
一旦嫁入豪門就如同深陷大海，從今後昔日情郎也會變成陌生人。

第三回　崔郊靠詩強勢逆襲，不從你的全世界路過

文／抹什麼茶

這首詩是唐代元和年間秀才崔郊寫的，也是他唯一被收錄到《全唐詩》中的一首詩，首句用側面襯托的手法，通過「公子王孫」的爭相追逐，襯托出這位女子的美麗，次句反映女子因此而承受的痛苦和悲傷。「侯門一入深似海，從此蕭郎是路人」，雖然沒有明指公子王孫的過錯，但是結合前面兩句來看，其寓意自然不言而喻。

「侯門一入深如海，從此蕭郎是路人」

這句話看起來是不是很熟悉？

再換一種說法，你看看能不能想起來：

「一入XX深似海，從此節操是路人」。[2]

這句當代互聯網論壇膾炙人口的話，其源頭正是崔郊的《贈去婢》。和鄉民們最愛引用的「空氣中充滿著快活的空氣」等經典名句一樣，被網友們多次再塑造。實際上這首詩不僅在現在火，在當時也引起了巨大的反響，與其背後的故事一同傳為當地的佳話。

值得一提的是，詩中所提到的蕭郎，不是蕭十一郎，具體是歷史上哪位姓蕭的，眾說紛紜，

一種說法是梁武帝蕭衍，是南朝梁的建立者，此人多才又風流，在歷史上很有名氣，長著一張偶像的臉，人見人愛，花見花開，車見車爆胎，愛慕他的女子能從城頭排到城尾，正因如此，後來的人們常用「蕭郎」來代指「女子愛戀的男子」。

但除了這個意外，「蕭郎」還有另一種說法，是指蕭史，一位傳說中的人物，特別擅長吹簫（不許想歪！）。漢朝的劉向在《列仙傳．卷上．蕭史》中記載：蕭史善吹簫，作鳳鳴。秦穆公以女弄玉妻之，作鳳樓，教弄玉吹簫，感鳳來集，弄玉乘鳳、蕭史乘龍，夫婦同仙去。

這個故事講的是秦穆公有個女兒叫「弄玉」，長得非常好看，不僅有副好皮囊，還是個吹笙高手，有一天她做夢夢到跟一個非常英俊的少年蕭笙合奏，吹完一曲依依不捨，少年在弄玉夢醒之前告訴她：「我叫蕭史，住在華山，我經常聽到你吹笙，所以特地來夢裡和你做個朋友，夢醒以後，請一定要來找我啊！」

弄玉把這件事跟自己的父親秦穆公說了，央求父親派人去華山找那位英俊少年，換成一般的父親肯定以為少女懷春，不放在心上，但是這個父親就對女兒很寵溺，派人去找，沒想到還真的找到了這位少年，趕緊帶回來和弄玉成婚。

婚後生活自然很美滿，他們每天吹笙吹簫，活得不亦樂乎，有一天飛來一隻龍和一隻鳳，把他們載走了。

2 網路常用例句：「一入腐門深似海，從此節操是路人。」

哇，男女主角就是爽啊，不僅可以夢裡約會，還有靈獸可以駕馭，真的是羨煞旁人了，這段奇事，《東周列國志》上有「弄玉吹蕭雙跨鳳，趙盾背秦立靈公」的詳細記載。

說完了這些，主要是為了讓你明白，蕭郎通常代指被少女喜歡的男子，而這首詩裡的蕭郎是指代了崔郊本人，可見崔郊真的太不要臉了。

咱們再說回這首詩，這首詩背後的故事比前面說的神話故事都要精彩。

崔郊是元和年間的一個普通秀才，普通到想知道他的故事得要從于頔的傳記裡才能看到，他寓居在襄州的姑姑家裡，姑姑家的婢女姿容秀麗，還善音律，好清純好不做作，跟外面那些妖豔賤貨完全不同啊，簡直太厲害了，正當青年的崔郊看了，自然把持不住，日久生情，和婢女互生愛戀之情，但是他姑姑的家境不好，當了一回人販子，把婢女賣給了當時的襄州刺史——于頔，于頔給錢四十一萬，在古時候這錢絕對不是小數目，可見那個婢女真的是難得一見的美人。

按道理來說，一般人這時候也就知難而退了，趕緊從對方的全世界路過，正常人沒事幹嘛跟刺史過不去，但是崔郊對那個婢女是真愛，他日思夜想，茶飯不思，就想再見婢女一面。等到寒食節前，崔郊跑到于頔府邸門口的柳樹下偷偷待著，準備給對方一個驚喜，撩妹技能 Max！果然那天婢女出門了，他們倆相見以後馬上老鄉見老鄉，兩眼淚汪汪，發誓一定要終生相愛。但是畢竟人家買了這姑娘，私奔會連累自己的姑姑，崔郊沒辦法，只好發揚讀書人的本事，寫了一首詩。

也就是開篇的這首《贈去婢》，一入侯門深似海，簡單的翻譯一下就是「向權貴勢力低頭」，這樣的題材，落入有心人的手裡，很容易橫生事端，崔郊看來平時人緣也不好，好事者看到這首詩，直接抄到了于頔的桌子上，等于頔一看這首詩，就趕緊問問身邊的人這是什麼意思，旁邊的人七嘴八舌把事情說了，于頔是個聰明人，就明白了發生了什麼事情，喊人去把崔郊請來。崔郊剛寫完這首詩，就被喊去喝茶，自然知道所為何事，瞬間慌了，內心是崩潰的，但不去也不好，只好惴惴不安地上門拜訪，沒想到于頔並沒有怪罪他反而對他說：「你為什麼不早把這件事告訴我呢？」然後把那個婢女賜給了崔郊，還給了一大筆錢當嫁妝。

崔郊都驚呆了，一臉傻樣，完全沒有明白發生了什麼，只好不停作揖道謝。

哇，沒有什麼事情是一首詩解決不了的，有的話，那就再寫一首。

生活不比電視劇，大團圓結局並不常見，崔郊因為愛情寫出這首傳世名詩，又因這首詩而抱得美人歸，仔細想想，于頔本人的寬容大度和成人之美自然很重要，但是如果沒有崔郊的水準，寫出一首狗屁詩放在于頔桌前，別說賜美人歸了，沒準會把他狗腿打斷。

所以說，知識真的才是第一生產力啊，朋友們！

《歎花》

杜牧

自恨尋芳到已遲，往年曾見未開時。

如今風擺花狼藉，綠葉成陰子滿枝。

想尋訪春色卻太晚前往，花兒已經凋謝，再悔恨也無濟於事。回想起曾經見過花含苞待放的樣子，也曾期待過再次相見時花已亭亭玉立的景象，想到這裡，心中更添惆悵。

風雨無情的使得鮮花凋謝，春天已然過去，綠葉繁茂，果實纍纍，當年的妙齡少女如今已經結婚生子。

第四回 深情vs.薄情：顏控杜牧有話說

文／抹什麼茶

這首詩的作者是大名鼎鼎的杜牧，杜牧，字牧之，號樊川居士，是唐代傑出的詩人、散文家，因為晚年居住在長安的南樊川別墅，所以後世也親切地稱呼他為「杜樊川」，著有《樊川文集》。杜牧寫七言絕句特別厲害，內容也多以詠史抒懷為主，他的詩歌成就頗高，但在他前頭已經有個杜甫了，因此稱呼他為「小杜」，乍一聽總感覺好像在罵人肚量狹小。

杜牧在唐代的文學地位很高，《宣和書譜》誇他：「牧作行草，氣格雄健，與其文章相表裡。」董其昌《容臺集》稱：「余所見顏、柳以後，若溫飛卿與（杜）牧之亦名家也。」謂其書「大有六朝風韻」，這都是很高的評價。而在現代，但凡上過小學，肯定聽過杜牧的名字，畢竟人家是多次被選入到九年制義務教育必讀課文的男人，著名的《阿房宮賦》就是他寫的，想必不少讀者曾經因為背不出這篇文章而被罰站過，此刻是不是仇人相見，心中有無數念頭在奔騰？

在課文上看杜牧，他總是在批判這個批判那個，今天罵罵「阿房宮」，明天批評「一騎紅塵妃子笑，無人知是荔枝來」，每次他寫時政內容，總能在大唐時政論壇引發人們激烈的討論。

其實杜牧的仕途並不順利，雖然不算境遇慘澹，但他一直沒有進入唐王朝的核心組織內，不過他並沒有因為自己沒有受到重用而在詩句中流露過不滿。

不得不說杜牧本人確實生不逢時，如果生在盛唐也許能有大作為，只可惜他所處的年代，唐的氣勢依然江河日下，盛唐的氣息一去不復返，皇帝才庸，邊疆戰亂，宦官轉正，黨爭激烈，內憂外患。

在這麼一種環境之下，杜牧四處遊歷，他遊經赤壁時，他說，「東風不與周郎便，銅雀春深鎖二喬」，用一種全新的視角反思王朝興衰。經過華清宮的時候，他感嘆「一騎紅塵妃子笑，無人知是荔枝來」，雖然沒有談及唐朝如何，卻點出當年安史之亂的緣由。夜泊秦淮，歌舞昇平，可是，大家把酒言歡，唯獨杜牧一反常態地作詩「商女不知亡國恨，隔江猶唱後庭花」，借古諷今，讓人唏噓不已。

但你別看杜牧談起政治頭頭是道的，好像很嚴肅的樣子，其實他的撩妹能力也是相當厲害，就拿文章開頭這首詩來說，背後還有一個非常淒美的傳說（餐巾紙準備）。

在高彥修纂的《唐闕史》中，記載了這樣一個故事。

當時杜牧在宣州當幕僚，聽說隔壁湖州景色很美，風物妍好，且多奇色，就經常跑去遊玩，當時的湖州刺史很熱情好客，每次杜牧來了都擺酒設宴，喊了很多歌姬跳舞助興，但是杜牧的興致並不高，覺得「美矣！未盡善也」，後來在湖州看到了一個小姑娘，年十餘歲，杜牧一直盯著那小姑娘看，越看越喜歡，就把小姑娘和小姑娘的媽媽接到船上，母女很害怕啊，怎麼大白天的耍流氓嘛，杜牧安慰母女說別擔心，我不是流氓，然後就把對小姑娘一見傾心的事情告訴了小姑娘的媽媽，只因為在人群之中多看了你女兒一眼，從此未能忘掉她容顏，希望能夠許配給自己。流氓有文化，誰見誰都怕，杜牧一番話讓小姑娘的母親覺得這人器宇軒昂，說出這種話臉都不紅，是個人才，當下就有把女兒許配給對方的心思。但是小姑娘現在年齡太小，杜牧就先定了一個小目標，十年以後來娶，十年以後不娶那就嫁給別人。

小姑娘的媽媽收了禮金，十年以後杜牧沒來可以把女兒嫁給別人，不就可以又收一筆禮金，如此想想心裡還真有點小激動呢！

想來杜牧當時應是意氣風發，覺得自己這麼有才華，肯定仕途順利吧。但人算不如天算，計畫趕不上變化，雖然杜牧同志工作勤勤懇懇，但公司高層一直不重視杜牧同志，先後派遣杜牧同志去了黃州、池州、睦州當刺史，一直到杜牧的好朋友周墀成了宰相，杜牧趕緊抱了一波大腿，他朋友也就成人之美，讓他去湖州當刺史，但這已經距離杜牧初見小姑娘十四年了。

杜牧興匆匆來到小姑娘的家，那個小美人胚子長大以後愈發美麗動人，跟外面的妖豔賤貨果然不一樣，可惜早就嫁人了，連孩子都三歲了，杜牧頓時就傻了，無語凝噎，小姑娘拍拍孩子的頭：「叫叔叔！」

為什麼會變成這樣……明明是我先……看到她也好，喜歡她也好，下聘禮定十年之約也好……（杜牧OS）

但也沒辦法，畢竟十年之約已過，總不能讓人家無限期等自己吧。

杜牧只能選擇原諒她，失魂落魄的杜牧回到家裡，哭暈在廁所，有感而發，寫出文章開頭的這首《歎花》。

此詩一出，一時傳為佳話，詩句之中那種傷感撲面而來，讓人忍不住為之哀歎。杜牧於這個小姑娘還只是錯過，除了一見鍾情，沒有其他的愛情糾葛。但是杜牧和張好好的愛情，就真的值得讓人唏噓一番了。

關於張好好的生平，歷史文獻中所說不多，所幸的是杜牧自己所作的《張好好詩》，已經把自己和張好好的故事說得七七八八。

《張好好詩》序：牧大和三年，佐故吏部沈公江西幕，好好年十三，始以善歌來樂籍中。後一歲，公移鎮宣城，復置好好於宣城籍中。後二歲，為沈著作以雙鬟納之。後二歲，於洛陽東城重睹好好，感舊傷懷，故題詩贈之。

君為豫章姝，十三才有餘。
翠茁鳳生尾，丹臉蓮含跗。
高閣倚天半，晴江連碧虛。
此地試君唱，特使華筵鋪。
主公顧四座，始訝來踟躕。
吳娃起引贊，低回映長裾。
雙鬟可高下，才過青羅襦。

盼盼乍垂袖，一聲離鳳呼。
繁弦迸關紐，塞管裂圓蘆。
衆音不能逐，嫋嫋穿雲衢。
主公再三歎，謂言天下殊。
贈之天馬錦，副以水犀梳。
龍沙看秋浪，明月遊東湖。
自此每相見，三日已為疏。
玉質隨月滿，豔態逐春舒。
絳唇漸輕巧，雲步轉虛徐。
旌旆忽東下，笙歌隨舳艫。
霜凋謝樓樹，沙暖句溪蒲。
身外任塵土，樽前且歡娛。
飄然集仙客，諷賦欺相如。
聘之碧瑤佩，載以紫雲車。
洞閉水聲遠，月高蟾影孤。
爾來未幾歲，散盡高陽徒。
洛城重相見，婥婥為當壚。

怪我苦何事，少年垂白鬚。
朋遊今在否，落拓更能無？
門館慟哭後，水雲愁景初。
斜日掛衰柳，涼風生座隅。
灑盡滿襟淚，短歌聊一書。

——《張好好詩》

《張好好詩》的序說得很清楚，杜牧在唐文宗大和二年（西元八二八年）考上進士，第二年就奉旨赴江西觀察使幕，江西南昌沈傳師邀請杜牧來家裡吃飯，在席間看到了十三歲的張好好，這位身穿翠綠色裙子的姑娘羞澀登場，低頭不語擺弄裙襬，「主公顧四座，始訝來踟躕」通過主人沈傳師的失態表現張好好的美麗。張好好「盼盼乍垂袖，一聲離鳳呼」，這美妙的嗓音「眾音不能逐，嫋嫋穿雲衢」。沈傳師聽了一直感嘆很好聽，至於究竟是這人沒見過什麼世面還是張好好太優秀，這個你們自己判斷。總之這樣的姑娘讓杜牧眼前一亮，當場就愛上了（杜牧同志還真是容易一見鍾情呢）。

杜牧當時年紀輕輕，才華橫溢，張好好對杜牧也頗有好感，此後他倆經常約會，湖中泛舟，才子佳人，本來是一段佳話，但是事情沒有我們想得那麼簡單，我們剛剛說的沈傳師的弟弟，也看上了張好好，近水樓臺先得月，很快就納為自己的妾。

張好好是沈傳師的家妓，沈傳師又是自己的主管，總不能跟主管搶女人吧！杜牧只好望妓興歎，只好帶著酸楚回到了長安。

正如歌詞所唱，你會不會突然地出現，在街角的咖啡店[3]。那時候沒有咖啡店，但是有很多小酒館，而多年以後「洛陽城重見」，當年那個萬人迷的張好好居然成了賣酒女。跟老朋友見面，結果對方過得很落魄，想想都覺得很心酸啊。

這段感情也就這樣錯過，杜牧同志動不動就會錯過感情，希望也能反省一下是不是因為自身體質的緣故，據說後來杜牧死後，張好好特地來到長安，在杜牧的墓碑前哭了好幾天，悲慟而死。

自古有情人多難成眷屬，但是能夠有願意為自己而死的愛人，已經足夠了。

不過，男人總是有多情和無情的兩面，至於對誰多情，對誰無情，男人說了算。

杜牧作為一個男人，同樣也並不總是如他詩歌中所表現得如此多愁善感又溫柔的，你要知道，他可是寫過《嘲妓》的男人啊！

盤古當時有遠孫，尚令今日逞家門。一車白土將泥項，十幅紅旗補破褌。
瓦官寺裡逢行跡，華嶽山前見掌痕。不須惆悵憂難嫁，待與將書問樂坤。

——《嘲妓》

說起嘲妓，這應該是唐朝文人的一個傳統。

現在你是一個唐朝人，跟朋友出去喝酒，喊了一個妓女陪酒。

如果對方長得好看，那就罷了，如果對方長得有些「差強人意」，甚至「令人髮指」，那你該怎麼辦？

涼拌囉。

叫過來的陪酒女如同潑出去的水啊，自己喊的陪酒女，哭著也要把酒喝完囉。

喝完就喝完吧，喝完以後，富有詩意的唐朝人還非要送對方一首詩。

就比如說這位杜牧先生，他經過陝縣，在酒店消費的時候，一個不怎麼樣的妓女陪酒，他就寫了首詩諷刺對方。

我們來欣賞一下這首詩：

「盤古當時有遠孫，尚令今日逞家門。」這句話是諷刺對方身形很肥大，就像那開天的盤古一樣，話說唐朝人不是以胖為美嗎？看來也不全是如此啊。

「一車白土將泥項，十幅紅旗補破裈。」諷刺對方把一整車的白泥抹到自己的脖子上，用旗子縫補自己的內衣。

我在瓦官寺裡看到有你蹤跡，在你的華嶽山前看到有掌痕（此二句都是諷刺對方肥胖）。

既然你是大佛，那不用擔心嫁不出去了，寫封信讓山神樂坤幫幫你吧！

3 此句取自《好久不見》，歌手陳奕迅的歌曲。

這種罵人不吐髒字的方式比起如今動不動就提生殖器官，真的不知道高到哪裡去了，只是不知道那位胖胖的妓女小姐姐識字否，如果識字的話，看到這首詩的心理估計覺得自己倒楣透了。

看看杜牧的《歎花》，看看杜牧對張好好的懷念，再看看《嘲妓》，我們不難得知。男人對你深情不深情，溫柔不溫柔，關鍵在於你好看不好看，如果你喜歡的人總是對你很冷漠，你卻不知道原因，買把鏡子照一下，沒準你就知道答案了。（大誤）

《寫情》

李益

水紋珍簟思悠悠，千里佳期一夕休。

從此無心愛良夜，任他明月下西樓。

躺在編織著水紋花樣的珍貴竹席之上，思緒萬千，心中難以平息。期待已久的一場約會，如今卻成為泡沫，再也不可能實現。

從今往後再也無心欣賞這美麗的夜景，管它明月下不下西樓。

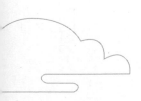

第五回 名妓霍小玉現身說法，如何一眼識破不可靠的男人

文／抹什麼茶

《寫情》是唐代詩人李益創作的一首詩。描寫的是漫漫長夜，主人公因為心愛的女子爽約而悶悶不樂，甚至有些絕望的苦悶之情。全詩語言簡練，以景托情，別具一格，主人公望穿秋水而不得的那種失落之情躍然紙上。

那麼現在問題來了，這首詩到底是寫給誰的呢？

在司馬紫煙的《紫玉釵》筆下，這首《寫情》被作者當成遣情送別之作，是十二歲的李益寫給他青梅竹馬的玩伴的，那玩伴要嫁去表兄家，這是李益和她最後相聚的一個夜晚，可是翻遍關於李益的傳記，都找不到這位玩伴的紀錄啊，我書讀得少，司馬兄你可別騙我！

又有人說著是李益寫給傳奇名妓霍小玉的，之所以這麼說，也不過是依附於唐傳奇小說《霍小玉傳》的猜想而已，沒有依據，更何況霍小玉這人是否真的存在都眾說紛紜，怎麼能拿來當做這首詩的主角呢？

所以究竟李益詩裡失意的源頭究竟是哪位姑娘，實在不得而知，我也不在這裡牽強附會。只不過前面提及的《霍小玉傳》，這小說以李益為主角，其中倒是有一個動人的故事可說。

大歷年間，有個隴西書生，名叫李益，明明可以靠顏值吃飯，他卻偏偏要靠才華，「生門族清華，少有才思，麗詞嘉句」，二十歲就考中了進士，實打實的學霸，這一看就是男主角體質嘛。但這個時候男主角還有一個致命的缺憾，那就是沒有女朋友，正所謂書生風流，這年頭不風流一下真的不好意思說自己是讀書人！於是他到處尋找名妓，但一直沒有如願。

長安正好有個媒婆，叫鮑十一姐，一聽就知道這家人沒有理會國家計劃生育的政策，這個鮑十一姐人脈寬，路子廣，哪家哪戶有什麼好人家未嫁，一清二楚，資料齊全，堪比當代相親門戶網站。鮑十一姐覺得李益這小夥子不錯，就介紹了我們的女主角——霍小玉，給李益認識。

霍小玉何許人也？霍王跟寵婢的私生女，霍王死了以後，霍王家人嫌棄霍小玉母女低賤，湊了點錢把她們趕出去了，霍小玉母女就隱姓埋名，改姓「鄭」，不僅長得好看，而且音樂詩書，無不通解。最重要的是，霍小玉也久仰李益才子大名，很是傾心。

李益這一聽，非常高興，霍王之女啊，姿色豔麗啊，琴棋書畫樣樣精通啊，簡直撿到寶貝了嘛，更重要的還是自己的粉絲，想想這網友見面的場景還有點兒小激動呢！

於是上門去拜見，果然如同鮑十一姐所說，是個人間尤物，霍小玉站在屋裡，「但覺一室之中，若瓊林玉樹，互相照曜，轉盼精彩射人」，霍小玉看到李益也是心中歡喜，平時常常念他「開簾風動竹，疑是故人來」的詩，此刻看到偶像本人，怎能不激動呢？

一見如故的他們當晚就睡在了一起，一番兒童不宜的不可描述過後，霍小玉突然就哭了起來，剛想睡覺的李益見美人哭了瞬間就慌亂了，問她怎麼了。

霍小玉說：「妾本倡家，自知非匹。今以色愛，托其仁賢。但慮一旦色衰，恩移情替，使女蘿無托，秋扇見捐。極歡之際，不覺悲至。」這段話的意思就是說，李益你是個官富二代，我根本配不上你，你今天對我這麼百般的好，就是因為我長得好看，等到我人老色衰，你肯定就喜歡別人了。

李益聽了很有感觸，「乃引臂替枕」，對自己臂彎裡的美人說：「平生志願，今日獲從，粉骨碎身，誓不相舍。夫人何發此言。請以素縑，著之盟約。」這段話你不用我翻譯也知道了，肯定就是李益承諾對方一生不離不棄啊之類的鬼話，李益「請以素縑，著之盟約」，應該是句客套話，霍小玉倒好，還真的就「命侍兒櫻桃褰幄執燭，受生筆研」，而李益也是提筆就來，「援筆成章，引諭山河，指誠日月，句句懇切，聞之動人」。哇，這畫面太美我不敢看，當代人上完床都是呼呼大睡的，你上完床起來還要潑墨寫文，文化人果然就是不一樣，我得喝杯八十二年的白開水壓壓驚。

仔細看看這段描述，霍小玉這段話倒是情真意切，千百年來無數女子都說過同樣的話，李益這個回答也是字字誠懇，但男人們的回答無論多麼深情，最後遵守諾言的又有幾個呢？沒有遵守山盟海誓的男人千千萬，李益不是第一個，也不會是最後一個。

霍小玉和李益快活地過了兩年，李益被授予鄭縣主簿的官職，到了四月李益要走馬上任，順便回家一趟，當官了不回家，如錦衣夜行，和鹹魚有啥區別？

在李益臨行前，霍小玉對他說：「以君才地名聲，人多景慕，願結婚媾，固亦眾矣。況堂有嚴親，室無冢婦，君之此去，必就佳姻。盟約之言，徒虛語耳。然妾有短願，欲輒指陳。永委君心，復能聽否？」

以你的名聲，願意嫁給你的姑娘肯定很多，而且你一直沒有結婚，這次回去家裡人肯定會讓你結婚，締結真正美滿的婚姻，兩年前你在床上給我許下的諾言，不過是空談而已，但是我有一個小小的心願，請你一定要滿足我。

李益嚇了一跳，怎麼突然就要談心啊，你有話就說啊，我當然選擇滿足你。

霍小玉說：「我現在十八歲，你二十二歲，古人云三十而立，你三十歲結婚也來得及，那麼我們還有八年的時間，在這八年裡，我們盡情享受人生的樂趣，八年以後我主動離開，你再去和名門望族的女兒結婚，我絕無異議。」

李益被霍小玉的真心告白感動，也流下了淚水，承諾她一定會回來迎娶她。「至八月，必當卻到華州，尋使奉迎，相見非遠。」故事後面的發展就出乎了他倆的意料，也是嘛，想要什麼事情都能順從你的心意？不存在的。

李益回家以後，果然如同小玉所說，家裡安排了他跟門當戶對的表妹盧氏結婚，李益的太夫人太過嚴厲，李益根本不敢說什麼，一切都聽家人安排。

都二十二歲了，遇到這種事情該怎麼做你心裡沒點數嗎？還是你心底裡其實也想跟你的盧表妹結婚？身體很誠實就算了，嘴上連不要也懶得說了？

很快八月就過了，李益知道自己背棄了諾言，自然沒臉再去見霍小玉，而且狠了狠心斷絕了所有的聯繫，希望霍小玉忘了自己，開始新生活的篇章。

喂！醒一醒！新生活的篇章是說翻就翻的嗎？你以為翻書呢李益同學？有考慮過人家小玉同學的心理陰影面積嗎？

別看霍小玉總說自己跟李益配不上，但是心裡還是存在著幻想的，也總覺得對方會回來，這也是大多數女生的小毛病，心口不一，說得很灑脫，心裡很難過，最後受傷的卻還是自己。

另一方面，李益這邊日子也並不舒服，名門望族的大家閨秀也不是那麼好娶的，對方家裡獅子大開口，「聘財必以百萬為約，不滿此數，義在不行」，我們也不必去深究「百萬為約」到底是多少錢，看看現在相親結婚女方家長肯定又要房子又要車，也就知道這肯定不是什麼能夠輕易達成的目標。

李益家裡沒什麼錢，百萬聘禮肯定是拿不出的，只好去各地親戚家眾籌，渡過長江、淮水，從秋天一直奔到夏天。李益因為自己背棄盟約，長期拖延回去的期限，什麼消息也不帶給小玉，就想斷絕她的希望，遠托親戚朋友，不讓洩漏這事。

小玉在家等啊等啊，等不到良人，就寫信給李益，可是對方的回信「虛詞詭說，日日不同」，小玉「博求師巫，便詢卜筮，懷優抱恨，周歲有餘。羸臥空閨，遂成沉疾」，去求神占卜問愛人的動態，看來小玉真的急了，小玉想李益想到成疾，如此忠貞也沒啥可說的，所以說大家平時要多積累一些興趣愛好，把所有精力都放在男人身上，男人一撤退，你就會跌倒，靠什麼不如靠自己啊，男人真的是不可靠啊！

後來李益湊齊了聘禮，到京城裡偷偷成親，不讓別人知道，原本這事兒密不透風，但是李益有個表弟，名叫崔允明，為人很老實。過去李益和小玉還在一起的時候，小玉經常拿些衣物柴草接濟崔允明，這次李益進京，崔允明想起小玉曾經對自己這麼好，現在又這麼可憐臥病在床，就把李益進京的事情告訴了小玉。

小玉在病榻之上聽說了李益進京卻不來看自己，哀怨歎息。但李益覺得自己違背了諾言，此刻小玉又病重，自覺沒臉去見小玉，於是早出晚歸，想以此回避小玉。我不知道霍小玉和霍元甲之間有沒有什麼血緣關係，如果有的話，我真的強烈建議霍小玉此刻去一腳把李益這個負心漢踢死。

到了三月，李益和朋友一行人去崇敬寺去欣賞牡丹花，突然來了一位豪士，他看到李益，就上來作揖，說自己是李益的小迷弟，十分仰慕李益，希望李益能去自己的住處盡情喝酒玩樂。李益心說還能有這種好事，果然人傻又沒有金錢觀，就跟著去了，可是那個豪士並非真的邀約。李益和小玉的事情早就傳遍京城，那些豪士俠客都感嘆霍小玉的多情，此刻看到李益不過是施計騙李益去小玉家裡去。

豪士帶著李益左拐右拐，李益覺得不對，這怎麼這麼像小玉的住處啊，就勒馬欲歸，豪士怒喝：「來都來了！還想跑！」命令家僕拖著李益進了霍小玉的家門。

霍小玉聽到自己的李郎來了，臥病已久的她，原本翻個身子都要人來幫忙，此刻卻如有神助，飛快地換了衣服去見他，看到李益以後，「含怒凝視，不復有言。羸質嬌姿，如不勝致，時負掩袂，返顧李生。感物傷人，坐皆欷歔」。兩人坐下以後相顧無言，霍小玉舉起一杯酒，澆到地上：「我為女子，薄命如斯！君是丈夫，負心若此！韶顏稚齒，飲恨而終。慈母在堂，不能供養。綺羅弦管，從此永休。徵痛黃泉，皆君所致。李君李君，今當永訣！我死之後，必為厲鬼，使君妻妾，終日不安！」說完以後，抓著李益的手悲慟地大呼三聲，氣絕身亡。

看到自己曾經的愛人死在了自己的懷裡，李益此刻才明白自己到底做錯了什麼，他不斷地呼喚著小玉，就像當年一般，可惜小玉再也不會醒來了。

李益為小玉穿上了白色的喪服，從早到晚哭泣，等到將葬之夕。生忽見玉穗帷之中，顧謂生曰：「愧君相送，尚有餘情。幽冥之中，能不感嘆。」說完以後，就再也沒有出現了。

李益和小玉分開以後，自己的情感生活也不幸福，彷彿真的被小玉詛咒了。他有一天恍惚看到盧氏的房間裡有一個小鮮肉正抱著盧氏，進去以後卻找不到人，從此生疑，經常鞭打盧氏，後來一紙休書把盧氏休了。李益曾遊歷廣陵，得到一個叫營十一娘的名姬，他曾經對十一娘說：「曾經我因為我的女人做錯了事情，就親手把她殺了。」他天天對營十一娘這樣說，就是想讓對方怕自己，以此肅清閨房內淫亂的事。李益一生娶妻三次，他的每個女人都被他懷疑，最後得了一個「善妒」的名聲。

我們回頭再看李益與霍小玉的愛情，李益一開始找霍小玉，他的目的只是尋找名妓消遣，他從頭到尾只是貪戀霍小玉的美貌，而霍小玉其實很早就明白自己和對方是不會有好結局的，再加上門第之見和李益自身的軟弱，方方面面的因素疊加，注定了他倆的悲慘結局，

關於《霍小玉傳》中的這位隴西才子李益，究竟是不是歷史上那位寫詩的尚書李益，歷史上眾說紛紜，《霍小玉傳》中寫李益少有才思，麗詞嘉句，時謂無雙，又寫韋夏卿為其「密友」，結尾部分著重描寫了李益好嫉妒的毛病，這和《舊唐書．李益傳》所載的尚書李益簡直一毛一樣，因此有人認為蔣防所寫的就是那位著名詩人李益，後來魯迅認為不過是「出於附會，以成異聞者也」。

《霍小玉傳》記載是真是假，兩個李益是否為同一人，已經無從得知，但兩人的愛情故事始末和故事背後發人深省的人生哲理，卻值得每一個人去深思，如果對方剛認識就許諾這個許諾那個的，可一定要當心啦！霍小玉用生命換來的識別渣男方法，可一定要熟記於心哦！

《山居秋暝》

王維

空山新雨後，天氣晚來秋。
明月松間照，清泉石上流。
竹喧歸浣女，蓮動下漁舟。
隨意春芳歇，王孫自可留。

空曠的群山沐浴了一場新雨，夜晚天氣清涼帶來了秋意。皎皎明月從松隙間灑下光，清清泉水在山石上淙淙淌流。竹林葉聲沙沙響起，洗衣的少女歸來，蓮葉輕搖想是上游蕩下輕舟。春日的芳菲留不住就由它去吧，此情此景下隱居的王孫自然決心在山間久留。

第六回　王維：「救命，總有黑粉想害我！」

文／拂羅

第一問，盛唐全民偶像級的詩人是誰？

你肯定能回答出來，是李白。

第二問，盛唐還有誰的名氣超越了孟浩然等人，和李白肩並肩？偷偷給你個提示，他的仕途比較穩定，在京城當公務員，姓王。

有些機智的讀者可能已經想到了，暫時想不出來也沒關係，噓，咱們來翻翻參考答案。

答案就是王維。

和其他盛唐年間的詩人比起來，公務員王維算是混得不錯的那一個，他和李白大大的性格完全相反，一直浮浮沉沉地在官場生活，今天要講的就是這位王維大大。大概有的可愛讀者要激動了：「求王維和李白大大的八卦！」

很遺憾，這兩位大大之間根本沒有發生過故事，甚至沒能成為朋友，關於緣由，現世人也是眾說紛紜，例如階級不同，完美地錯過了，又例如因為文人相輕，還有說性格不合適的……總之實在可惜。

王維大大的青春是什麼樣呢？關於他的童年生活，記載並不是很多，只知道他還有個弟弟王縉，他自己曾寫到過幾句「亡母故博陵縣君崔氏」「樂住山林，志求寂靜」[4]……由此看出，這兄弟倆出生在虔誠的佛教徒家，所以都信仰佛教，「詩佛」的名號也是這麼來的。

王維是個早熟的少年，十五歲就離開家來到京城，加入了長安城文學圈，以小才子的身份漸漸活躍起來，又會寫詩又會作畫，還精通音樂，據說長得還好看，這麼一個小鮮肉小才子，當然受到了王公貴族的一致追捧，要多風光有多風光。

這位小才子究竟有多厲害呢？咱們來看看那首中小學生必學的《九月九日憶山東兄弟》。

獨在異鄉為異客，每逢佳節倍思親。遙知兄弟登高處，遍插茱萸少一人。

「我獨自在外地做客人，每到節日就分外思念親人，那些兄弟都在重陽節這天登高，可惜插著茱萸的隊伍裡，他們卻發現唯獨少了我一人。」

這首詩寫得非常直接，簡單粗暴，卻包含著深沉的思念之情，不以自己的視角來寫別人，反以兄弟的視角來寫自己，十分精妙。千年後的學生們朗讀這首詩的時候，一定想不到，這首詩的作者是個十七歲的小哥哥——王維十七歲時就能寫出這樣的詩，可以說是非常早熟了。

小才子王維在長安城活躍了幾年，正是熱血中二病的年紀，他不甘心只當個文青界的領袖

4《請施莊為寺表》

了：「不行，我要當官！」

關於這個，還有過一個故事，不知真假。[5]

想當官就得考試，考過了才能當官，可王維雖然有才華，但還是沒啥信心。為什麼呢？內幕自古都有，唐朝也不例外，當時有個叫張九皋的富二代，私下巴結了當朝公主，公主又讓主考官內定了張九皋當第一名。

自己看似是沒啥機會了，怎麼辦呢？王維左思右想，找到了自己的朋友岐王，說了這件事，這個岐王以愛才出名，當然也十分偏袒王維。岐王也左思右想，終於想出個好主意——他給王維量身定做了一套華服，把他給打扮得美美的，讓他帶著自己的文稿，偽裝成樂師混入了公主府。

王維的顏值不低，公主當場就眼睛一亮：「哎，那位小哥哥，你叫什麼？」

岐王神助攻，趁機把王維給誇了一通，讓他拿出自己的文稿給公主看。公主看完之後二話都沒說，就把內定好的張九皋給踹下去了，推薦王維小哥哥當了第一名。

張九皋：「公……公主？」

公主：「信號不好沒聽見沒聽見。」

有了公主的推薦信，王維順利通過了地獄級別的唐朝高考，關於他是多大年齡時通過的，有兩個說法，第一是說二十一歲，第二是說三十一歲，且不糾結年齡，總之王維就這麼成功應聘到了大唐集團，當了個太樂丞。什麼是太樂丞？就是在朝廷裡負責禮樂方面的官。

當著當著，就莫名其妙地出事了。

王維在任時，他手下的伶人傻乎乎地舞獅子，舞了個什麼顏色呢？喜慶的顏色——土豪金！土豪金在古代是王權的顏色，這下可就鬧大了，再被好事者這麼傳，終於傳到了上頭耳朵裡，王維就這麼躺了個槍，稀裡糊塗地給貶去濟州當司倉參軍了。[6]

皇上：「除了朕，誰也不准舞土豪金的獅子！」

王維：「人……人在家中坐，禍從天上來？」

幸好過了四年，張九齡執了政，把王維給調回來擔任了右拾遺，後來又擔任監察御史。好日子過了沒一年，老好人張九齡下臺了，奸相李林甫上臺了，讓王維出塞當了涼州河西節度幕判官，也就是在出任的半路上，王維寫下出名的《使至塞上》。

李林甫這個大反派上臺之後，官場就漸漸地由白轉黑。官場自古小人多，爾虞我詐已經是常態，比起一個個都猴精猴精的專業從政人士，文人們剛直不阿，就往往在其中吃大虧，大多不久就退了官場圈子，例如鄙視權貴的李白。

王維入圈之後才深知：「貴圈真亂。」

他在之後升了幾次職，卻沒啥高興的，因為他是個矛盾的人，一方面對官場失望，一方面又捨不得離開官場。怎麼辦呢？最後他乾脆在京城的藍田山麓蓋了個大別墅[7]，過著半當官半鹹魚

5《集異記．王維》

6《唐語林》：「王維為太？樂丞，被人嗾令舞黃獅子，於是出官。黃獅子者，非天子不舞也。」

7《舊唐書．王維傳》：「得宋之問藍田別墅，在輞口。」

的小日子，天天過去打個卡了事，就回來和好朋友出去玩，還業餘參悟佛道，十分悠然自在，在此期間作了不少詩。

渭城朝雨浥輕塵，客舍青青柳色新。勸君更盡一杯酒，西出陽關無故人。

——《送元二使安西》

這首詩是他送別友人去邊疆時所作，後來被人譜了曲，名叫「陽關三疊」「渭城曲」，是樂府廣為傳唱的名曲。全詩省略了繁瑣的送別情景，只寫出了最高潮處的情景，上路的時刻終於到來，楊柳自古就是送別之物，詩人卻別出心裁地寫了「朝雨」「青青」等色彩明快的詞，讓離別也充滿朝氣。

實際上，王維的詩句也大多喜歡用明快的色彩，比起他的黑白畫作，他的詩作色彩搭配極其恰當。他是標準的山水田園派詩人，在邊塞詩的造詣上卻也不低，可謂全才。

王維安逸的小日子一直過到了五十多歲，就在這時候，安史之亂爆發了。安祿山一路攻陷長安城，皇上帶著楊貴妃慌慌張張地跑路，王維也跟著跑路，但他比大部隊慢了一拍，被安祿山給抓住了。8

在存在感極低的杜甫已經悄悄跑路的時候，王維因為名氣太大，被安祿山給看得死死的。安祿山這人雖然是個大老粗，卻是王維的腦殘粉，他一臉崇拜地拽著王維，親親熱熱地說：「大大，加入俺們的陣營吧？」

王維：「我選擇死亡……」

安祿山：「大大，我老崇拜你了，我給你官當。」

王維：「救命，我被私生飯（喜歡刺探藝人私生活的粉絲）纏住了……」

根據記載，王維為了躲避，還特意調製過毒藥服用，讓自己暫時變成啞巴，卻還是被迫出任了叛軍的偽職。有一天安祿山在凝碧池設宴席，梨園的大唐伶人們不願為叛軍表演，摔下樂器慟哭，被安祿山所害，王維此時被囚禁在普施寺，從好友裴迪口中聽了這個消息，無比悲痛，提筆寫下一首日後救了他性命的詩。

萬戶傷心生野煙，百僚何日更朝天。秋槐葉落空宮裡，凝碧池頭奏管弦。

——《菩提寺禁裴迪來相看說逆賊等凝碧池上作音樂供奉人等舉聲便一時淚下私成口號送示裴迪》

後來戰亂終於平息，王維因為給叛軍當過官，本應該被斬首，所幸他弟弟王縉求情，願意削

8《舊唐書·王維傳》：「祿山陷兩京，玄宗出幸，維扈從不及，為賊所得。維服藥取痢，偽稱瘖病。祿山素憐之，遣人迎置洛陽，拘於普施寺，迫以偽署。」

去自己的官職換哥哥一條命，皇上的臉色這才稍稍緩和了一些，之後有人又向皇上進貢了那首詩，澄清王維是身不由己。

皇上讀完了詩，表示十分感動：「來人，把小王放出來！」9

小王也很感動，當即寫首詩來感謝皇恩。

忽蒙漢昭還冠冕，始覺殷王解網羅。日比皇明猶自暗，天齊聖壽未云多。
花迎喜氣皆知笑，鳥識歡心亦解歌。問道百城新佩印，還來雙闕共鳴珂。

——《既蒙宥罪旋復拜官伏感聖恩竊書鄙意兼奉簡新除使君等諸公》

王維很幸運，只是被降級處理，而與他同批出任為官的人都被弄掉了，之後他繼續在朝廷做官，步步高升，最後做到了尚書右丞。

六十歲時，王維終於走完了自己的一生，他在床榻上寫信向親友告別，然後從容地辭別了人世。這一生作詩上千首，留給後世四百多首，大多都是山水田園詩，詩中滲著佛家禪意，其人也空靈淡泊，生前身後都被無數人追崇。南宋的敖陶孫就曾形容「王右丞如秋水芙蕖，倚風自笑」。

初入京城的清秀少年是他，清雅淡泊的才子官宦是他，被囚敵營之中聲聲哀哭的中年詩人是他，遲暮時寫完一紙書信坦然合眼的老人亦是他。

他這一生倒不像是在文字中，竟像是那路旁的花木，不明豔不惹眼，只是長久地在天地間搖曳，等你合上書卷，無意間匆匆一瞥，才驀然頓悟。

原來這就是王維。

9《舊唐書．王維傳》：「維以《凝碧詩》聞於行在，肅宗嘉之。」

《井欄砂宿遇夜客》

李涉

暮雨瀟瀟江上村，綠林豪客夜知聞。
他時不用逃名姓，世上如今半是君。

這個小村子傍晚的時候風雨瀟瀟，沒想到遇到的綠林好漢竟也知道我的名字。當年我根本就不用隱遁荒野，因如今的世上多半都是你們這樣的綠林好漢啊。

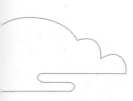

第七回　迷弟遍地是一種怎麼樣的體驗？

文／拂羅

從前有個詩人叫李涉，我們今天要講的就是他的故事。

大家對李涉這人可能有點陌生，可能會一臉疑惑「這誰？」正常，在唐朝這個天才畫家雲集的年代，李涉這人在文藝圈裡並沒有那麼出名，所以他的詩句也沒有選到各大學校的教材裡，就連他本人的記載也只是寥寥幾句，雖然寫了一百多首詩，但混得的確不如大大們好，只是個小畫家。關於他的事兒挺少，就兩件，卻還挺出名。

李涉這人，大概是中唐時期人，出生在洛陽，家裡有五個兄弟，年輕的時候和弟弟李勃一起在廬山香爐峰那邊隱居學習，這一對兄弟都是學霸，後來都做了官。值得一提的是，他倆當年曾經養了一頭白色的鹿，當寶一樣養著，還用白鹿的名字給自己家取了名。[10]

可能有人要問了，不就是養一隻白化病的鹿嗎，怎麼還值得記載？

你還別說，鹿這動物在古代的地位真是特別高，這就要從古代人迷信開始講起了。第一，這鹿的確是好看的動物啊，尤其是白鹿，更好看。第二，鹿諧音「祿」，在古代有政治的寓意，比如張晏注解過「鹿喻帝位」，除此之外，鹿還被視作神物，尤其是白色的鹿，那都是仙人的坐騎，都是神仙鹿。

李涉和李勃不知從哪抱來了一隻白鹿養著，這事兒就好比某家某戶養了一隻完全不白目且時刻高冷帥氣的哈士奇一樣稀奇，大家爭著轉發推薦，這頭鹿當然就紅起來了。甚至現代還有因此出名的「白鹿洞書院」。

白鹿心想：「想不到有朝一日我也成名留千古的網紅鹿了。」

在這樣悠閒的環境下，李涉寫過一首《牧童詞》。

這首詩畫面優美，語言輕快，詩中的牧童頗有種天真爛漫的趣味，正猶如你我小時候，拿著假的木刀木劍比比劃劃，天不怕地不怕的模樣。

只是出來做官之後，和自己弟弟比起來，李涉接下來的仕途就不那麼順利了，一開始他做過太子通事舍人（掌管皇帝與太子的朝見引納等事），不久之後因為做錯了事被貶到峽州當參軍，這一貶謫就是十年。究竟什麼事呢？其實是政治上站錯了隊伍，當時有個宦官得罪了皇帝要流放，李涉細細一尋思，這宦官平時這麼受寵，力挺他準沒錯，於是寫了奏摺給皇帝送去，這一送就壞事了，不僅沒得到什麼好處，反而因為站錯隊伍，自己先被流放了。[11]

大唐記者團：「李涉大人，當年你上交奏摺，是出於什麼目的？」

李涉：「我當時吧，覺得腦子一熱，就沒管住自己的手……」

10《唐才子傳》：「嘗養一白鹿，甚馴狎，因名所居曰白鹿洞。」

11《唐才子傳》：「未幾，以罪謫夷陵宰，十年蹭蹬峽中。」

在流放的十年期間，李涉沉痛地反思了自己的過去，他和小網紅詩人的張祜認識，還寫過一首詩給張祜，也就是這首《岳陽別張祜》。

這首七言詩挺長，其中有兩句還算出名「策馬前途須努力，莫學龍鍾虛歎息」，就是說「年輕人啊，要向著前途努力，不要像一事無成的老人一樣就知道歎息」。

李涉就這麼等了十年才回京，這次的待遇還不錯，被任命為國子博士，可惜沒當幾年官，竟然又被貶到了康州。李涉的心情那叫一個鬱悶啊，所幸他在南山認識了一個和尚，經過大師指點，才把心中的鬱悶抒發出來，還寫下一首出名的詩《題鶴林寺壁》。

終日昏昏醉夢間，忽聞春盡強登山。
因過竹院逢僧話，偷得浮生半日閒。

「我很久以來一直渾渾噩噩，有天忽然發現春天就要過去了，便勉強打起精神去登山，卻在寺廟裡認識了一位高僧，談了很久，我心中的苦悶已經散了不少，難得在碌碌的塵世裡偷得半天清閒呀。」

這首詩的寫法是欲揚先抑，第一句和最後一句起到很好的對比，最後又稱點睛之筆，這是李涉晚年對人生道理的感悟，讓宋朝的大詞人蘇軾成功被圈粉，感悟出了同樣的意境。後世《唐才子傳》記載過他的詩風「涉工為詩，詞意卓葷，不群世俗」。

李涉這一生不被官場所容，兩次被貶謫，他的晚年我們無從所知，因何而逝也沒有記載，但能作出這樣樂觀的詩句，想必也不會終日陷入愁苦之中吧。

其實李涉最出名的事蹟不是養鹿和被貶，而是因為遇見了強盜，強盜竟然啥也沒搶，就搶了他一首詩回去，李涉當時就因為這件事，紅了。[12]

說是李涉某一年去看望自己當刺史的弟弟李勃，運氣不太好，坐船路過九江的時候，忽然一陣陰風吹過，草叢裡跳出十幾個大漢：「停船！俺老大要打劫！」

李涉心裡囉噔一聲，心想要破財消災了……

一個大漢提著刀問：「船上是誰？」

船家戰戰兢兢地回答：「是……是李涉博士……」

雙方迷之沉默片刻，對面強盜頭子忽然大喜：「哎呦喂，要真是李涉博士，那俺們就不搶博士了，俺可是他的腦殘粉，早聽說李涉博士有才，希望他今個兒能給俺們一首詩。」

（震驚！迷弟當夜橫刀截住大大的船，竟為了大大的親筆詩幹出這種事……）李涉懸著的心一下就啪嘰落下了，同時又有點小小的高興，這地方竟然也有自己的小迷弟，他一高興，也就不那麼害怕了，於是揮筆就寫了首詩給強盜頭子。

12《唐詩紀事》：「涉嘗過九江，至皖口遇盜，問：『何人？』從者曰：『李博士也。』其豪酋曰：『若是李涉博士，不用剽奪，久聞詩名，願題一篇足矣。』涉贈一絕云。」

暮雨瀟瀟江上村，綠林豪客夜知聞。
他時不用逃名姓，世上於今半是君。
——《井欄砂宿遇夜客》

「村落傍晚夜雨瀟瀟，這些綠林好漢竟然也知道我的名字，看來他當時根本不必隱姓埋名地逃竄，因為世上多半都是你這樣的豪傑啊！」

這首詩表面上用詼諧的口吻所寫，最後一句卻道出了李涉眼中的世態蒼涼，對現實有著深切的感慨。強盜們看過這首詩，紛紛震驚地讚歎：「不愧是文人大大，這詩寫得真他娘的好！」於是強盜們拽著李涉往山寨走，非要大酒大肉地招待他，臨別的時候還硬往李涉口袋裡裝禮物。

「哎呀，不要了不要了……」

「哎呀李博士，你跟俺們客氣什麼，拿著拿著……」

李涉就這麼被一群強盜客客氣氣地歡送著，一路往弟弟李勃的住處而去了。這件事就看出，全民素質很重要，要大力提高全民素質。

設想一下，要是當年那強盜沒有文化素質：「船上何人？」

「李涉博士！」

「李涉是哪個鬼？砍了砍了！」

李涉，卒。

李涉其人的生卒年不詳，只留下這段生平與趣事在書裡，正如以上所述，這種趣事是很講究天時地利人和的，倘若少了一個因素，李涉就會成為強盜刀下的亡魂了。可大唐畢竟是一個見證過不少奇跡的時代，所以才讓這段趣事成為佳話，得以流傳。

大唐，真是個有趣的朝代。

《題李凝幽居》

賈島

閒居少鄰並，草徑入荒園。
鳥宿池邊樹，僧敲月下門。
過橋分野色，移石動雲根。
暫去還來此，幽期不負言。

幽居之處少有鄰居，只有一條草徑伸進荒園。夜晚池塘邊上，小鳥棲樹；在月光之下，老僧敲門。歸途中走過小橋，田野色彩斑斕。白雲飄飛，山石如在移動。暫時離開此地，不久就將歸來，相約共同歸隱，到期絕不失約。

第八回 敢罵皇帝不懂詩？分分鐘收拾你沒商量

文／拂羅

今天來講講「騎驢推敲」[13]的那位賈島。

在大唐的諸位詩人裡，賈島算是骨骼很清奇的一個，從外號上就能看出來。那時文壇裡各路知名網紅都有一個響噹噹的外號，這才算是有認證級別的知名網紅，比如詩仙李白、詩聖杜甫、詩鬼李賀，賈島當然也是其中一個，但他的外號不走尋常路，他叫詩奴。

顧名思義，賤兮兮地拜倒在喵星人爪下的兩腳獸叫貓奴，賈島則是拜倒在詩文下面的兩腳獸。他出生在一個貧苦的家庭，沒有記者願意給一個貧困家庭拍紀錄片，所以賈島的早年經歷不詳，只知道他十九歲開始雲遊四方，後來還認識了外號同樣清奇的「詩囚」孟郊，寫了不少詩。

賈島對詩詞的狂熱已經到了瘋魔的地步，一天不寫渾身難受，他自己就說過「一日不寫詩，心源如廢井」。可寫詩之前得吃飽飯啊，吃飽飯還得找個工作啊，找啥工作呢？那就去考試吧！於是賈島懷揣著夢想顛顛地去京城參加了科考，一次沒中，兩次沒中，三次沒中……大唐的科考是地獄級別的，直到三十歲，他也沒能考中一次，終於窮得連頓飯都吃不起了。

賈島：「懷疑人生。」

我們都知道文人們一旦懷疑起人生，是會寫詩發洩的，但賈島沒有，賈島一懷疑人生，再加上窮，他幹了啥呢？他蹭蹭蹭地跑去寺廟裡當了和尚，起了個法號叫無本。態度貌似很真誠，老和尚喜出望外：「佛門歡迎你！」[14]

賈島：「噓，我絕不會告訴方丈，我當和尚是為了蹭寺廟的飯。」

三十多歲的賈島就這麼留在了寺廟裡，天天蹭寺廟的蘿蔔白菜吃，由於早年家窮，再加上寺廟太清淨，久而久之就養成了高冷的死宅性格，不喜歡和普通人交往，《唐才子傳》中形容他「所交悉塵外之士」。他整天也不跟人說句話，都做啥呢？當然是做詩奴該做的事，除了吟詩還是吟詩，被稱作苦吟詩人。

於是眾和尚就能看見這麼一個情景：寺廟裡那個叫無本的和尚，站著吟詩，坐著吟詩，走路吟詩，吃飯吟詩……幾句詩能來回地嘮叨一年。甚至還俗之後，每次大過年的時候，他都認認真真地把自己的詩稿往桌上一放，再認認真真地拜幾拜。

「無本他不累嗎？」

「不知道，我就知道他這麼走路，遲早得撞柱子上。」

某年某月的秋天，這句預言終於成真了。話說這一天，賈島騎著小毛驢顛顛地橫穿過長安城的大街，當時滿地落葉，一下勾起了他的詩興，當即吟出一句詩來：「落葉滿長安。」

---

13 相傳賈島曾在驢背上，不停地想著詩的句子中，到底要「推」字還是用「敲」字。

14《唐才子傳》：「初，賈島連敗文場，囊篋空甚，遂為浮屠，名無本。」

然後就詞窮了。

接下來接一句什麼呢？賈島苦惱地揪著頭髮想了又想，想了大半天，終於靈光一閃：「誒嘿，秋風吹渭水！這麼美的詩，我可真是個天才，痛快痛快……」

又寫了兩句新詩，創作使人快樂，正搖頭晃腦地洋洋得意呢，沒瞧見一個大官的儀仗隊正走過來，正好衝撞進去，被人當場給拿下。那大官兒的職位是京兆尹，有多大呢？相當於現在的市長。

「市長，前面有個會騙錢的和尚！」

「不不不，我不騙錢，我寫詩……」

然而這位市長顯然不想聽他嘮叨，也不想讀他的詩，直接揮揮手，把他給啪嘰一下扔大牢裡去了，關了一宿才放出來。[15]

同寺和尚：「無本哎，你可長點兒心吧！」

賈島顯然沒長記性，因為過了幾年，他又犯了同樣的蠢事。這天他是去探望一個叫李凝的朋友，在山上轉了好久才找到李凝的家門，這時候已經是夜深人靜的時候了，一敲門，李凝沒在家，但這趟還真沒白來，賈島觸景生情，寫了首詩。

閒居少鄰並，草徑入荒園。鳥宿池邊樹，僧推月下門。
過橋分野色，移石動雲根。暫去還來此，幽期不負言。

——《題李凝幽居》

第二天他騎著毛驢進長安城，半路坐在毛驢上，越想越糾結「昨天寫的詩，那句『僧推月下門』，到底是用『推』好呢？還是『敲』好呢？」他就一邊做推門敲門的動作，一邊顛顛地進了城門口，對四周一切渾然不覺。

長安城百姓：「離這人遠點，怕是個神經病。」

歷史總是驚人的相似，此時又來了個京兆尹的儀仗隊，這次的市長是誰呢？是文學圈裡大名鼎鼎的韓愈。賈島沒吸取上次的教訓，又闖了一次首長的儀仗隊，又被人當場擒拿了：「市長，前面有個會騙錢的和尚！」

賈島：「我不騙錢，我作詩……」

幸好這次的市長是韓愈大大，韓愈一聽他這麼說，當場就來了興致，問他是怎麼回事，賈島如實相告。韓愈也琢磨了半天，說：「用敲吧，敲門才是有禮貌的好青年，夜色裡靜中有動，多活潑！」

賈島眼睛發光：「好好好！」

這次和第一次的結局截然不同，賈島這次不僅沒被扔監獄去，還跟韓愈做了朋友。[16]不過以上的故事就有點兒玄了，因為根據記載，韓愈當上京兆尹的第二年就病逝了，而賈島卻是早就跟

15《唐才子傳．賈島傳》：「時秋風正厲，黃葉可掃，遂吟曰：『落葉滿長安。』方思屬聯，杳不可得，忽以『秋風吹渭水』為對，喜不自勝，因唐突大京兆劉棲楚，被繫一夕，旦釋之。」

韓愈做了朋友的，他們倆的相識，還有另一個版本。

當時有個規定，和尚午後不能外出，賈島還不算是個徹徹底底的宅男，當了兩年和尚終於忍受不住了，憤而寫了首詩發牢騷「不如牛與羊，猶得日暮歸」！

這首詩正好被韓愈給看見了，韓愈看他有才，便鼓動他：「來啊，還俗做官啊。」

正好賈島還塵心未斷，就樂顛顛地還了俗，背個小包考試去了。考上了嗎？沒有。先前他滿心以為自己能考上，大筆一揮，寫了篇《病蟬》：「什麼黃雀和烏鴉，都想害蟬」，這個牢騷有點兒發大了，於是當即被考官給刷了下去，還落了個「舉場十惡」的惡名。

這就很尷尬了。

賈島表示很無奈，還寫了一首詩來表達自己很無奈。

> 十年磨一劍，霜刃未曾試。今日把示君，誰有不平事？
>
> ——《劍客》

「用十年磨礪出一把劍，還未一試鋒芒，今天取出來給您看看，誰有不平事，就請告訴我。」

他在這首詩以劍客自喻，劍客磨礪好了寶劍，卻找不到賞識他的人，一朝終於遇見了知音，劍客立刻拿出寶劍，要一展身手。全詩刻畫出劍客與劍的形象，托物言志，充分表達了賈島感慨自己無人賞識的歎息。

賈島就這麼一次一次地考試，一次一次心驚膽戰地等結果，一次次地落了榜，和當時的許多人一樣，堪稱考場釘子戶，最後他的朋友韓愈和孟郊都病死了，他還沒考中。

賈島漸漸地老了，他仍然推敲著自己的詩，考著自己的試，餓了就勒緊腰帶，直到頭髮都花白了，他才終於考了個一官半職。這次總應該算是鐵樹開花了吧？沒有，賈島是個沒長心的人，為了詩，他都能兩次衝撞市長，還有什麼事他做不出來？

話說這一天，賈島約了朋友來青龍寺玩，幾個朋友顯然沒有時間意識，賈島左等右等也沒看見他們的影子，閒來無事，拿出稿子作詩吧！於是他就拿出手稿，推敲著琢磨詩句，從天亮琢磨到天黑，那幾個朋友還沒來——他被人給放鴿子了！

得了，放就放吧，賈島也不計較，正好也累了，乾脆趴在桌上呼呼大睡起來。

等他迷迷糊糊地睜開眼睛，卻看見自己的手稿已經被人給拿起來了，有個穿著闊綽的傢伙正拿著稿子看。賈島的起床氣顯然比較大，他一下就把自己的稿子給奪過來了，還怒罵：「你個滿面油光的胖子一看就不懂詩，看什麼看！」

滿面油光的胖子被他罵得一愣，啥也沒說，轉身就走了。17

16《唐才子傳》：「後復乘閒蹇訪李凝幽居，得句云：『鳥宿池邊樹，僧推月下門。』又欲作『僧敲』，煉之未定，吟哦，引手作推敲之勢，傍觀皆訝。時韓退之尹京兆，車騎方出。不覺衝至第三節，左右擁至馬前。島具實對，未定『推』、『敲』，神遊象外，不知回避。韓駐久之，曰：『敲字佳。』遂並轡歸，共論詩道。結為布衣交，遂授以文法。去浮屠，舉進士，自此名著。」

17《唐才子傳．賈島傳》：「一日，宣宗微行至寺，聞鐘樓上有吟聲，遂登，於島案上取卷覽之。島不識，因作色，攘臂睨而奪之曰：『郎君鮮醴自足，何會此耶？』帝下樓去。」

起床氣害人不淺，後來賈島才知道，這人是微服私訪的皇帝。他當時就給嚇得跪了，連忙跑到宮裡去賠罪。

皇上：「要是道歉有用，還要貶謫有何用？」

捨得一身剮，敢罵皇帝死胖子，這件事教育我們，做人不要做外貌協會，要對人家的相貌一視同仁，歧視別人的人終會遭殃。不久之後，賈島就被貶到長江縣當一個小小主簿去了，六十一歲的時候，他又改任普州司倉參軍，三年之後病逝於任。

根據《唐才子傳》中的記載，賈島病逝的時候，家裡只有一張古琴、一頭驢子而已。回望他這一生都是為了作詩而活，那句「十年磨一劍」恰好能表現出賈島對詩的態度，被叫做詩奴，就是因為他的反覆推敲苦吟，在煉字煉句和煉意方面都下了極大的功夫，卻又渾然天成，看不出修改的痕跡，所以才被韓愈大力稱讚。而他的詩風大多荒涼淒苦，是送別寫景或懷舊之作。

> 圭峰霽色新，送此草堂人。麈尾同離寺，蛩鳴暫別親。
> 獨行潭底影，數息樹邊身。終有煙霞約，天臺作近鄰。
>
> ——《送無可上人》

這首詩是賈島某次落榜之後，與堂弟無可禪師同住在草堂寺，後來無可禪師要遠遊，送別所作。整首詩對仗工整，潭水映出人孤獨的身影，一路疲憊，讓人無數次靠在樹邊休息，最後兩句又表達出賈島對佛禪的頓悟，離別之事，不必太重。尤其是「獨行潭底影，數息樹邊身」更是名句，賈島對於自己的詩是很尊重的，居然還特意給這兩句加了個注釋「兩句三年得，一吟雙淚流。知音如不賞？歸臥故山秋」。

還有一首最出名的《尋隱者不遇》。

松下問童子，言師採藥去。
只在此山中，雲深不知處。

這首詩的內容豐富，精煉地描寫出人物、語言與環境，也刻畫出「雲深」「松下」這樣隱者所居的環境。黃叔燦《唐詩箋注》評價「語意真率，無復人間煙火氣」。

有一首詩是這樣高度評價賈島的，據說是韓愈所作「孟郊死葬北邙山，從此風雲得暫閒。天恐文章渾斷絕，故生賈島著人間」。不過這首詩存在爭議，最早出現在晚唐韋莊的《又玄集》中，宋代時又有人懷疑此詩並非韓愈所作，但均無證據。

後世不少詩人都學他的苦吟，雖然有後世人誤解了推敲的意思，一味講究煉字，變得內容空洞，但的確表現出大家有多狂熱地崇拜賈島。例如晚唐有個叫李洞的人，尊稱他為「賈島佛」（宋．周密《齊東野語．賈島佛》），南唐還有個叫孫晟的人，甚至把他的畫像給掛起來，天天膜拜。賈島大抵生來就是和詩詞有緣的，是真正的詩癡，一個人只有真正懷著熱切的心思，才會在外人眼裡成癡，樂此不疲。他是值得被人膜拜的，若要為賈島量身定做一幅畫像，大抵就是那一襲白衣、身影不在塵世中的詩僧形象吧。而賈島其人，恰好可用他自己寫的一首詩《絕句》來形容。

海底有明月，圓於天上輪。得之一寸光，可買千里春。

《宮詞》

張祜

故國三千里，深宮二十年。

一聲《何滿子》，雙淚落君前。

故鄉和親人遠在千里之外，深居宮中二十年。淒慘地唱一聲《何滿子》，
只能在君王的面前，眼淚嘩嘩地流。

第九回　詛咒竟然生效，哎呦喂，我就恨我這嘴和手

文／拂羅

他性子狂放不羈，提劍浪跡江湖間；他詩風浪漫，生於顯赫之家，名士風流。

他才情古高，因被朝中官員嫉妒，逐於山水之中……

什麼？你以為我要寫李白？噢不，不不不，且聽我繼續往下講。

在盛唐的繁華已經過去，李白杜甫也早就退出文學圈的年代，也就是中唐至晚唐時期，出現了一個李白的狂熱追隨者，他叫張祜，是個文壇小網紅。

張祜可謂是詩仙大大的狂熱死忠粉，以追隨李白為己任，不僅詩風像李白，性格也像李白，一生狂放不羈愛自由，也最愛提著劍自詡俠客。被朋友杜牧稱為「張公子」[18]，也有海內名士的美名。

這位名士對李白大大究竟有多崇拜呢？有詩為證「古來名下豈虛為，李白顛狂自稱時」，「可勝飲盡江南酒，歲月猶殘李白身」……他的確是個有才華的人，也的確和李白一樣跳出了自古以來的套路，堅決不學什麼科舉文章，就不，偏不。

不一心追求科舉，幹啥呢？當然是做俠客該做的事，浪跡江湖，張祜早年在江湖裡四處亂轉，一心鑽研詩句，也喜歡仗劍行俠仗義，還因為行俠仗義吃過虧。

說是某天夜晚，一個打扮得很高格調，很有江湖俠（騙）客（子）風格的大漢拿著皮袋子來到張祜家，說自己剛殺了追尋十年的仇人，皮袋子裡是仇人的頭，而他還有個恩人沒報答，問張祜能不能借他一點錢，好讓他去報答恩人。

「張大俠，你相信我，我把這人頭押給你，天亮就回來還錢！」

其實話說到這兒，機智的人已經能反應出一二了，但張祜顯然不是個機智的人，居然相信了，還掏出自己全部的積蓄給了江湖騙子。他天真地坐在屋裡等啊等，等到天亮也沒見那廝回來，他害怕自己牽扯上人命官司，就打開皮袋子一看，裡面的確是個頭，只不過是個豬頭。

張祜：「……」

傾家蕩產買了個豬頭肉。

當天張祜家有沒有燉豬頭肉吃，我不知道，我只知道這事兒反映了張祜的性格有多不拘小節，他自己寫過一首《到廣陵》，來形容自己早年有多狂放不羈：「一年江海恣狂遊，夜宿娼家曉上樓。嗜酒幾曾群眾小，為文多是諷諸侯。」

張祜就這麼一直玩到了三十多歲，終於開始為自己的事業操心起來，於是頻頻結交那些有頭有臉的大人物。有一次他拜訪丞相李紳，自稱「釣鼇客」，李紳覺得一頭霧水，就問：「你用什麼釣鼇？」

18 杜牧《登池州九峰樓寄張祜》：『誰人得似張公子，千首詩輕萬戶侯。』

張祜：「用彩虹。」

「用什麼做魚鉤？」

「用新月。」

「那你用什麼做魚餌？」

張祜大笑：「用您李紳大人啊！」

李紳一愣，隨後也大笑，送了他不少禮物才讓他走。

張祜在文學圈裡雖然不算是超級知名網紅，但也很有名氣，尤其在創作宮詞上出類拔萃，其中一首《宮詞》特別出名：「故國三千里，深宮二十年。一聲何滿子，雙淚落君前。」

「故鄉遠在三千里之外，在深宮已經待了整整二十年，如今我唱起那首《河滿子》，不禁在君王面前流下兩行眼淚。」

這首詩將一個宮女深鎖在宮中幾十年的淒涼情景勾勒出來，其中表達的怨愁非常具有感染力，是張祜最出名的作品之一。杜牧就曾評價「可憐故國三千里，虛唱歌詞滿六宮」。

《宮詞》是組詩，一共兩首，這是其中的第一首，原名其實是叫《河滿子》。根據《唐詩紀事》記載：唐武宗即將撒手人間之際，孟才人在床前照顧，流著淚為他唱了一曲《河滿子》，等到唐武宗撒手人間，她也哀痛過度而死。張祜聽說之後，還特意寫過一首《孟才人歎》。

幾年之後，機會終於來了，唐朝有個叫令狐楚的宰相，看了張祜的這首《宮詞》，頓時覺得「哇，寫得太好了，我得給皇上推薦推薦」，於是他興高采烈地讓張祜準備了三百首詩，一併給唐憲宗遞了上去：「皇上，你看看，你看看……」

本身有才，有人推薦，張祜就這麼被人賞識，按理說不用多久，他就應該當官加薪，當上總經理，出任CEO，走上人生巔峰了。張祜還沒來得及小激動，忽然就得到一個壞消息，完了，半路殺出來一個元稹，這事兒被元稹給擋下了。

這是怎麼回事呢？原來唐憲宗拿著詩給宰相元稹看了，元稹這人站杜甫派，是李白大大的黑粉，也不喜歡李白大大那種狂放的性格。他捧著張祜的詩掃了一眼，覺得沒啥厲害的，都是雕蟲小技，要是召他入宮，會帶壞了整體詩風。[19]

張祜就這麼被揮揮手打發走了：「大哥，什麼仇什麼怨。」

過了一年，張祜又聽說文學圈知名網紅白居易來杭州當刺史，就樂顛顛、傻呼呼地拿著自己的詩去拜訪白居易大大，讓他推薦推薦自己：「大大肯定能欣賞我！」

張祜是被元稹給莫名其妙打發走的，其中幾首詩當然也吐槽了對元稹的抱怨，他萬萬沒想到，白居易是元稹的密友……白居易看完這些詩，當時沒說啥，心裡卻當然有點不痛快。後來張祜和另一個叫徐凝的人爭推薦名額，一查分，白居易覺得徐凝的詩更好，這個「覺得」就頗有些讓人玩味了。[20]

19《唐才子傳．張祜》：「上因召問祜之詞藻上下，稹曰：「張祜雕蟲小巧，壯夫不為。若獎激太過，恐變陛下風教。」上頷之。由是寂寞而歸。遂客淮南。」

張祜就這麼又莫名其妙地得罪了白居易一次，據說他一委屈，就去找比他小二十多歲的忘年之交杜牧：「杜老弟啊嗚嗚嗚……」

杜牧聽說這件事之後，非常憤怒：「白居易和元稹，他倆欺人太甚！」

於是杜牧就寫詩《寓懷寄蘇州劉郎中》批評白居易，節選詩中幾句「天子好文才自薄，諸侯力薦命猶奇。賀知章口徒勞說，孟浩然身更不疑」。

杜牧：「摸摸頭，張大哥，咱不理白居易。」

百感中來不自由，角聲孤起夕陽樓。
碧山終日思無盡，芳草何年恨即休？
睫在眼前長不見，到非深處更何求。
誰人得似張公子，千首詩輕萬戶侯。

——《登池州九峰樓寄張祜》

中唐文人相輕之風嚴重，官場更是如此，張祜莫名其妙地遭遇了兩次打擊，從此再也不願意當官，只一心遊山玩水，潛心作詩。他和杜牧一樣，尤其喜歡盛唐的景象，追尋著李白和孟浩然等人的足跡，在各大景點旅遊，例如《題金陵渡》《遊天臺山》《西江行》《石頭城寺》等等。

一年年過去了，自詡俠客的張祜漸漸地老了，也窮了，沒有力氣拎著劍浪跡四方了，就在丹陽一帶隱居下來。他先前漫遊揚州，打了一個出名的臉，那就是《縱遊淮南》。

十里長街市井連，月明橋上看神仙。
人生只合揚州死，禪智山光好墓田。

「十里長街處處相連，月明時在橋上看歌女。人生就該長眠於揚州，這禪智的風光是最好的墓地啊。」

詩題中的「縱遊」，體現出張祜當時的盡興，全詩盡是對揚州好風光的讚歎，最後甚至感慨死後就要葬身在揚州，而禪智寺是隋煬帝的故宮，用故宮作墓，也稍稍地帶了些嘲諷的意味。《郡齋讀書志》記載：「大中中，果終丹陽隱舍，人以為讖。」詩讖的意思，就是寫詩無意間預測了後來發生的詩，後來預言生效，張祜真的在六十四歲上下的時候，在揚州悄無聲息地逝去，一生的遭遇被晚唐皮日休、陸龜蒙等人所同情。

雖是詛咒生效，不過，能葬在自己心念的好山水中，想必也是揚州對張祜這一生中最後的安慰吧。

20《唐詩紀事》：「樂天薦徐凝，屈張祜，論者至今鬱鬱，或歸白之妒才也。」

《竊李義府詩》

張懷慶

生情鏤月為歌扇，出性裁雲作舞衣。

照鏡自憐回雪影，來時好取洛川歸。

情不自禁地將月亮當成了鏤空的歌扇，將天空中的幾朵浮雲當成是歌女穿的舞衣，就好像天空中有美麗的佳人在唱歌跳舞。我對著鏡子自照，也正好拖著我留在雪地上的孤單身影，經過洛陽回到家鄉。

第十回 打擊盜版啦！名傳千古的唐詩抄襲案

文／拂羅

咱們先來翻一翻《全唐詩》，會發現兩首有趣的詩，這兩首單獨拉出來看，其實本身並不有趣，只是把它倆並列在一起細看，就會變得非常有趣了，這種現象有個名稱：雷同。

鏤月為歌扇，裁雲作舞衣。
自憐回雪影，好取洛川歸。

唐代李義府所作。

生情鏤月對歌扇，出意裁雲作舞衣。
照鏡自憐回雪影，來時好取洛川歸。

唐代張懷慶所作。

怎麼回事，難道這兩首詩是孿生兄弟？還是這兩位詩人創作時腦回路碰撞在了一起，碰撞得如此徹底？且聽我細細扒一扒前因後果。

第一首詩的作者叫李義府，是初唐年間的一個腹黑宰相，外號「人貓」。據說這位本來生在貧民百姓之家，後來靠著文章寫得好、性格謙和、能說會道而逆襲，一步步坐到了高官的位置。可為啥說他腹黑？早在李義府進京的時候，就有人私下指著他說：「這傢伙表面上溫和，其實笑裡藏刀，你信不信？等著瞧吧。」人貓這個外號也是這樣來的。[21]

和所有的腹黑反派一樣，結局才露出自己黑化的一面。起初李義府只是本本分分地當官，沒出啥大事，後來當時的渣男皇帝——唐高宗想廢掉原來的王皇后，立武昭儀為后，這事兒荒唐，滿朝文武當然不同意，只有李義府看清了局勢，見風使舵，跑過去拍著胸脯表明立場：「我挺武昭儀！」

而武昭儀是誰呢？說出來嚇死人，就是以後的武則天。

後來這個武昭儀果然被立為皇后，當然也就少不了李義府的好處了，李義府就這麼一步步地高升，隨著權力越來越大，也就漸漸露出了謙和皮相之下的真面目，最後這大奸臣竟然連皇帝都不放在眼裡了，皇帝質問他，他敢轉身就走，你說這不是自尋死路嗎？李義府顯然是得意忘形、自己找死那一類，最後終於被皇帝找理由給流放了，最後死在被流放的日子中。

21《新唐書・李義府傳》：「義府貌柔恭，與人言，嬉怡微笑，而陰賊褊忌於心；凡忤意者，皆中傷之，時號義府笑面刀。又以柔而害物，號曰『人貓』」。

人貓有難，八方點讚，據說李義府死了之後，京城百姓喜大普奔，紛紛點起爆竹，劈里啪啦地響了好幾天。

據說這句「鏤月對歌扇」就是李義府為了拍武昭儀的馬屁而寫的，詩名是《雜曲歌辭・堂堂》，一共分成上下兩首，這第一首尤其優秀，寫了美女以鏤月作扇子，以雲彩為舞衣，這美人對著雪地上自己的影子自憐自怨，清清冷冷地歸去。

第一首的出處和作者都有了，那麼第二首又是怎麼回事？

真相只有一個，他們倆中，出了一個抄襲者！

第二首的作者叫張懷慶，是初唐年間棗強縣的縣尉，平時沒啥轟轟烈烈的愛好，就是愛抄人詩當做自己的，這廝拜讀過這首詩之後：「哎，這詩寫的不錯啊，拿來用用……」[22]就是說，張懷慶這人就喜歡抄襲名人的文章，看見李義府這首詩，他也連忙拿過來，在每一句詩前面添了兩字，當成自己的，得意洋洋地發表出來了。張懷慶添的這兩字可謂是真・教課書級的畫蛇添足，例如「照鏡自憐回雪影」，美人本就以雪映出自己的身影，前面何苦再費心照鏡子？

據說當時王昌齡和郭正一的文章也常常被人模仿，於是大家就用這個來笑話張懷慶，「生吞活剝」這個詞就是這麼來的。不過宋代的《唐詩紀事》裡記載的則是「活剝張昌齡」[23]，這麼細一算，王昌齡是盛唐年間人，和張懷慶年代不符，而張昌齡才是同一輩人，所以很有可能是確有其人的張昌齡。

而張懷慶的這首大作，也被起了個名收錄進了《全唐詩》中，提了個什麼名呢？《竊李義府詩》。

簡單粗暴不做作，感受到編者的嘲諷力撲面而來。

於是這首《竊李義府詩》也就跟著原詩一起名留千古了。

這麼說，古代也有抄襲案存在了？

當然有。

《禮記》中記載：「毋勦說，毋雷同」意思就是「不要抄襲他人的言論，不要和他人的相同」，唐代釋皎然在《詩式》中把抄襲分成偷語、偷意、偷勢。正所謂「抄都不會抄」，偷語就是把人家的文章直接偷過來，是最蠢的做法，就是張懷慶這樣的笨賊會幹出來的事。

偷意則是化用前人詩，例如陳佺期的「小池殘暑退，高樹早涼歸」和柳惲的「太液滄波起，長楊高樹秋」。化用的境界有高有低，達到一定境界，就是「雖取古人之陳言入於翰墨，如靈丹一粒，點鐵成金也」，其中王勃的「落霞與孤鶩齊飛，秋水共長天一色」就是巧妙地化用了「落花與芝蓋齊飛，楊柳共春旗一色」，比原詩意境更高。

22《大唐新語》：「李義府嘗賦詩曰：『鏤月成歌扇，裁雲作舞衣。自憐回雪影，好去洛川歸。』有棗強尉張懷慶好偷名士文章，乃為詩曰：『生情鏤月成歌扇，出意裁雲作舞衣。照鏡自憐回雪影，時來好取洛川歸』。人謂之諺曰：『活剝王昌齡，生吞郭正一。』」

23《唐詩紀事》：「活剝張昌齡，生吞郭正一。」

而偷勢，則是將原詩的形神意境隨手捏來，已經沒有了多少抄襲的意思，意境雖然相同，字句卻絕不相同，例如唐朝的王維等人，寫詩都有晉代陶淵明的風格，卻又自成一家，你能說他們抄襲嗎？當然不能。[24]

抄襲之事古今俱有，更有甚者唐朝的宋之問為了盜詩，竟然殺了原詩主人，這個就很喪心病狂了。

那古代有打擊盜版的大事件嗎？當然也有。

古代由於制度披露，不少人直接抄下經文之類的文字，署上自己的大名一交，就算是自己的了。為了打擊這種抄襲風氣，東漢蔡邕就向皇上進諫，提出兩個辦法，一是廢除這些出紕漏的制度，二是將各類書籍整理出來公佈天下，免得被人不言不語地抄去。

這是古代最早的打擊盜版史。

來，跟著蔡邕叔叔一起念：「抄襲可恥，原創光榮——」

其實說到偷語偷意和偷勢，古人多是後兩者，今人卻多是前者，有名利場的地方，就避不開抄襲一類的事件存在，古今不息，生生不止。

徹底杜絕已然是奢望，只是，就算我們不能徹底杜絕，也希望我們能看得清晰，就算我們無法完全看得清晰，也希望我們能夠堅守世間公道，免得再出現宋之問殺人奪詩這樣的慘劇。

也好讓原創文人們的風骨，莫要白白付之東流，這才是青天白日照耀的古今文壇。

24《詩勢》：「其次偷勢，才巧意精，若無朕跡，蓋詩人偷狐白裘於閫域中之手。吾示賞俊，從其漏網。」

《渡漢江》

宋之問

嶺外音書斷，經冬復歷春。

近鄉情更怯，不敢問來人。

流放嶺南與親人斷絕了音信，熬過了一個冬天又經歷一個新春。越走近故鄉心裡就越是膽怯，不敢打聽從家那裡過來的人。

第十一回 我抄襲我殺人，但我知道我宋之問是好男人

文／拂羅

初唐年間，有個叫劉希夷的文藝小青年正在院子裡踱著步作詩。

他這首詩名叫《代悲白頭翁》，已經寫了一大半，小劉很有信心，等這首詩發表出去，必定能飆升成大唐熱門。只是不知道為啥，寫到「今年花落顏色改，明年花開復誰在」的時候心裡總是慌慌的，貌似要出事。

小劉雖然心裡發慌，但還是硬著頭皮給寫完了，生死由命，雖然有給自己鋪後路，但咱看得開！[25]後來也果然出事了——小劉的舅舅叫宋之問，是大唐文壇出名的大大，他舅舅看完這首詩之後，頓時表示羨慕嫉妒恨，竟然張口問道：「哎，大外甥啊，你看這首詩裡『年年歲歲花相似，歲歲年年人不同』……能不能給我？」

小劉問號臉：「啥？不給。」

宋之問黑化臉：「你啊給不給？」

小劉：「……不給。」

劉希夷，卒，死因：被宋之問謀殺。

哎，別急著驚訝，關於初唐詩人宋之問人品敗壞，殺人奪詩，這可是有記載的一則故事[26]。

劉希夷這麼一個有才的詩人，年紀輕輕，竟然不到三十歲就被自家舅舅給謀殺了，事後他舅舅宋之問果然霸占了這句詩，可謂又抄襲又殺人，十分張狂。可宋之問究竟是何許人呢？咱們現在就扒一扒初唐大詩人兼大反派——宋之問。

宋之問的家庭一點也不顯赫，最多只能算是普普通通的書香門第，他還有兩個兄弟，這三個人各有擅長的領域，可謂是學霸之家。十九歲的時候，學霸宋之問就進京考中了進士，正式當了公務員，他還和楊炯當過好幾年的同事，後來武則天登基，一眼就看中了宋之問，於是一步步把他給提拔上來了。

自古文人多地獄倒楣鬼，不是貶謫就是躺槍，很顯然宋之問的運氣不是最差的，他早年的經歷可謂是平民小子大翻身，漸漸和同為人大的沈佺期齊名，沒事就寫寫詩，拍拍武則天的馬屁。小日子過得究竟有多風光呢？《唐詩紀事》裡記載過一件「武后遊龍門，命群官賦詩，先成者賜以錦袍」的事兒。

25 中唐．劉肅《大唐新語》：「劉希夷，一名挺之，汝州人。少有文華，好為宮體，詞旨悲苦，不為所重。善搊琵琶。嘗為《白頭翁詠》曰：『今年花落顏色改，明年花開復誰在？』既而自悔曰：『我此詩似讖，與石崇「白首同所歸」何異也？』乃更作一句云：『年年歲歲花相似，歲歲年年人不同。』既而歎曰：『此句復似向讖矣，然死生有命，豈復由此！』乃兩存之。詩成未周，為奸所殺。或云宋之問害之。」

26《劉賓客嘉話錄》「劉希夷詩曰：『年年歲歲花相似，歲歲年年人不同。』其舅宋之問苦愛此句，知其未示人，懇乞，許而不與，之問怒，以土袋壓殺之。」

就是說，武則天有一次在龍門玩，突發奇想，讓手下的大臣們現場寫詩，先寫好的賞賜一件錦袍。眾人事先都沒準備，一時寫得滿頭大汗，有個叫東方虬的左史第一個交卷上去了，武則天當場就把錦袍賞給了他。東方虬得意洋洋地拿著御賜錦袍炫耀，誰知道在手裡還沒拿熱，宋之問也交卷了。

宋之問的詩風靡麗，又會拍馬屁，武則天看完宋之問的詩之後，居然「乃就奪錦袍衣之」，直接從東方虬手裡奪走了錦袍，給了宋之問。

東方虬生無可戀臉——尷尬。

宋之問嘗到了這次甜頭，頓時找到了發展方向，於是他樂此不疲地一次次地寫華美的馬屁詩，例如「芳聲耀今古，四海警宸威」等等，每次都能博武則天一笑，各大宴會場所當然也少不了他，可謂真正的「用知識改變了命運」。

只不過酒喝多了會拉低人的智商，宋之問顯然沒有後世李白大大那種「斗酒詩百篇」的天賦，他的智商大概被酒給拉低了，居然把主意打到了女皇武則天頭上，想要和武則天纏纏綿綿到天涯。

怎麼回事，莫非他暗戀武則天？

這事兒還要慢慢說起，當時武則天手下有兩個最受寵的面首——張氏兄弟，他們倆在宮裡要風得風要雨得雨，什麼是面首？說得直接點兒，就是武則天名正言順養的小白臉。宋之問沒啥骨氣，也想和張氏兄弟一樣風光，於是就打起了女皇的主意，還精心寫了首豔詩《明河篇》給武則天。

宋之問信心滿滿的，第一，他的顏值不低，據說是「偉儀貌，雄於辯」，第二，他很有才華啊。這首詩一交，宋之問就美滋滋地等著好消息了。

可惜現實總是很骨感，他的詩被武則天給退了回來，隨詩附贈一句話：「朕很欣賞你的文采啊，可你的某些方面，朕實在無法接受。」[27]

這方面指的就是宋之問有口臭，其實是牙齒有發炎，導致口氣不大清新，可惜那時候沒有人對宋之問回眸一笑：「嘿，是你的綠箭」[28]，他算是無緣和女皇攀上關係了。我不知道宋之問有沒有怨念一輩子，我只知道他這輩子都致力於去除口氣。

行吧，這條路不行，那咱換一條路走。宋之問就換了一條路，開始巴結倆面首，天天跟在人家身後打轉，甚至「至為易之奉溺器」[29]屢次突破文人的下限，連給人家端尿盆的事都能做出來，宋之問捏著鼻子美滋滋地想著，自己的前途肯定一片光明啊。

可惜他這次站錯了隊伍，後來太子李顯上位，張氏兄弟被弄掉了，作為小跟班的宋之問也被貶到了瀧州。這地方對宋之問來講可謂是窮山惡水，連食物都不可口，宋之問這麼一尋思，居然偷偷跑回了家鄉洛陽，半途還寫了一首《渡漢江》。

27《本事詩》：「則天見其詩，謂崔融曰：吾非不知之問有才調，但以其有口過。」
28 口香糖廣告。
29《新唐書．宋之問傳》

嶺外音書斷，經冬復歷春。近鄉情更怯，不敢問來人。

「我離家來到嶺外，已是又過了一個冬天，轉眼又是開春，與家人已經許久沒有聯絡，不知他們過得如何。這次渡江回鄉，卻是離鄉越近，心中便愈發膽怯，生怕從同鄉口中得到不好的消息。」

最後兩句表達了他當時極度迫切，卻又唯恐期望落空的複雜心情，很容易引起讀者的共鳴，這種感情在詩中呼之欲出。宋之問在宮中所作的大多是華美的空洞詩句，如今慘遭波折，筆下的感情反而多了幾分真切。

就在宋之問一路奔波，正要研究是雨後的泥土比較好吃，還是洛陽的樹皮比較好啃時，有個叫張仲之的朋友收留了他。這位張仲之顯然沒什麼心眼，對宋之問的人品問題也沒多琢磨，此時他正召了人，打算暗暗除掉武則天的餘黨——宰相武三思，見宋之問好奇，居然就這麼對宋之問如實相告了。

宋之問表面點頭支持，背後當即就慫恿自己侄子去告了密。

不久之後，宋之問就因為檢舉有功升了官，而張仲之卻稀裡糊塗地被砍了頭，用生命重演了什麼是農夫與蛇[30]的故事。

在宋之問重新當官的期間，還參與過一次著名的詩戰。

這場大戰在唐中宗眼皮底下展開，參與者都是文壇知名的網紅，其中的超級知名網紅就有宋之問和沈佺期兩位，而擔任評審的是才女上官婉兒。上官婉兒端坐樓上看詩，最後能留在她手裡的詩，便是優勝。

上官婉兒翻看著這些人的作品，一邊不住地微微搖頭，一邊將淘汰者的詩稿扔下樓，眾人在樓下眼巴巴地瞧，那場景堪比等待天竺公主拋繡球的臣民，最後留在樓上的詩稿只有兩張，一個是沈佺期的，一個就是宋之問的。

宋之問我們都瞭解，可沈佺期是誰呢？沈佺期是和他同批的詩人之一，他們倆文采不相上下，都是初唐年間的超級知名網紅，這兩人確立了律詩的形式，對以後的唐代近體詩發展也起到了不小的意義，後世還被合成「沈宋」。如今兩人對峙，豈不是世紀之戰嗎？小粉絲們連忙拉起條幅嚷嚷「佺期大大加油！」「之問大大你可以的！」

最後一張紙輕飄飄地落了下來，是沈佺期的。

上官婉兒認為，他們倆其實寫得一樣好，只不過相差在了結尾上，沈佺期的結尾「微臣雕朽質，差睹豫章才」氣數已盡，只是「我不過是一塊朽木，今日能看到眾才子的文章，已經很滿足了」這樣的自謙，而宋之問的「不愁明月盡，自有明珠來」則氣勢猶在，所以勝出。

這場詩文上的論劍，宋之問 KO 掉了所有選手，名聲大震。

30《農夫與蛇》是經典的伊索寓言故事。故事告訴人們一定要分清善惡，只能把援手伸向善良的人，對惡人千萬不能心軟。

這麼說，宋之問的好日子又第二度開始了嗎？並沒有。他在之後接連攀附過武三思、太平公主等人，風往哪邊吹他往哪邊跑，堪稱追風小能手，最後又隱隱覺得太平公主要完蛋，就毅然地投奔安樂公主去了。

不幸的是，宋之問用實力演繹了什麼叫做聰明反被聰明誤，連兩次站錯隊，後來安樂公主被太平公主幹掉了，太平公主對他的作風很憤怒，就跟唐中宗說了他的壞話，唐中宗一聽，當即就把他給貶去了越州。之後隨著王權爭奪，他又被捲入其中，沉浮了幾次。

幾次被貶，宋之問背著鋪蓋卷走在京城之外的山水中，仰頭看著青天白日，忽然領悟了什麼是人生起伏，他回顧自己的一生，又發現自己真不是啥好人。不行，他要努力改過自新，他要洗白！

宋之問：「沉睡在古老地下的亡靈啊，復活吧，我的良心！」

在這期間裡，宋之問似乎真的走上了洗白之路，痛改前非，連詩風都變得小清新起來了，還積極地四處調查民情，寫文歌頌大禹。

「給我一個機會，我想做個好人。」

「遲了。」

宋之問覺醒得太遲，就在他五十六歲的時候，唐玄宗登基，直接傳了一道賜死宋之問的聖旨。[31]

該來的終究會來，不知宋之問有沒有想到，他作為律詩的奠基人之一，因為人品問題，許多好詩甚至不被人傳誦，例如「百尺無寸枝，一生自孤直」的《題張老松樹》。關於他的那些故事，或真或假，但可以確定的是，他的惡劣人品也隨著他的詩一同流傳下來了，被諸多後世人所不齒。

由此可見，做人，尤其是做文人，還是坦蕩些才好。

31《舊唐書》：「先天中，賜死於徙所。」

《野望》

王績

東皋薄暮望，徙倚欲何依。
樹樹皆秋色，山山唯落暉。
牧人驅犢返，獵馬帶禽歸。
相顧無相識，長歌懷采薇。

傍晚時分，我站在東皋縱目遠望，卻徘徊不定不知該歸依何方。每一棵樹都染上秋天的顏色，每一座山都披覆著落日的餘光。

放牛的兒童驅趕著小牛回家，獵人帶著獵物馳過我的身旁。

大家相對無言又互不相識，我長嘯高歌，真想隱居在山中哪！

第十二回　顫抖吧單身狗！網路上的曬妻狂魔在這裡

文／喬林羽

說來，唐朝還有一個情聖，姓王名績，字無功。雖說咱績哥字無功，但吟詩誦句的功力可不是蓋的。

王績最膾炙人口的詩可謂是《野望》了，我們卻不妨再看一遍。

東皋薄暮望，徙倚欲何依。
樹樹皆秋色，山山唯落暉。
牧人驅犢返，獵馬帶禽歸。
相顧無相識，長歌懷采薇。

也許很多人看到這首詩，才恍然想起課本上的某一頁：原來是他！

正是這樣一個多愁善感的詩人，擔起了咱們「情聖」的名號。

那他憑什麼擔起「情聖」二字呢？這兩個字，這可不是說他是個不羈浪子，泡過的妞不在少數。恰恰相反，關於王績的情史，文獻裡記載的實在不多，不過我們卻可從其詩中，一窺究竟。

話還沒講完，可能便有人要問：「能稱情聖的，自是四處拈花惹草、情場屢戰屢勝、好似柳永那樣的人，既然王績豔談甚少，何來情聖之說？」

這你就不懂了吧，情聖大可分為兩種，一種是被鮮花簇擁的情聖，另一種，是內心裡長滿鮮花的情聖。咱們的績哥，便屬於第二種。令人絕望的是，我也屬於第二種。

我們且看績哥是個怎樣的人：

王績首屈一指的標籤，便是嗜酒如命，以致眾人皆知。

他曾寫過《五斗先生傳》，號稱五斗先生。這裡的五斗，便是指酒量，王績可喝五斗之多，這話的分量，大概相當於今天的「白酒一斤半，啤酒隨便乾。」

「有以酒請者，無貴賤皆往，往必醉，醉則不擇地斯寢矣，醒則復起飲也。」《五斗先生傳》這個句子中說的是咱們績哥，一有人約酒便欣然前往，無論對方身份貴賤，都能喝個痛快，唯一的條件就是：你請客。這倒有點像笑傲江湖裡的令狐沖了。

而且去了必須喝醉，醉了倒頭就睡，醒了又會嚷嚷著要喝酒。

說實話，這樣的人在現實中是比較討人厭的，績哥到處混酒喝，還得有人隨時照顧他，一個不留神就在廁所裡睡倒了。再加上咱績哥的顏值未必高到哪裡去，這樣沒風度，也難怪找不到女朋友。

那喝酒和績哥的愛情世界又有什麼交集呢？

俗話說：透過酒精看姑娘，再醜的，都有她的姿色。呸，才沒這樣的俗話。不過，王績的感性，與這嗜酒定是脫不了干係的。就是到了現在的酒桌上，某位人生贏家忽地暢談愛情，也免不了有許多單身狗黯然斟酒，自飲而盡。酒精自然而然地成為了績哥孤獨的催化劑。

當酒意漸濃時，誰不希望走來一個姑娘，遞上溫水與熱毛巾呢？想到這，績哥只能痛飲，日復一日地醉倒。

績哥曾作《辛司法宅觀妓》，大致就講了這樣一種感覺。「南國佳人至，北堂羅薦開。長裙隨鳳管，促柱送鸞杯。雲光身後落，雪態掌中回。到愁金轂晚，不怪玉山頹。」瞧瞧這「雲光身後落，雪態掌中回」，都快把人吹成天仙下凡了，可以想像，績哥也多在酒後看著臺上的藝伎感慨：「唉，如果她是我的女朋友就好了。」如此一來，酒精就扮演了績哥愛情世界裡的重要角色，讓績哥觀妓想喝酒，不觀妓更想喝酒。喝酒想觀妓，不喝酒，更想觀妓。

績哥的第二標籤，可得算到不羈放縱。

這裡的放縱，指的是他對自己事業的放縱，我績哥三仕三隱，經常工作做的好好的，說不幹就不幹了，可見他本性如此，喜歡隨著心意過活，那在詩句中直白地流露情意，也就不奇怪了。

有一次，績哥任性辭職，跑到田間過鄉土生活，便作詩：《山中敘志》。

其中提到「物外知何事，山中無所有。風鳴靜夜琴，月照芳春酒。」又有「張奉娉賢妻，老萊藉嘉偶。孟光儻未嫁，梁鴻正須婦。」

大意為：我雖然沒什麼錢，但我有才華和情調！又拿出孟光與梁紅舉案齊眉的典故，說「梁鴻正須婦」明白地告訴大家：「我想要個女朋友！」績哥住在東皋村，自比梁鴻，翻譯為今天的話，相當於他自稱東皋吳彥祖。

這調子，頗有小學生的情書感，題為敘志，寫的卻是徵婚啟事，找女友這事兒，在績哥這得算得上「一志」，足見此事在績哥心中分量何其重要。

還好沒過多久，績哥就得到了自己疼愛一生的女子，該女子的籍貫難以考證，好在績哥給了她一個外號，叫做「野妻」，又把自己，說是「野人」，於是野人和野妻，從此過上了狂野的、沒羞沒臊的生活。當然，野人既生活在唐朝，有些許「野妾」也無傷大雅，當憑績哥對妻妾的愛重，他已算得上一位好男人了。

野人對野妻的這份疼愛，深深地體現在了野人的詩句裡。

我們且看王績在《春日》裡是怎麼寫的：

前旦出園遊，林華都未有。
今朝下堂來，池冰開已久。
雪被南軒梅，風催北庭柳，
遙呼灶前妾，卻報機中婦，
年光恰恰來，滿翁迎春酒。

春天一到，績哥見冰雪融化，生機勃勃，於是心潮澎湃，急忙呼喚愛妻愛妾一同觀看，生怕美景被錯過，乃是真情之享。

再看上面的《野望》，只見傍晚時分，績哥獨自佇立在村門口，感覺每棵樹都在枯黃落葉，每座山都只剩下餘暉，再見到牧人和牲畜相親相愛，嫉妒之情油然而生（誤），正經地說，看到任一景色都能引發績哥的孤獨感，他複雜的內心世界，可見一斑。

績哥的心花從繚亂到怒放，對愛情直白地渴求，自擔得上一代情聖了。

到此，我們已經能看到千百年前的績哥。

在單身時，常在酒後一聲長歎，今天望一眼臺上的藝伎，明日瞧一眼臺上的舞女，暗自搖頭，又在結婚後，對著枕邊人默然一笑，甚是歡喜。這倒讓人想做績哥的鄰居，每天一出門，就可以看見「野人」「野妻」在歲月中的歡喜……

儘管績哥留給我們的形象是一個嗜酒如命，放蕩不羈，甚至任性地想辭官就辭官的浪子形象，但他筆下的詩歌無一不是充斥著清新自然的田園風。

後人給予他「以真率疏淺之格，入初唐諸家中，如鳶鳳群飛，忽逢野鹿，正是不可多得也。」的評價，他的詩近而不淺，質而不俗，真率疏放，有曠懷高致，直追魏晉高風。律體濫觴於六朝，而成型於隋唐之際，無功實為先聲，可見一斑。

而在績哥留下的作品之中，描寫他和他夫人的作品就占了三分之一，儘管績哥的愛情沒有追求過「在天願作比翼鳥，在地願為連理枝」的纏綿，但他幸福美滿的「野人家」卻永遠留在了歷史的長河中。

《初發太原途中寄太原所思》

歐陽詹

驅馬漸覺遠，回頭長路塵。高城已不見，況復城中人。
去意自未甘，居情諒猶辛。五原東北晉，千里西南秦。
一履不出門，一車無停輪。流萍與繫瓠，早晚期相親。

騎著馬不知不覺間走了很遠，回頭望見一路塵土飛揚。高高的城牆早已消失不見，更何況城中思念的人。要離開實在不甘心，守望思念的你此時可能仍覺心酸。走著走著從經過了古時的晉地，到西南千里外關山迢遞的三秦。你腳下的木屐不能出門相隨，我遠行的車輪越走越遠。飄蕩的浮萍與孤懸的繫瓠兩心相知，朝朝暮暮盼著跟你再次相見。

第十三回　唐朝版《倩女幽魂》：歐陽詹與絕色女鬼不得不說的二三事

文／喬林羽

剛才績哥榮獲情聖稱號，我們這會兒來把與情聖齊名的稱號：「情癡」頒發給另一位詩人——歐陽詹。

歐陽哥的來頭，和地方可掛上大大的鉤子，談起他時，總要說上一句：「福建泉州第一位進士。」或「閩地第一位進士。」歐陽哥的名號，也許在全國排不上太前，但在閩地卻是大大地有名。

要知道歐陽哥可是生活在中唐，我由此猜想當年福建的高考分數基準線是相當高的（誤）。也是如此，歐陽哥扮演了閩文化歷史長河中重要的一個連結點，素有八閩文化先驅者之稱，可謂一代文化大老了。

而歐陽哥的詩句中，也處處流露出唯德以行的追求，偏偏就是這樣一個在歷史中留下高雅背影的男子，最終卻「惑妓而死」。

這個故事，就記載在王世貞所著的《豔異編》的妓女一節中。

當然，這僅算是野史趣事，所記載的，難免有所偏差，不過從敘事細節上看，可信度也有八九分，何況有詩為證。

我們先來看一首確為歐陽哥所作的情詩：

驅馬漸覺遠，回頭長路塵。高城已不見，況復城中人。
去意自未甘，居情諒猶辛。五原東北晉，千里西南秦。
一履不出門，一車無停輪。流萍與繫瓠，早晚期相親。

——《初發太原途中寄太原所思》

不用翻譯！我們能看出其中的濃濃相思。那麼這首詩是怎麼來的？又是寫給誰的呢？

《豔異編》中所記為：畢關試，薄遊太原，於樂籍中因有所悅，情甚相得。及歸，乃與之盟曰：「至都當相迎耳。」即灑泣而別，仍贈之詩……

話說歐陽哥當時到太原遊玩，在一個宴席裡，注意到一位名妓，該妓來自北方，名為李倩。這可了不得，歐陽哥與這位李倩小姐姐一見鍾情，相談甚歡。兩人情投意合，到了歐陽哥要走的時候，歐陽哥大大咧咧道：「等我到了長安買下幾間市中心的房子，便來把你娶走。」於是在去長安的路上，歐陽哥就寫下了這首《初發太原途中寄太原所思》。

然而又有俗話：寧可相信世上有鬼，也不能相信男人那張破嘴。

歐陽哥走後，李倩日等夜等，歐陽哥還是沒來娶她。

《豔異編》是這樣描述的：籍中者思之不已，經年得疾，且甚。

李倩一直苦苦思念歐陽哥，經年累月，便患上疾病，且不斷惡化，漸漸地走到了生死的邊緣。

說到這裡，我們不得不提一個題外話：歐陽哥是有老婆的！歐陽哥有一哥們，叫林蘊，年少時，他們倆曾一起在南方讀書，後來歐陽哥便娶了林蘊的妹妹林萍為妻。

我們前面提到，歐陽哥以德為高，但背著老婆這樣留情真的好嗎？

李倩積望成疾，最終沒等到歐陽哥來娶她，便病死了。

在李倩病故前留了一堆遺物，還正正經經地把自己的髮髻用刀切了下來，裝在盒子裡，又請人在歐陽哥來的時候，把東西交給他，情深至此。此外，李倩還遺寫下一首詩：自從別後減容光，半是思郎半恨郎。欲識舊來雲髻樣，為奴開取鏤金箱。

當歐陽哥再次來到太原時，李倩早已經化作黃土了。歐陽哥接到李倩的遺物和詩，傷心欲絕。我們在看到這一段的時候，也可回看「欲識舊來雲髻樣，為奴開取鏤金箱。」二句，想到歐陽哥開箱便見李倩舊時雲髻樣，朝朝暮暮，盡在腦海。聞者且觸情，何況見者？

在《豔異編》的記載中，為這個故事的最後留下最後一段詩：

有客初北逐，驅馳次太原。太原有佳人，神豔照行雲。
座上轉橫波，流光注夫君。夫君意蕩漾，即日相交歡。
恩情非一詞，結念誓青山。生死不變易，中誠元間言。
此為太學徒，彼屬北府官。中夜欲相從，嚴城限軍門。

白日欲同居，君畏他人聞。忽如隴頭水，坐作東西分。
驚離腸千結，滴淚眼雙昏。本朝達京師，回駕相追攀。
宿約始乖阻，巧笑安能幹。防身本苦節，一去何由還。
後生莫沉迷，沉迷喪其真。

這首詩看似在講一個淒美的故事，其實隱隱有貶歐陽哥之意，先講了他和李倩的相遇，又說到「你都走了，還回來幹什麼？」最後二句，告誡後生：歐陽詹是你們的壞榜樣，千萬不可學他。

不光是此詩，乃至《豔異篇》關於歐陽哥的整個故事，都在大肆描寫李倩的傾情，而側面給了歐陽哥一個負心的形象。再回想歐陽哥當初的海誓山盟，有些虛偽，《豔異篇》中描述為：既而南轅，妓請同行。生曰：「十目所視，不可不畏。」辭焉。

說到當初歐陽哥要離開太原時，兩人面臨分別，李倩說她很願意和歐陽哥一起走，請求歐陽哥帶上自己，歐陽哥卻答覆說，這麼多眼睛看著我的，我要注意外在觀感。

看到這裡，一個渣男的形象呼之欲出，看起來一點都不痴情。

故事的最後，歐陽哥拿著李倩的遺物，回到長安不久，就悲痛病逝了。我願意相信歐陽哥在接過遺物和詩後，恍然明白自己犯下了多大的錯誤，於是選擇黃泉上再相陪。

人們在愛情裡，最怕後悔與錯過，不知道後來的歐陽哥，有沒有在另一個世界，緊緊拉住李倩的手。

第二卷

唐朝天才詩人之間的 Battle 戰

Battle 戰超炸演出，

究竟誰可以繼續留在舞臺？

第一回　黃鶴樓題詞爭霸賽

文／拂羅

咱們今天就是要講講座標武漢的「江南三大名樓」之一，黃鶴樓，以及黃鶴樓為什麼會成為歷代文人墨客爭相題詞的主賽場。

一開始黃鶴樓還不那麼文藝，甚至頗有些嚴肅，因為它的初衷壓根就不是為了觀賞而建的，根據唐代《元和郡縣圖志》記載：「孫權始築夏口古城，城西臨大江，江南角因磯為樓，名黃鶴樓。」也就是說，黃鶴樓建於西元二二三年，由孫權大手一揮而建下的瞭望樓。

後來三國統一，黃鶴樓也就失去了自己的軍事價值，據《黃鶴樓記》中描述：「聳構巍峨，上依河漢，下臨江流。」它因景色被歷朝文人墨客發現，眾人便紛紛慕名登樓，在樓上吟詩作詞，黃鶴樓也就漸漸成為了觀賞樓，就好像是昔日傷痕累累的彪形大漢搖身一變，賦閒作了文藝青年。

之後的上千年裡，黃鶴樓卻依舊沒得閒，頻頻在戰亂中毀滅又重建，一朝一個風格，甚至有明清兩朝之間被毀了七次的記載，所幸終究頑強地屹立在長江以南。

愚蠢的人類啊，想毀了我？你們還嫩了點，黃鶴樓如是說。

正所謂千年的王……咳不是，千年的烏龜會成精，千年的古樓大抵也會，所以才衍生出諸多玄之又玄的神話傳說，引得歷朝文人競相前來，紛紛詩興大發，留下自己的詩句才盡興而歸。光是唐代就有李白、崔顥、王維、白居易等詩人慕名而來，有了這些文壇的各路知名網紅宣傳題詞，使得黃鶴樓身價節節升高，名揚四方。

詩與樓自古就有種微妙的聯繫，互相成就了彼此，而有人的地方就有江湖，黃鶴樓作為各路知名網紅競相題詩之地，它的牆面自然就成了大家題詞爭霸的留言板，衍生出的詩作，僅舊志裡就收錄了四百多首，可見是古今不衰的一個主題。

不過，從初唐到晚唐，總近三百九十年，各大詩人層出不窮，幾乎都登臨過黃鶴樓，這排名第一究竟花落誰家呢？

唐朝詩風可分為初唐、盛唐、中唐、晚唐，初唐的詩風還殘留著南朝的形式主義，詞藻華麗得掉牙，後五十年有初唐四傑突破了舊題材，沈佺期和宋之問又確立了格律詩，漸漸形成了唐朝自己的詩風。

漢廣不分天，舟行杳若仙。清江渡暖日，黃鶴弄晴煙。

——《漢江宴別》

這首詩是來自初唐的腹黑選手宋之問：「別問我和我外甥的事兒。」

初唐之後便是盛唐，也是李白等人活躍的大舞臺，這是唐朝詩風最鼎盛的時期，也是黃鶴樓題詞爭霸賽白熱化的時期。李白大大的浪漫主義詩風是主流，緊隨其後的是邊塞詩等風格，後期杜甫等人的詩風則體現出了另一種現實感，只可惜後期成名的杜甫大大並沒有參加這次比賽。

這次唐朝黃鶴樓詩詞爭霸賽形式特殊，年份跨度大，再加上參賽者都是各路大大，誰也不服誰，自然難分高下。初唐的華麗之風漸漸褪去，盛唐時，一個叫崔顥的詩人登臨黃鶴樓，眺望長江，他和前人一樣頓時詩興大發，當即揮毫題詩，心滿意足地發了個動態，乘興而歸，黃鶴樓詩詞排名這才漸漸地見了分曉。

只是那時崔顥在文壇的圈子裡還不是大神，比不上同期大大們那麼有知名度，這個動態也就暫時沒有被人發掘。

「唐朝八卦今日頭條，詩仙大大來黃鶴樓啦——」

過了幾年，盛唐年間的某月某日，一個大消息忽然不脛而走，引得家住長江以南的小迷弟們激動萬分，蹺課的蹺課，蹺班的蹺班，紛紛拎著「大大我愛你」的牌子興匆匆地往黃鶴樓趕，只為了看一眼偶像的身姿，沾沾偶像的仙氣。

這個國民級偶像是誰呢？就是我們的詩仙大大，李白。

「詩仙詩仙我們愛你，為你癡為你狂，為你愛為你傻——」

在一派迷弟迷妹的前呼後擁中，李白大大來了，李白大大是見慣了這等場面的偶像明星，他跟沒事的人一樣登上了黃鶴樓，無視眾多小粉絲，打算見見這傳說中黃鶴樓的景致。李白站在黃鶴樓上，只見長江滔滔，果然好一派景致，他十分興奮，當即接過地方官捧來的筆墨，就要在牆面上揮毫，發一條點讚上萬的熱門動態。

李白大大就要一揮而就。

李白大大忽然停住了，看著角落裡崔顥的題詩。

眾粉絲：「？」

李白大大放下筆，轉身就走。

眾粉絲大驚：「哎哎哎哎……」

地方官兒一頭霧水：「大大，你怎麼啦？」

李白大大想了想，刷刷地揮筆在牆上寫下四句打油詩：「一拳捶碎黃鶴樓，一腳踢翻鸚鵡洲，眼前有景道不得，崔顥題詩在上頭。」然後擱筆離去，後來還有好事者，專門在側旁修建了一座李白的擱筆亭。32

超級知名網紅李白轉發並 tag 了崔顥的動態，頓時將崔顥推上了熱門置頂，這件事瞬間隨著崔顥的詩句一同傳開了，眾人這才發現這顆險些遺落的明珠：「哇，這意境，這文采！」

昔人已乘黃鶴去，此地空餘黃鶴樓。

黃鶴一去不復返，白雲千載空悠悠。

晴川歷歷漢陽樹，芳草萋萋鸚鵡洲。

32 元朝《唐才子傳》：「李白登黃鶴樓，豪情滿懷，詩興勃發。正欲即興賦詩，欲見同代詩人崔顥已先於他，將《黃鶴樓》一詩置之於此。」

日暮鄉關何處是，煙波江上使人愁。

——《黃鶴樓》

「從前的仙人已駕鶴而去，這裡只留下黃鶴樓。黃鶴那日一去再未歸來，千百年間只見白雲悠悠流淌。晴日下漢陽的樹木歷歷可見，萋萋的芳草覆蓋著鸚鵡洲。落日時眺望遠方，故鄉又在何方呢？卻只見江上煙波籠罩，引人愁緒。」

此詩先寫景後抒情，意境開闊宏達，藉以神話之口引出黃鶴一去不返，表現出詩人對於人生有限的感慨，及懷念思鄉的深情。前四句寫世事蒼茫的感慨，後四句描繪眼前景致，抒發滿腔真摯，可謂黃鶴樓之絕唱，將眾多詩人的作品都壓了下去，更讓李白也讚歎不已。

而「律詩」這個題材，便是唐朝年間新興起的，這首《黃鶴樓》便是七言律詩。此詩在格律上卻是「不合規則」的，因前三句皆有「黃鶴」這一詞出現，第四句又出現了「空悠悠」這樣的三平調，全然不是律詩的格律，並不對仗。

既然如此，此詩為何能成為絕唱？

其實此詩並非表面那般不對仗，而是從頭到尾都充斥著一種波瀾起伏的文勢，恰恰符合格律詩的起承轉合，中間從「黃鶴去」到「漢陽樹」的轉折，不過是虛虛實實地換了一口氣而已，境界上相映成趣，出神入化，一氣呵成。

而「昔人已乘黃鶴去」中的「昔人」，則是引用了關於黃鶴樓的一個神話傳說，《報應錄》裡有記載：「辛氏昔沽酒為業，一先生來，魁偉襤褸，從容謂辛氏曰，許飲酒否，辛氏不敢辭，飲以巨杯……」

傳說這裡原來有一戶姓辛的酒家，呂洞賓常常在酒家賒帳喝酒，店家也並不推辭（呂洞賓：「神仙要付銀子給你，你感動不感動？」辛氏：「不敢動不敢動……」），如此白喝了一年，呂洞賓為了答謝送酒之恩，用橘子皮在牆上畫了一隻仙鶴，會隨歌聲翩翩起舞，因橘子皮是黃色，所以仙鶴也成了黃色。後來呂洞賓駕鶴而去，辛氏便出錢修建了黃鶴樓。

李白雖然留下了四句打油詩，怏怏而去，可這位大大會善罷甘休嗎？當然不會，接下來的數年裡，李白還接連創作了整整十幾首關於黃鶴樓的詩，其中同樣出名的《黃鶴樓送孟浩然之廣陵》便是其中一首。

故人西辭黃鶴樓，煙花三月下揚州。
孤帆遠影碧空盡，唯見長江天際流。

還有另一首《與史郎中欽聽黃鶴樓上吹笛》：「一為遷客去長沙，西望長安不見家。黃鶴樓中吹玉笛，江城五月落梅花。」從此為武漢博了個「江城」的美名。

詩都寫了，這位大大還不會善罷甘休嗎？不會！李白大大後來來到鳳凰臺，還特意寫了一篇《登金陵鳳凰臺》，欲與崔顥的《黃鶴樓》一爭高下，兩首詩都是流傳千古的佳作。

誰讓李白大大是一個耿直的大大，哼。

黃鶴樓，可是當年的一個熱門話題，同為盛唐時期的王維、賈島等知名網紅，自然也不甘落後，發了動態。

高檻危簷勢若飛，孤雲野水共依依。
青山萬古長如舊，黃鶴何年去不歸？
岸映西州城半出，煙生南浦樹將微。
定知羽客無因見，空使含情對落暉！

——《黃鶴樓》

賈島：「我就是那個糾結和尚推敲的賈島。」

城下滄浪水，江邊黃鶴樓。
朱闌將粉堞，江水映悠悠。

——《送康太守》

王維：「我和李白最大的故事就是沒有故事。」

隨後便是中唐時期，整體風格明顯隨著動盪的現實轉向冷峻，變得更加能體現現實，例如白居易便是一位現實主義詩人，在他的提倡下，這個時期湧現出許多讓達官貴人心肝兒直顫的諷刺詩。白居易大大也參與了這個黃鶴樓熱門話題。

楚思淼茫雲水冷，上聲清脆管弦秋。
白花浪濺頭陀寺，紅葉林籠鸚鵡洲。
——《盧侍御與崔評事為予於黃鶴樓置宴，宴罷同望》

白居易：「待我去找個民間老婦，問問她能不能讀懂，讀不懂我就改到她讀懂。」

夢覺疑連榻，舟行忽千里。
不見黃鶴樓，寒沙雪相似。
——《出鄂州界懷表臣二首》

劉禹錫：「其實，我還是個哲學家。」

待到晚唐，隨著眾多大大的永久退文壇圈，文壇一時開始陷入了衰敗，雖也出過李商隱、杜牧等優秀大大，整個文壇卻全然不像先前那樣繁盛。這個時期各位大大受環境影響，詩風大多有憂國憂民的憂傷，都是一群憂鬱的小青年。

君為珠履三千客，我是青衿七十徒。

禮數全優知隗始，討論常見念回愚。
黃鶴樓前春水闊，一杯還憶故人無？
——《送王侍御赴夏口座主幕》

杜牧：「默默發個文，晚唐了，這個時候發，應該沒人看到吧？」

無獨有偶，在山西一代也有一座和黃鶴樓經歷十分相似的鸛雀樓，建於北周，也成為了唐宋文人以筆爭高下的會場。沈括《夢溪筆談》中記載：「河中府鸛雀樓三層，前瞻中條，下瞰大河，唐人留詩者甚多，唯李益、王之渙、暢諸三篇能狀其景。」也就是傳說中的冠軍、亞軍誕生了，那麼誰是冠軍呢？

鸛雀樓西百尺牆，汀洲雲樹共茫茫。
漢家簫鼓隨流水，魏國山河半夕陽。
事去千年猶恨速，愁來一日即知長。
風煙並在思歸處，遠目非春亦自傷。
——李益

迥臨飛鳥上，高出塵世間。
天勢圍平野，河流入斷山。
——暢諸

這兩首詩，一首是七律詩，一首詩五言絕句，分別側重於借景抒情和情景再現，都是佳作。比起傳說中的最後一人——王之渙的詩句來，卻還是稍遜一籌。王之渙的詩中有畫，且語言十分簡潔，朗朗上口，短短十個字將山河景致盡納入詩中，也就是咱們小學時就朗誦過的《登鸛雀樓》。

白日依山盡，黃河入海流。
欲窮千里目，更上一層樓。

前寫景，後抒情。尤其是後兩句，將詩人胸膛內非凡的氣勢體現得痛快淋漓，登高遠望算什麼？詩人想看到的是千里之外，是無窮的景致，一下就將意境提升了一個層次。

這也是古往今來所有華夏人的氣魄。

唐朝風雨興衰，共歷近三百九十年，其間湧現眾多名傳千古的大詩人，在這段史冊裡先後登上同一個黃鶴樓，看到同一段長江水。每一句詩都包含著他們滿懷的熱忱，詩宣揚了樓，樓成就了詩，二者相輔相成，在悠悠歷史長河中流傳至今。

而唐朝那場爭霸賽不過是一段插曲，直至現代，還不乏文人登高遠望，欲挑戰崔顥、王之渙的絕唱。不知再過千百年後，是否能有後人，再次登臨這場永久爭霸賽的最高點呢？

我們拭目以待。

第二回　燒死異端！月亮黨和太陽黨的決鬥

文／拂羅

要說太陽和月亮的死忠粉，中國文人說自己是第一，沒人敢稱第二。

華夏上下五千年，其間眾文人對日月的狂熱崇拜，可謂是能追溯到堯舜禹時代，從舜禪位給禹時，大家高高興興一起唱起的《卿雲歌》裡就有記載：「卿雲爛兮，糺縵縵兮。日月光華，旦復旦兮……」裡面就描繪了禹帝登基時那種浩蕩的天象，糊弄得百姓們一愣一愣的，趕緊磕頭下拜：「天象啊！上天欽定他當皇帝！」

早期詩歌裡的日月出現，多是為了愚弄百姓，借著天象刻畫出一個極度高尚的場面。而那時候人們還沒那麼文藝，一家子能吃飽飯，上頭還有皇帝穩坐江山就行，從不想太多，所以他們對於天象的崇拜，已經到了腦殘粉的地步。

「今年適不適合種田？」「看看天象。」

「這地段風水好不好？」「看看天象。」

「今天中午吃啥？」「看看天象……不不不，這個不用看天象。」

後來一個朝代一個朝代的過去，人們也就沒那麼好糊弄了，加上文壇的不斷多樣化，日月就漸漸成為了一種抒情的意象，也就是咱們上學時常講過的「借景抒情」。尤其是到了唐代，在這個詩歌發展最繁榮的朝代，日月意象已經成了各路詩人常用的手法，大家都不再是耿直的少年，寫詩的時候不直接寫「日月光華，旦復旦兮」，那麼耿直的句子了，大家都學會了含蓄。

「日月的光照耀下來，真是輝煌輝煌又輝煌啊！」

你看看，多耿直。

「陽光滿前戶，雪水半中庭。」（白居易《早春即事》）

這樣多有意境。

太陽和月亮，作為兩種詩中的意象，太陽升起時是光芒萬丈，落下時是落日殘陽，是個多變的小妖精，它在詩歌裡的作用，常常代表了帝王的權威，或詩人大大們的政治抱負。

不信抬頭看看太陽，它和皇上的龍袍一樣，都是土豪金，都和皇帝一樣讓人不敢直視。

而月亮就明顯大眾化多了，被眾多文人所喜愛，常常用來代表聚散相思、對月思鄉、仕途不順。一是因它起碼能直視，不像太陽那麼晃眼睛，月光還頗有點淡泊的意味，很對儒雅的中國人胃口；二是因月亮有陰晴圓缺，正和人的哀樂聚散對應，方便寄情於景；三在火辣辣的烈日當頭，和清幽如水的月光裡，你願意在哪個環境下創作？

到了唐朝，詩人們對於日月意象的運用，已經玩得相當成熟，這兩種主流詩更是分成了兩撥，日黨和月黨，兩教高手如雲，相爭不下，在唐朝二百九十年的雲煙中，時不時就會蹦出一個大神寫下佳句，刷新紀錄。可在咱們常讀的古詩中，看到月亮黨更多一些，例如追月不止的李白，真是這樣嗎？

不一定，太陽黨和月亮黨其實從來沒有過勝負，李白他其實也寫過太陽，還不少。

初唐時期，皇帝出去玩喜歡帶一群詩人，追在後面寫詩給自己歌功頌德，太陽在宋之問、沈佺期、王維等公務員詩人的手中，常常用來讚頌君王，都是些奉和應制之作，為了討口飯而寫的，例如王維曾寫「太陽升兮照萬方，開閶闔兮臨玉堂」。

而日後成為「初唐四傑」之一的王勃，就是月亮的忠實黨員，他寫了不少關於月亮的詩句，暫壓太陽黨一頭，例如《秋夜長》中「秋夜長，殊未央，月明白露澄清光，層樓綺閣遙相望。」《江亭夜月送別二首》中「亂煙籠碧砌，飛月向南端。寂寞離亭掩，江山此夜寒」。

詩人通過景物來間接抒情，最後一字尤為巧妙，黃叔燦在《唐詩箋注》中就曾評價「一片離情，俱從此字托出」。

初唐的風一吹而過，轉眼便到了詩歌最繁榮的時代，盛唐。盛唐，也是太陽黨和月亮黨交戰最激烈的時候，各路知名大詩人紛紛出手，文壇簡直成了刀光劍影的戰場。

盛唐時期，太陽黨蹦出一個知名網紅王維，王維其實算是山水田園派的，但也寫過不少邊塞詩。

單車欲問邊，屬國過居延。
征蓬出漢塞，歸雁入胡天。
大漠孤煙直，長河落日圓。

蕭關逢候騎，都護在燕然。

——《使至塞上》

全詩語言精練，勾勒出一幅壯麗的塞外風光，太陽分耀眼與殘陽的時刻，耀眼都是帝王的，殘陽才屬於仕途失意的詩人們，「落日」本是淒涼景致，用「圓」字來刻畫，卻給人一種別樣的溫暖感，將自己的情緒融合在景色中。

落日乃是淒涼景致，全日太過輝煌，那麼便沒有寫全日的人嗎？不，又有王灣獨闢蹊徑。

客路青山下，行舟綠水前。
潮平兩岸闊，風正一帆懸。
海日生殘夜，江春入舊年。
鄉書何處達，歸雁洛陽邊。

——《次北固山下》

冬末春初，王灣寫詩時正考上公務員，那叫一個春風得意，他觸景生情，就提筆寫下這首對仗的詩，為太陽黨加一分。

崔顥則拎著那首讓李白大大甘拜下風的《黃鶴樓》，不甘其後，驚豔四座，讓人傳唱了數十年。

昔人已乘黃鶴去，此地空餘黃鶴樓。
黃鶴一去不復返，白雲千載空悠悠。
晴川歷歷漢陽樹，芳草萋萋鸚鵡洲。
日暮鄉關何處是？煙波江上使人愁。

——《黃鶴樓》

太陽黨咚咚地砸出了這麼多佳句，那麼月亮黨又有什麼表示呢？月亮黨自然不甘示弱，對面有長槍，咱們有大炮！

首先是掌握了月之奧義的李白大大，李白大大為月亮而戰過多少次？太太太多了。

楊花落盡子規啼，聞道龍標過五溪。
我寄愁心與明月，隨風直到夜郎西。

——《聞王昌齡遙遷龍標遙有此寄》

這首七絕是寫給王昌齡的，李白大大不僅寫了月亮，還讓月亮做了自己的替身，脫離了「望月」的階段，意境更加高深。還有其他寫月亮的詩，隨意撿出一首都是佳句。

長安一片月，萬戶擣衣聲。
秋風吹不盡，總是玉關情。

何日平胡虜，良人罷遠征。

——《子夜吳歌．秋歌》

但凡有月亮的文字，似乎都帶著些淡淡的離別苦，盛唐年間的張九齡便寫出這麼一篇流傳千古的思念詩。

海上生明月，天涯共此時。
情人怨遙夜，竟夕起相思。
滅燭憐光滿，披衣覺露滋。
不堪盈手贈，還寢夢佳期。

——《望月懷遠》

此篇第一句已經成為千古佳句，張九齡自己一定也想不到，他的這首詩會經常出現在千年後的各大月餅包裝上，增加格調。作者眼中的月色如此撩人心弦，讓人思念起遠方的親人來，月光深藏著詩人的心意，可這怎能贈給親人呢？罷了，不如就此睡去吧。結尾兩句頗有餘味。

月亮黨與太陽黨從無數個天明打到地暗，不分高下，一直從盛唐打到中唐。
中唐時期，太陽黨之中又殺出一匹黑馬，他叫李賀。

黑雲壓城城欲摧，甲光向日金鱗開。

角聲滿天秋色裡，塞上燕脂凝夜紫。
半捲紅旗臨易水，霜重鼓寒聲不起。
報君黃金臺上意，提攜玉龍為君死。

——《雁門太守行》

前四句描述落日之前的景致，營造出兵臨城下的肅殺氣氛，字句中色彩濃重明豔，刻畫戰爭瞬息萬變，堪稱字眼詭譎。《唐新語》中記載：「李賀以歌詩謁韓愈，愈時為國子博士分司，送客歸，極困。門人呈卷，解帶旋讀之……卻緩帶，命迎之。」啥意思呢？就是說韓愈困得不行要上床睡覺，衣服都脫了，大概天王老子來叫都不好使，等他迷迷糊糊的讀到李賀的這首詩，卻自動蹦起來就要見客。

為什麼？因為詩寫得太好了啊！

而文壇大老 tag 了白居易在晚年輕描淡寫地揮毫，寫下了《憶江南》。

江南好，風景舊曾諳。
日出江花紅勝火，春來江水綠如藍，能不憶江南？

作者用幾十個字勾勒出江南美景，通過紅與綠兩種色調交替，展現出一幕鮮豔的景致，江南躍然眼前。偷偷跟你講，其實白居易還寫過不少「杲杲冬日光，明暖真可愛」這樣疑似惡意賣萌的詩句，這老爺子晚年很是可愛。

就連追月不止的李白，其實也曾寫下六十多首關於太陽的詩，例如《早發白帝城》等這樣的名篇。不過這些拎出來就能惹來一陣驚呼聲的佳句，都並非穩居第一，大唐是個創造奇跡的時代，如果奇跡有名字，那麼他叫王之渙，他寫下堪稱神跡的詩篇《登鸛雀樓》。

白日依山盡，黃河入海流。
欲窮千里目，更上一層樓。

——《登鸛雀樓》

一句詩概括了大唐氣魄，讓太陽黨大大地風光了很久。

而中唐時期為月亮而戰的，還有李益，他飽經滄桑，提筆寫出了瞬息間流傳唐朝的一首詩。

回樂峰前沙似雪，受降城外月如霜。
不知何處吹蘆管，一夜征人盡望鄉。

——《夜上受降城聞笛》

前兩句描繪了邊塞的月色，十分含蓄，後兩句則正面抒情：是哪位將士在城頭吹起蘆笛，思念著故鄉？《增訂唐詩摘鈔》中評價：「沙飛月皎，舉目淒其，下此而聞笳聲，安有不思鄉念切者。」杜甫大大也參與過這場日月之戰，貢獻過詩。

戍鼓斷人行，秋邊一雁聲。
露從今夜白，月是故鄉明。
有弟皆分散，無家問死生。
寄書長不避，況乃未休兵。

——《月夜憶舍弟》

而與《登鸛雀樓》能分庭抗禮的，卻不是這些，而是李白大大的一首簡單粗暴的小詩。

床上明月光，疑是地上霜。
舉頭望明月，低頭思故鄉。

——《靜夜思》

寫下這首詩時李白才二十六歲，全詩並沒有華麗的詞藻，情至深處脫口而成，語言樸實，卻能撩撥所有人的心弦。《唐詩箋注》評價：「即情寄景，忽離忽合，極質直卻自情至。」中唐之後便是晚唐，李白杜甫等人隨風化仙而去，大唐的土地上又誕生了李商隱，杜牧等詩人，日月黨的拚殺已不再那麼激烈，卻依然沒能分出勝負。李商隱寫出了「夕陽無限好，只是近黃昏」這樣的名句，杜牧則寫過「煙籠寒水月籠沙，夜泊秦淮近酒家」，兩者同樣流傳千古，不分上下。

大唐的日月之爭，似乎就這樣輕輕地落了幕，隨著大唐的興衰雲煙，一同被後人記載於史冊中。歷史匆匆往前走了千百年，有後人整理詩集，忽然在浩瀚書海中發現了一首被埋沒的詩，通篇細讀兩遍，心頭一顫，連忙將它整理在詩集之中，那篇自初唐起被埋沒的《春江花月夜》這才浮現在世人眼前，眾人紛紛讚歎其為「千古絕唱」「孤篇壓全唐」。

春江潮水連海平，海上明月共潮生。
灩灩隨波千萬里，何處春江無月明。

——《春江花月夜》

全詩三十六句，描繪了月夜下的一幅瑰麗長卷，是真正的千古絕唱，第一句便格外清麗，讓人驚豔，可惜張若虛流傳下來的詩篇只剩下兩篇，其人生卒年也記載不詳，《唐詩別裁》中也只記載了「若虛開元初人，與賀知章、張旭齊名」。

所幸暫時的封塵不等於埋沒，這是月亮黨的一次大勝利，這個有點像武林大會上高手們對決，幾個絕世高手打得天昏地暗未分勝負，這時候忽然有個神秘人飄然出手，取了桂冠，大家誰也不清楚他是誰，大家只清楚他唰唰兩下搶了人頭就走。

然而詩壇之中，可曾有真正的勝負？

我覺得是沒有的，哪能有呢？

歷史悠悠化作文字，古人已作古，留下詩篇流傳在後人的唇齒間，同樣留下的還有那貫穿了古今的日月，日月才是看透了華夏幾千年的贏家，若真要評個高下，恐怕只有日月才有資格吧。日月只笑笑，向來不言語。

第三回 邊塞詩人vs.田園詩人，誰是大唐最強潮流派？

文／拂羅

很久很久以前，有個朝代叫唐朝，唐朝有兩個大老詩派。

兩個大老都是先秦以前就出生了，它們一個叫邊塞詩派，一個叫山水田園詩派，各抓了一手好牌，分庭抗禮，華夏歷史有多久，它們就打了多久的牌。

邊塞詩大老是集蒼涼與豪放於一身，啥時候邊境危難，它就蒼涼，啥時候等到太平盛世了，它就豪放，也是相當精神分裂——全看寫詩的人遭遇如何。它出生於西周，詩經裡《小雅．六月》是他剛出生的模樣，它在秦漢時期還是個懵懵懂懂的小屁孩，等到了漢魏及隋朝，才終於漸漸長大起來，頗有些大老的樣子了。

而山水田園詩大老是一個溫和淡薄的大老，前期比較熱血，大多是為古代勞動人民發聲，控訴萬惡的統治階級，詩經中的《豳風．七月》為證，它也是出生於西周，成長於晉宋時期，自從晉朝的陶淵明歸耕之後，創作出不少真正意義上的田園詩，山水田園詩大老這才有了自己的名字。

一晃百年過去了，這兩個大老在華夏的土地上漸漸擴大了勢力，一晃若干年過去了，它們終於迎來一個對詩歌來講最幸福的朝代——唐朝的盛唐。

大唐是個人民幸福指數很高的朝代，可謂國泰民安，國內繁榮，國外不敢進犯。如果你穿越到這個自由度很高的唐朝online，那麼恭喜恭喜，多重職業供你選擇，在安史之亂來臨之前，你可以在國內寫寫詩，也可以去邊塞殺殺敵。

這樣的環境下，兩個大老可謂是風光無限，各自好牌一抓一大把，有高適、岑參、王昌齡等邊塞詩人，他們胸膛中有星辰大海，專寫邊塞的風光和生活。也有孟浩然、王維等田園詩人，他們吃著火鍋唱著歌兒，歌頌美好的山水風光。

兩個大老各自抓著一手好牌，面面相覷，都有點互相不服氣，既然大家都平起平坐，那麼誰才是盛唐最熱門的流派？

邊塞詩大老首先出手了，一出手就是唰唰兩張王牌：「今天咱們只論盛唐，高適，岑參，並稱高岑。」

高適是誰？是邊塞詩裡堪稱王牌之一的存在，詩風滿滿都是盛唐特有的積極青年氣息，外面是團冰，裡面藏著火，不探究不知道，一探究嚇死你。《詩鏡總論》中就有評價：「盛於開元以後，高適當屬名手」[33]且事業方面也相當成功，咱們一般看到的詩人大多仕途落魄，只有他跳出套路，一直做到了大臣。

33《詩鏡總論》：七言古，盛於開元以後，高適當屬名手。

千里黃雲白日曛，北風吹雁雪紛紛。
莫愁前路無知己，天下誰人不識君？
——《別董大》

《別董大》一共分兩首，第一首比較出名，開篇先渲染了景色氣氛「千里黃雲遮了天色，日色昏沉，北風獵獵吹著歸雁，降雪紛紛」。讓看客也置身於風雪之中，可謂鋪墊極致，才引出下文慷慨激昂的送別「大兄弟，你不要擔心前路沒有知己，這普天之下，哪個不認識你？」自古多情傷離別，這首送別卻極有風骨，擲地有聲，是詩中經典。

與高適並稱「高岑」的岑參，就像是和高適失散多年的兄弟，這兩人詩風經歷都十分相似。他前期其實是寫山水詩的四十五度仰望天空的憂傷小青年，後來在軍隊裡待過六年，詩風一下就變成了邊塞，所謂「參軍後悔兩年，不參軍後悔一輩子」，岑參顯然是不會後悔了，六年讓他從一個青年變成一個男人。

北風捲地白草折，胡天八月即飛雪。忽如一夜春風來，千樹萬樹梨花開。
散入珠簾濕羅幕，狐裘不暖錦衾薄。將軍角弓不得控，都護鐵衣冷難著。
瀚海闌干百丈冰，愁雲慘澹萬里凝。中軍置酒飲歸客，胡琴琵琶與羌笛。
紛紛暮雪下轅門，風掣紅旗凍不翻。輪臺東門送君去，去時雪滿天山路。
山回路轉不見君，雪上空留馬行處。
——《白雪歌送武判官歸京》

整首詩共分三部分，前八句一部分，主要寫送別友人那天奇麗的雪景與奇寒，其後四句為一部分，寫雪景的壯觀和餞別宴會的盛景，最後六句又是一部分，寫目送友人踏上歸途。詩中景致奇麗多變，感情舒張有致，白雪如畫片變幻，交替著詩人慷慨悲壯的情緒。《唐賢清雅集》評價其「嘉州七古，縱橫跌盪，大氣盤旋，讀之使人自生感慨」。

對面山水田園詩大老眼皮一跳，他正帶著孟浩然王維等人，吃著火鍋唱著歌，歌頌大唐好河山，突然就被邊塞詩大老給王牌轟炸了。山水田園詩大老心裡暗暗不爽，但保持了風度，淡淡地說道：「去吧，孟浩然，王維，並稱王孟。」

春眠不覺曉，處處聞啼鳥。夜來風雨聲，花落知多少。

——《春曉》

這是孟浩然隱居鹿門山的一天早晨所做，乍讀平淡無奇，細細一讀，便覺詩中另有畫意，韻味猶如行雲流水，像是一汪清泉潺潺流動。《唐詩歸》裡連用兩個「妙！」字來形容此詩。

故人具雞黍，邀我至田家。綠樹村邊合，青山郭外斜。
開軒面場圃，把酒話桑麻。待到重陽日，還來就菊花。

——《過故人莊》

這首則是孟浩然在農家朋友那裡做客時寫下的，語言流暢樸實，猶如面對面地拉家常，最後四句更有一種靈活感注入其中。《唐詩近體》曾評價「通體樸實，而語意清妙」。

如果要用第一個吃螃蟹的人比擬，那麼孟浩然就是大唐第一個寫山水詩的人，詩風清清淡淡，性子也清清淡淡，曾隱居於鹿門山。據說他遊歷四方，收了大批的小粉絲，其中就有王維、李白等人，四十歲時有個郡守叫韓朝宗，也是他的死忠粉，不光自己喜歡孟浩然的詩，還向其他同事推銷孟浩然的詩。

最後這位粉絲狂熱到什麼程度呢？他對孟浩然說：「大大，咱們約定個日子，到時候我帶你認識認識我的同事。」

然而約定的日子到了，孟浩然正和一群朋友喝酒，喝得正高興，居然沒提到赴約的事，有人偷偷地提醒他：「您和韓公有約啊，您忘了？」

孟浩然很不高興，後果很嚴重：「你沒看見我正喝酒呢？高興著，管他呢。」[34]

有才華的人就是這麼任性，最後甚至任性到把自己給活活作死了，孟浩然晚年得了病，醫生說沒什麼大事兒，就是千萬別吃魚就行。後來他去拜訪好密友王昌齡，王昌齡特別高興，也不知道醫囑啊，就特地給他做了魚吃，孟浩然一下把醫囑拋在腦後，把魚吃了，吃了……孟浩然，享年五十二歲，「病疽背卒」。

王昌齡：「一提這事我就心痛啊。」

而提到王維，他的派別就有些難分了，我們先來看看他的幾首詩。

空山新雨後，天氣晚來秋。明月松間照，清泉石上流。
竹喧歸浣女，蓮動下漁舟。隨意春芳歇，王孫自可留。
——《山居秋暝》

單車欲問邊，屬國過居延。征蓬出漢塞，歸雁入胡天。
大漠孤煙直，長河落日圓。蕭關逢候騎，都護在燕然。
——《使至塞上》

人閒桂花落，夜靜春山空。月出驚山鳥，時鳴春澗中。
——《鳥鳴澗》

有沒有發現哪裡畫風不同？沒錯，中間偷偷地混進去一首邊塞詩，王維是個全能王牌，啥啥都會。就好比某玩家又會法術又會近戰（使用武器進行肉搏戰），那他到底算是魔法師呢還是戰士呢？但總不能說他是全職高手吧，那就看他哪個職業的詩比較厲害吧！王維顯然更偏向山水田園派，他與孟浩然是朋友，詩風清新淡遠，自創「詩中有禪」的意境。

王維不光擅長文學與音樂，還是個繪畫天才，筆下的山水頗有神韻，蘇軾就曾評價：「味摩詰之詩，詩中有畫；觀摩詰之畫，畫中有詩。」山水田園詩大老出完一輪，對面邊塞詩大老還是

34《新唐書》：「採訪使韓朝宗　浩然偕至京師，欲薦諸朝。會故人至，劇飲歡甚，或曰：『君与韓公有期。』浩然叱曰：『業已飲，遑恤他！』卒不赴。朝宗怒，辭行，浩然不悔也。」

不服，啪一聲拍下兩張牌：「王之渙，王翰，兩首涼州詞。」

黃河遠上白雲間，一片孤城萬仞山。羌笛何須怨楊柳，春風不度玉門關。

——《涼州詞》王之渙

葡萄美酒夜光杯，欲飲琵琶馬上催。醉臥沙場君莫笑，古來征戰幾人回？

——《涼州詞》王翰

千年之後的後世人常常拿兩首詩來作比較，王之渙留下的詩篇僅存六首，其中兩首便是涼州詞，他的涼州詞，前兩句寫蒼涼的邊塞景致，後兩句一轉，忽而寫羌笛聲，勾起人的思鄉之情，未按照當時風氣寫「折楊柳」而化作「怨楊柳」，一字堪稱精妙。

而王翰的涼州詞主要寫將士們出征前舉杯痛飲的場面，讓人豪情萬丈，後兩句藏著深深的悲情。《唐詩直解》中評價：「悲慨在『醉臥』二字」。

但比起王翰，大唐福爾摩斯．王之渙顯然要更傳奇些。傳說他在文安縣當官時審過黃狗——有個叫劉月娥的民婦哭訴小姑被殺：「我剛進門，聽見小姑喊救命，一個男人匆忙跑出來，我沒廝打過他，只抓了他幾下，還是讓他逃走了。進屋一看，小姑胸口插著剪刀，已經斷氣了……」

王之渙又問了幾句，得知民婦沒看清那男人的相貌，而出事時家裡只有一條黃狗，當晚民婦並未聽見狗叫。他略一思索：「來人，把證狗送上來！」

圍觀群眾：「咩咩咩？」

卻沒想到王之渙真的審出了兇手：「真相只有一個！犯人就是你，劉月娥的街坊李二狗！」

原來王之渙細細一思索，事發當晚黃狗沒叫，來人必定是個熟人，且後背有抓痕，繼而破案。

不愧是只留下六首詩，卻依舊名傳四方的傳奇男人。

王之渙和高適、王昌齡也是摯友。根據《集異記》中一則「旗亭畫壁」的故事，傳說有一日雪天，他們三個人來到酒樓喝酒，正趕上有人舉行宴會，臺上四位歌女邊彈邊唱，王之渙就提議：「咱們三個人的水準一直不分高下，現在機會來了，這四位歌女，唱誰的歌最多，誰就是大老，如何？」

高適和王昌齡大笑同意。

臺上那四個妹子開口了，第一個歌女唱王昌齡的，第二個歌女唱了高適的，第三個歌女又唱王昌齡的。王昌齡和高適那叫一個得意啊，王之渙急了，拍案而起，指著那個最漂亮的妹子說道：「她們都是鄉巴佬，就會唱你們這些下里巴人的歌詞，你信不信，那個顏值最高最有氣質的妹子，一開口肯定是我的！要不是我的，我這輩子不跟你們比詩了，要是我的，你倆拜我為師啊。」

那個顏值最高的妹子緩緩地開了口，正是那首涼州詞：「黃河遠上白雲間……」

這個賣弄可謂非常成功了，臺下三個人拍掌大笑。

畫面轉回牌局，邊塞詩派大老大笑，乾脆攤開了剩下的牌：「山水兄，這下你可要輸了吧？我這兒還有王昌齡和李頎呢！」

白日登山望烽火，黃昏飲馬傍交河。行人刁斗風沙暗，公主琵琶幽怨多。
野雲萬里無城郭，雨雪紛紛連大漠。胡雁哀鳴夜夜飛，胡兒眼淚雙雙落。
聞道玉門猶被遮，應將性命逐輕車。年年戰骨埋荒外，空見蒲桃入漢家。

——《古從軍行》李頎

從軍行是樂府古題，詩人為避嫌才加上一個「古」字，全詩句句相連，最後點明題意，蒲桃就是葡萄的意思，漢武帝為了阿拉伯馬開通西域，引來戰亂，一同隨馬匹引入的還有葡萄，詩人嘲諷當朝君王：戰亂只換來了葡萄而已。可謂是巧妙的嘲諷。

秦時明月漢時關，萬里長征人未還。但使龍城飛將在，不教胡馬度陰山。

——《出塞》王昌齡

這首七言絕句將景色與敘事相結合，行雲流水，被明代李攀龍在《唐詩選》譽為「唐人七絕的壓卷之作」，它用最平凡的語言寫出了真正的詩歌藝術，將詩人的心緒融入了字句裡。

王昌齡被後人譽為「七絕聖手」，他的朋友圈也盡是知名網紅：有李白、高適、岑參、孟浩然、王維、王之渙……有一年他去看望孟浩然，結果孟浩然因為吃魚，病發去世了，王昌齡痛不欲生，一把鼻涕一把淚地往回走，半路卻正好遇見了被發配夜郎的李白，這兩人一見如故，也算是一種彌補了。

邊塞詩派一口氣攤出這麼多好牌，山水田園派當然也不甘示弱，連連反擊，他們每張牌的大招都要蓄力幾年，轉眼大唐 online 就要走進安史之亂，這牌局也越來越激烈，從山水派的儲光羲鬥到邊塞派的崔顥，不知日月升降了多少次。最後一輪，山水田園詩派依然很淡然，輕描淡寫地攤牌：「常建，韋應物，柳宗元。」

> 清晨入古寺，初日照高林。曲徑通幽處，禪房花木深。
> 山光悅鳥性，潭影空人心。萬籟此都寂，但餘鐘磬音。
>
> ——《題破山寺後禪院》常建

常建算是盛唐的田園派詩人，韋應物和柳宗元卻已是中唐人士，所作各有《滁州西澗》與《江雪》等名篇，經歷安史之亂後的田園詩，風格一轉，多了對民生疾苦的關懷。邊塞詩派微微一愣：「山水兄，咱們這次不是只比盛唐嗎？怎的扯到中唐了？」

「詩也說完了，高適、孟浩然等人也作了古，邊塞兄，這些人和詩都說完，便是中唐啊。」山水田園派一鬆手，任這些牌飛作塵土，淡淡回答。

邊塞詩派錯愕，緩緩放下這些出完的牌，見身邊不知何時誕生了李益、盧綸等中唐詩人牌，再過了一會兒，細細聽來，中唐之後竟全是亡國之音。它的性子又慢慢地變得感傷起來了：「怎麼，盛唐四十三年……不過你我一局之間。」

盛唐乃是兩大派別的巔峰時代，後世極難超越，待到了中唐及晚唐，隨著山河飄搖，朝廷內亂，詩風逐漸變為感傷深沉，有些詩人轉而吟詠男女之情，聲聲皆蒼涼。後世兩派雖也有許多優秀的詩人，卻終究沒再迎來第二個巔峰。

「華夏千年，總會有你我再痛快交手之日。」山水田園派拂衣起身，微微一笑，消散於山高水長間，邊塞詩派目送著它遠去，悠悠留下一句長歎，散於歷史煙塵中。

「願千年之後，會再來一個如你我所願的盛世吧，到那時，一定較個輸贏……」

這世上有些東西，真能較個輸贏嗎？

或許是吧，或許又不是，在這悠悠千年長河裡，有邊塞豪情，有山水長情，這才是一個完整的華夏。

轉眼已是千年之後，是否還會迎來第二個文壇盛世？

第四回 劉禹錫和白居易的榮譽之戰

文／拂羅

七七二年注定是不平凡的一年。

在這一年，盛唐的繁華早已過去，讓我們把目光放在中唐。這一年的河南大概很受文曲星青睞，在洛陽與新鄭，有兩個新生兒先後呱呱墜地，他們就是被中唐文壇選中的孩子——白居易和劉禹錫。

這兩個命運之子同年同月同日生，出身也驚人的相似，讓我們來對比一下：白居易出生在一個中小官僚家庭，是正統的官二代，後來為了躲避戰亂，舉家搬到了宿州。而劉禹錫也是出生在小官僚家庭，據說祖先是中山靖王劉勝[35]，打小就確定了他要當個文藝青年的志向。

兩個彼此素不相識的小孩漸漸長大，都成了天賦驚人的文藝青年，年紀輕輕就在文壇圈裡闖出了些名氣。劉禹錫四處遊學，是遊吟詩人，白居易名氣更大些，是國民級大神，每寫出一首詩都是最炫民族風的風靡程度。

古人總要考個功名，不考渾身不舒服，於是劉禹錫早年和密友柳宗元一同進京，雙雙二十歲

35《子劉子自傳》：「子劉子，名禹錫，字夢得。其先漢景帝賈夫人子勝，封中山王，謚曰靖，子孫因封為中山人也。」

上下考中了公務員，好巧不巧，過了幾年，白居易也考中了公務員，在國家機關工作。

劉禹錫：「有人模仿我的人生？」

白居易：「略略略。」

做官之後，劉禹錫本以為自己是個人生贏家，卻在這時候，他遇到一個叫王叔文的熱血中二病，王叔文對他說「走哇大兄弟，咱們去搞革新啊」，於是劉禹錫就毅然拉著柳宗元一起加入了組織，捲起袖子開幹。理想很美好，現實很骨感，三個人非常整齊地被保守勢力給打了下去，王叔文被賜死了，劉禹錫和柳宗元等八人同時被貶為遠州司馬，也就是歷史上的「八司馬事件」[36]。

這事過了十年，劉禹錫被召回京城了，白居易卻出事了。話說某一天的早晨，當朝宰相武元衡居然在上班的路上被刺客給殺了，這事震驚了全國上下，白居易作為武元衡的好朋友，當然是一把鼻涕一把淚，憤怒地起草了一篇奏章給皇上「宰相在上班路上被殺，這是國恥啊，國恥！快立刻查辦！」[37]

這篇奏摺引起的直接後果，就是讓白居易從國家機關直接跌下來，被攆到了江州當司馬。什麼是司馬？就是專門安置被貶官員的閒職，基本就是被打入了冷宮。

其實這篇奏摺除了言詞激動點，本身沒啥問題，錯就錯在白居易平時因為太耿直，幾次惹得頂頭上司唐憲宗不滿，還得罪了不少有權有勢的官場同事，白目到了這個程度，就差一個名正言順的理由攆走這小子了，於是上頭給白居易扣了個「越權」的帽子，打發走了。

這兩人可謂是你來了，我走了，這一年正是八一五年的二月，他們都不再年輕了。

這劉禹錫在京城待了兩年，板凳還沒坐熱，就白目整到自己，寫了首《元和十一年，自朗州召至京，戲贈看花諸君子》，其中有一句「玄都觀裡桃千樹，盡是劉郎去後栽」十分高級地酸了當年排擠他的同事：「誒嘿，你們現在看的（巴結的）這些花（新權貴），還不是我老劉十年前離開之後提拔的？」

當年排擠他的官僚：「……」

寫完這詩之後，劉禹錫就集結到兩次被貶了，這次是被貶到更遠的地方當刺史，幸好有柳宗元和裴度幫忙，才給改到了連州，在連州待了五年，又連續換了幾個地方當刺史。

而這時候的白居易又在做什麼呢？白居易四十八歲時，終於把頂頭上司唐憲宗給熬死了，第二代頂頭上司唐穆宗惜才，就把他給召回了長安城。不過當時朝廷裡亂七八糟，明爭暗鬥，白居易頓時產生了「貴圈真亂我要走」的念頭，兩年之後，他自願跑到杭州當刺史去了。

就在白居易當杭州刺史的四年之後，劉禹錫終於崛起了，他離第一次被踢出去，直到二十三年後才奉旨回洛陽做官，心情那叫一個舒暢，還特地又寫了一首詩《再遊玄都觀》「種桃道士歸何處？前度劉郎今又來」。

36《舊唐書・劉禹錫傳》：「初，禹錫、宗元等八人犯眾怒，憲宗亦怒，故再貶。」
37《新唐書・白居易傳》：「是時，盜殺武元衡，京都震擾。居易首上疏，請亟捕賊，刷朝廷恥，以必得為期。宰相嫌其出位，不悅。」

而劉禹錫和白居易是何時認識的呢？就在他們倆五十五歲的時候，劉禹錫這邊正調回洛陽繼任，白居易那邊也因病辭官回洛陽，命運裡姍姍來遲的重逢終於來了，這兩個日後成為一生的朋友，也是一生的詩敵的人——他們倆終於在揚州相遇了，兩人激動得老淚縱橫，當即就舉行了宴會。

這場宴會可謂是他們倆相愛相殺的開端，白居易首先一揮而就，寫了首詩給劉禹錫，詩中深深地表現了他對老劉遭遇的同情，劉二十八就是指的劉禹錫。

為我引杯添酒飲，與君把箸擊盤歌。詩稱國手徒為爾，命壓人頭不奈何。
舉眼風光長寂寞，滿朝官職獨蹉跎。亦知合被才名折，二十三年折太多。

——《醉贈劉二十八使君》

「您為我拿過酒杯倒酒，我們一起用筷子敲著盤子唱歌。雖然您堪稱國手，卻無人賞識，有命運緊緊地壓在上頭，真是無可奈何啊。舉目看到的人都風風光光，您卻寂寞如斯，滿朝官職，您這樣有才華卻獨自虛度光陰。也知道有才名折官的說法，可這二十三年的折損未免也太多。」

就像古代大俠拆招，白居易首先「唰」地白鶴亮翅，劉禹錫自然也要回酬一首，於是老劉也當場回了一首《酬樂天揚州初逢席上見贈》。

巴山楚水淒涼地，二十三年棄置身。懷舊空吟聞笛賦，到鄉翻似爛柯人。
沉舟側畔千帆過，病樹前頭萬木春。今日聽君歌一曲，暫憑杯酒長精神。

「我在巴山楚水這等淒涼的地方度過了二十三年，如今歸來卻已今昔非比，只能吹著笛惆悵。可沉舟側畔有千舟過去，枯木前頭有萬木逢春。今日聽您一曲高歌，就暫時以酒振作精神吧。」

與白居易相比，劉禹錫的詩風如其人，是比較豁達的，他以沉舟與枯木自比，可沉舟側畔有千舟，枯木前頭也有春，全詩基調雖沉悶愁苦，卻也有活水注入，足矣表現出老劉是個樂天派。他的詩也大多明朗豁達，對唐朝山水田園派的發展起了重要作用，對反映現實的深度幾乎無人能及。

而老白的詩風更加通俗易懂，尤其擅長諷刺詩，一般只突出一個主題，也被稱作「一吟悲一事」，也頗有種淡泊的意味，對後世影響極大。

初次交手就這麼過去了，兩人不分上下，可老劉和老白就這麼善罷甘休了嗎？當然不！古代有個詞叫唱和，什麼意思呢？有兩種意思，一種是說，有一天李鐵牛贈隔壁村張二狗一首詩，那張二狗就得按著贈詩的原韻來回贈一首詩，另一種是說，張二狗回贈李鐵牛的詩，不用原韻，只根據原詩的意思來寫。

老劉和老白的「唱和」，就這麼轟轟烈烈地拉開了序幕。老劉首先積攢蓄力值，發了個驚天動地的大招——「奧義．一百首」！這個奧義很好理解，就是老白一口氣贈了老劉一百首詩。

老劉：「……」

然後老劉默默地回了一首《翰林白二十二學士見寄詩一百篇，因以答貺》，其中第一句是「吟君遺我百篇詩，使我獨坐形神馳」……

從此這兩人從天昏鬥到地暗，一言不合就發個名留青史的大招，讓中唐其他詩人肝顫，武俠小說裡各路大俠打架，動不動就打他個幾百回合，文壇也同理。據說這兩位大神整整打了一百三十八回合，對，不是三十八回合，是一百三十八回合，根據老白自己的記載，這裡面還不算有時候喝得酩酊大醉，隨口說出來的。[38]

低花樹映小妝樓，春入眉心兩點愁。
斜倚欄杆背鸚鵡，思量何事不回頭？

——《春詞》白居易

新妝宜面下朱樓，深鎖春光一院愁。
行到中庭數花朵，蜻蜓飛上玉搔頭。

——《和樂天春詞》劉禹錫

白居易寫了《楊柳枝》組詩八首，劉禹錫就寫《楊柳枝》組詩九首，還有一次憂鬱青年白居易看到一隻蟬，忽然就感傷起來，他想起那年他抓住一隻蟬，以為就抓住了整個青春，於是他寫了一首《聞新蟬贈劉二十八》「蟬發一聲時，槐花帶兩枝。只應催我老，兼遣報君知。白髮生頭速，青雲入手遲。無過一杯酒，相勸數開眉」。

劉禹錫當然神速地回贈《酬樂天聞新蟬見贈》，過了些日子，劉禹錫無意中聽見蟬聲，忽然有感而發，想要再回老白一首詩。劉二十八研了墨鋪了宣紙，一提筆，僵住了：「哎……當時老白贈我的那首詩，叫啥來著？怎麼忘了，唉算了，不管了……」

於是，這是老劉的回詩《始聞蟬有懷白賓客去歲白有聞蟬見寄詩云只應催我老兼遣報君知之句》。

我不知道老白接到這首題目長長長長的詩時會不會顫抖，我只知道老白立刻回了一首《答夢得聞蟬見寄》。

蟬：你倆想過我的感受嗎？沒有！你倆關心的只有自己！

其實出現這種情況的原因，還是因為他倆唱和次數太多，互相都記不清哪首是哪首了，其實老白也寫過這樣長長長長的題目《前有別楊柳枝絕句夢得繼和雲春盡絮飛留不得隨風好去落誰家又復戲答》。

據《鑑誡錄》中記載，老劉和老白還有過一次正面應戰：「長慶中，元微之、劉夢得、韋楚客同會白樂天之居，論南朝興廢之事」。

38《劉禹錫傳》：「太和三年春以前，紙墨所存者，凡一百三十八首。其餘乘興仗醉，率然口號者，不在此數。」

話說在那傳奇的一天，元稹、劉禹錫、白居易、韋楚客齊聚在老白家約架，用詩比武，比的什麼呢？就以《金陵懷古》為題作詩一篇吧！

劉禹錫氣定神閒地給自己倒了杯酒，氣定神閒地喝了下去，氣定神閒地第一個出手了。

王濬樓船下益州，金陵王氣黯然收。千尋鐵鎖沉江底，一片降幡出石頭。
人世幾回傷往事，山形依舊枕寒流。從今四海為家日，故壘蕭蕭盧荻秋。

——《西塞山懷古》

「王濬的戰船已離開益州，金陵的王氣頓時黯然失色。百丈鎖鏈也被燒沉江底，石頭城之上舉起了降旗。人間有多少讓人傷心的往事啊，西塞山依然枕著滾滾江流。如今已四海統一成一家，只有故壘廢墟的蘆荻蕭瑟。」

《唐詩成法》中評價：「前四句止就一事言，五以『幾回』二字括過六代，繁簡得宜，此法甚妙。」這一首詩縱橫古今，把山河交替說盡，流傳千古。白居易和另外兩人當場就跪了：「你已經把最好的寫出來了，我們三個人還寫啥呢？」於是把筆一擱，認輸了。[39]

這一仗老劉贏得很風光。

在這長達一百三十八回合的唱和中，年復一年，過了很久很久，他們都老了。

悲觀主義的老白不止一次感慨時間過得太快，身邊的同齡人是劉禹錫，他就常常給詩敵老劉送詩過去：「老劉頭兒啊，你看看，我老啦，你也老啦。」

與君俱老也，自問老何如。眼澀夜先臥，頭慵朝未梳。有時扶杖出，盡日閉門居。
懶照新磨鏡，休看小字書。情於故人重，跡共少年疏。唯是閒談興，相逢尚有餘。
——《詠老贈夢得》

而樂觀主義的老劉不這麼覺得，老人也有夕陽紅啊，老劉也回贈給老白許多首。

人誰不顧老，老去有誰憐。身瘦帶頻減，髮稀冠自偏。廢書緣惜眼，多灸為隨年。
經事還諳事，閱人如閱川。細思皆幸矣，下此便翛然。莫道桑榆晚，為霞尚滿天。
——《酬樂天詠老見示》

老劉和老白截然不同的性格，就在詩中悉數對比出來。
又過了很久很久，這兩個老頭做到了同年同月同日生，卻沒能同年同月同日死，老劉七十一

39《鑑誡錄》：「白公覽詩曰：『四人探驪，吾子先獲其珠，所餘鱗甲，何用？』三公於是罷唱。但取劉詩吟味竟日，沉醉而散。」

歲時，去了。

老劉一生的詩敵——老白聽到了這個消息，兩鬢斑白的老白愣了很久。然後大哭。

這最後一首詩，大概是一百三十八首裡，最後一首吧。

四海齊名白與劉，百年交分兩綢繆。同貧同病退閒日，一生一死臨老頭。

杯酒英雄君與操，文章微婉我知丘。賢豪雖歿精靈在，應共微之地下遊。

——《哭劉尚書夢得二首．其一》

四年以後，白居易也駕鶴且西去，去天上和老劉他們唱和去了。

古龍老先生在書中曾寫道「這世上不但有肝膽相照的朋友，還有肝膽相照的敵人」，在此斗膽，稍作改動，以此總結劉白二人的友誼。

這世上不但有肝膽相照的朋友。

還有肝膽相照的詩友。

第五回　王勃：敢於挑戰比賽黑幕的男人

文／拂羅

從前有這麼一個神童，他，六歲能作詩，九歲撰書為《漢書》挑錯，十歲飽覽六經。

他，十六歲憑著一篇文被皇上驚呼奇才，當上了最年輕的中央單位公務員。

他，短暫的人生中兩次被打擊，一次被皇帝親自踢出京城，一次是牢獄之災。

他，在二十六歲便不幸身亡，倉促結束了傳奇的人生。

後世人一致斷言，若活得長久，他必定能與以後的李白杜甫等人肩並肩。

他是誰？

他就是和楊炯、盧照鄰、駱賓王並稱「初唐四傑」的王勃。

王勃的人生可絕對算是一個人生勝利組，他生在初唐的儒學世家，祖輩世代都不是普通人，可謂骨子裡的天賦屬性非常霸道，再加上王勃本人的悟性也十分霸道，多個屬性值都高得爆表，導致他這輩子注定不平凡。

什麼叫神童？神童就是如上所述，六歲就能作詩，九歲看過《漢書》之後覺得不滿意，毛病太多，居然寫出厚厚的十卷《指瑕》來專門糾正漢書裡的錯處，十歲把六經看了個遍，十四歲之前已經寫出不少作品，在文學圈頗有名氣[40]。

所謂天才都是怪人，據說他寫文就有個怪癖，寫文之前先準備好筆墨紙硯，然後咕咚咕咚地喝酒，喝完了酒躺下就睡，睡完了拿筆就寫，簡直是一種特異功能，被當時的人稱為「腹中寫稿」。

什麼？你說這算什麼神童，咱們現代不也有年輕的天才畫家嗎？王勃他不過是個古代版的罷了。

好好好，如果上面的不夠開掛，那咱們繼續扒一扒王勃接下來的人生。十三歲之前王勃在長安城學醫，十三歲時他回到家鄉，就已經開始給朝廷投簡歷，要求做公務員了，十四歲直接給當朝宰相寫信，寫出自己的政見和想法——在咱們剛剛小學畢業，整天琢磨放學吃點什麼的年紀，神童王勃已經開始為自己謀出路了。

當朝宰相雙手顫抖地讀完，大呼：「神童，神童啊！」

你以為這就到此為止了嗎？不，還沒結束！十六歲時王勃就參與了古代的高考，成功考進了前三名，成為了第一個未成年就當官的國家級公務員，也就是「朝散郎」，其他神童能比得上他的，恐怕就只有戰國時期十二為宰相的甘羅了。

這就結束了？哼，沒結束！之後王勃又揮筆寫了篇《乾元殿頌》的駢文給皇上呈上去。什麼是駢文呢？駢就是兩匹馬拉車的意思，駢文，就是上下句必須工整對仗，而且詞藻必須華麗。

十六歲的王勒寫了洋洋灑灑幾千字的駢文交上去，文筆華美且不說，還把皇上全家問候……不是，是把皇上全家誇了個遍，例如太宗皇帝雲房揖契啊、皇帝陛下椒庭襲慶啊、皇后星潯縱淑啊、皇太子承雲紫座啊……那叫一個妙筆生花，詞美義壯。

唐高宗也雙手顫抖地讀完，大呼：「奇才，奇才，我大唐的奇才啊！」能用文章把當朝宰相和唐高宗驚得嗚嗷喊叫，小王同志的前途那就更不用提了，一片光明啊，沛王李賢聽說之後，就立刻把他挖角到了自己的府中做事，那兩年的王勃，估計走路都自帶光效。

那首風靡各大中小學生課本的《送杜少府之任蜀州》，就是王勃在長安任職時寫給朋友杜少府的。杜少府姓杜，少府是官職，剛當官就被打發去蜀州了，估計杜少府根本想不到，他會在好朋友的這首詩裡順帶著名留千古。

城闕輔三秦，風煙望五津。與君離別意，同是宦遊人。
海內存知己，天涯若比鄰。無為在歧路，兒女共沾巾。

自古也有不少寫離別感傷的詩，可能軟綿，可能感傷，尤其是在整體文風軟弱的初唐，這麼豪爽正能量的一首詩可謂是十分罕見，從起初的委婉轉為豪邁開朗，結尾兩句因此成為千古不朽的送別語。

40《新唐書·王勃傳》：「六歲善文辭，九歲得顏師古注《漢書》讀之，作《指瑕》以摘其失。」

然而王勃的道具【開掛光效】卻是有使用期限的，期限是兩年。

這就結束了？對，王勃從被挖入沛王李賢的府邸之後，開掛一般的人生就結束了。那李賢又是哪個挨千刀的，有這麼大能耐，讓一個神童的發光人生走向衰敗呢？人生太刺激，有時候你正想著扶搖直上九萬里，忽然就被一道雷給劈了，如果說王勃是振翅欲飛的鳥，那李賢就是命中注定的那道雷。

李賢是唐高宗的第六個兒子，把王勃挖到自己府邸的兩年之後，就出事了。古代實在沒啥可以玩的東西，風雅點的是琴棋詩畫，不風雅點的無非就是鬥蟋蟀鬥雞，初唐有一段時間，上流社會的貴族熱衷於鬥雞，李賢和他弟弟英王李哲就是鬥雞的狂熱玩家，有一次李賢讓王勃寫個文助興，王勃就寫了一篇《檄英王雞文》。

這篇文是做什麼的呢？其實也就是一封年輕人之間開開玩笑的小文章，大家本來高高興興笑一場也就過去了，偏偏王勃畢竟太年輕，寫著寫著，有點跑偏寫重了，首先吹噓我大哥沛王的雞有多威風，誰也比不上，把歷史上關於雞的典故都用了個遍，然後寫鬥雞時你死我活的架勢。更要命的是，啥叫檄文呢？是古代官府用來徵召或聲討的文書，大多戰鬥力滿滿，很是引戰。

年輕人們笑一笑就過去，可年輕人的爹——唐高宗看到之後可不是笑一笑就過去，唐高宗是大怒，覺得王勃這廝打著鬥雞的名號引戰：「你寫這什麼玩意，不是鼓動我這倆兒子打架嗎！滾滾滾！」[41]

萬萬沒想到，他的人生被一隻雞給毀了。

小王同志就這麼失業了，從國家級公務員直接變成了平頭百姓。剛剛失業，總得上哪散心去吧，小王細細一想，那就去蜀州吧！於是他就顛簸著去了，在蜀州一住就住到了二十一歲。期間他還寫了一首極美的送別詩《江亭月夜送別》。

亂煙籠碧砌，飛月向南端。寂寞離亭掩，江山此夜寒。

這首詩美哭了所有人。

被貶的日子怪窩囊的，王勃仔細一想，還是做個官吧。於是在二十一歲那年，他在朋友凌季友的引薦下，在虢州弄了個參軍的職位，起初也幹得好好的，後來居然又出事了，而且還是引來牢獄之災的大事。

這件事籠統概括一下就是：王勃藏了罪犯，王勃殺了罪犯，王勃自己成了罪犯。

這是怎麼回事？

原來就在王勃任職期間，一時心太軟，藏了個叫曹達的軍奴，後來又怕這事兒走漏風聲，乾脆自己動手把曹達給幹掉了，結果他自己就成了殺人犯，被押入大牢。其實這件事本身就有蹊

41《資治通鑑》：「時諸王鬥雞，勃戲為《檄周王雞文》。上見之，怒曰：『此乃交構之漸。』斥勃出沛府」

蹺，王勃一介書生，既然他要護著人，幹嘛還下殺手？其中漏洞太多，所以根據《唐書》推測，王勃是因為被人嫉妒，才設計誣陷的。

來跟我默念，嫉妒是魔鬼，嫉妒使人醜陋……

不過小王同志運氣夠好，正趕上唐高宗改年號，大赦天下，小王同志就這麼又從監獄裡放出來了。但此事還是成為了他人生中最大的打擊，不是因為他自己，而是因為他父親也受了牽連，他父親王福疇直接從一個司功參軍給貶謫到偏遠地帶當了小小縣令。

王勃是個大孝子，對這件事非常非常自責。

他出獄之後在家待了一年，這時候朝廷又想起了他，想讓他官復原職：「走哇小兄弟，當官去啊！」

王勃：「不去。」

我這哪是當官啊，我這是作死玩命啊。

二十六歲的秋天，王勃終於鼓起勇氣，決定去看望自己的父親，他不知道這次旅途會徹底讓他的命運大起大落，從洛陽乘船出發了，正好經過洪州。洪州近來正有一件大事，本地都督閻伯嶼正好翻修了滕王閣，在重陽節這天喜氣洋洋地宴請了賓客，還請了路過此地的王勃同來。

宴會舉行到一半，閻伯嶼笑咪咪地說：「誰能為滕王閣寫個序，刻在石碑上啊？」

這次宴會真的只是宴會那麼簡單嗎？當然不，這次宴會其實是有黑幕的，閻伯嶼藏了個私心，早已暗搓搓地安排自家女婿提前寫好一篇文，就等著在宴會上寫出來了。在座各位的情商顯然都很高，不約而同地表示：「不不不……我不行。」

到了王勃這兒，王勃一點也沒推辭，提筆就開始寫。

圍觀群眾：「？」

竟然有人不懼黑幕，傻愣愣的就往上衝，閻伯嶼表示很不高興，他偷偷地派人去偷窺，看看王勃那廝能寫出啥玩意來。

「報告都督，那廝寫了『豫章故郡，洪都新府』！」

閻伯嶼：「唉，老生常談。」

「報告都督，又寫了『星分翼軫，地接衡廬』！」

「報告，還寫了『物華天寶，龍光射斗牛之墟；人傑地靈，徐孺下陳蕃之榻』！」

閻伯嶼沉默了。

「報告，『落霞與孤鶩齊飛，秋水共長天一色』！」

歷史總是驚人的相似，閻伯嶼也當即驚呼：「天才，天才啊！」

《唐才子傳》記載：「勃欣然對客操瓢，頃刻而就，文不加點，滿座大驚。」

這篇《滕王閣序》成為王勃人生中最輝煌的一筆，一篇序就寫盡了風景與感觸，尤其是其中「落霞與孤鶩齊飛，秋水共長天一色」，更是把畫面刻畫到了淋漓盡致，也讓閻伯嶼瞬間改變了態度，親親熱熱地拉著王勃的手說：「以後有什麼事儘管找我，我罩你。」[42]

可惜他等不到王勃找他的那天了。

王勃這次前往交趾看望自己的父親，探親之後，便乘船踏上歸途，卻不想半路風急，王勃不幸溺水，驚悸而死，一生只活了二十六個年頭。

就在王勃死後的同年，遠在京城的唐高宗讀到了這篇《滕王閣序》，頓時被文采所折服，連連驚歎兩聲，連忙召來太監：「當初因鬥雞文驅逐了他，是朕的錯，如今他在哪？朕要親自召他回來！」

太監猶豫回答：「他……已溺水身亡。」

唐高宗默然，而後一聲長歎。

終究是天妒英才。

正如後世人的感慨，假如王勃能活到古稀之年，那該有多恐怖，恐怕會比李白更李白，畢竟他出生的時候才是初唐啊，他死了將近三十年之後李白才呱呱墜地。可歷史沒有「假如」，不論你如何痛惜，如何痛罵天妒英才，歷史就是寫在書裡的文字，不會再改變分毫。

他來了，他又去了，他只是落入了人間走一遭，又被那奔流的水給挽了過去，王勃短暫的一生，與他驚豔世人的好文采，我想可以用一句話來做結：

「這個世界，我來過。」

42《新唐書》：「初，道出鐘陵，九月九日都督大宴滕王閣，宿命其婿作序以誇客，因出紙筆遍請客，莫敢當，至勃，沆然不辭。都督怒，起更衣，遣吏伺其文輒報。一再報，語益奇，乃矍然曰：『天才也！』請遂成文，極歡罷。」

第三卷

流水的詩篇，鐵打的友誼

那些詩人的情愛糾葛

第一回 傲嬌才子李白的追星日常

公元七〇八年，大唐即將邁入最鼎盛的盛唐，一個出生在碎葉城的李氏小孩隨父母搬家到四川，已經在四川住了兩年，今年七歲，已經能誦六甲，天生就適合搞創作。據說他出生的時候，他母親夢到了太白星，所以起名叫李白。[43]

關於李白的名字，還有個說法：他父母都不是普通人，有錢又有才華，打小就培養這孩子讀書寫詩，但有才華的人考慮的事就是比較多，他們倆左思右想要給自家孩子起一個高格調又脫俗的名字，卻想不出來，夫妻倆大抵都是不會最好聽名子的人，導致這孩子至今還沒有個正式的名字。

七歲還沒個名字，這不行啊。

沒想到這個問題竟然被兒子自己解決了：這一天，夫妻倆帶孩子在庭院裡玩，順便考考兒子的作詩能力，他倆就著滿園的好景色，先吟了三句詩，讓兒子接著想出下一句來。李家的小子也很爭氣，一開口就說出來了：「梨花怒放一樹白。」

孩子他爹靈機一動：「梨花怒放一樹白……兒子啊，你以後就叫李白吧！」

至於李白的身世，其實還有不少說法：李白是在碎葉城出生的，碎葉城是西域，他爹大抵是有些西域血統的，祖先因為犯罪被流放到了西域，到了他爹這一代才回來，回到四川之後去掉了西域的名，給自己恢復為李姓，而李白是五歲才跟來四川的，起名晚也情有可原。也有人認為碎葉城之說全然不可信，李白是出生在隴西的。

不論如何，反正這孩子在大唐註冊了一個注定響徹千年的ＩＤ，李白，剛建號時就注定他十分的不平凡，你想想，如今連他起名過程和出生地的八卦都被後人扒了又扒，後世都如此狂熱，更別提他當年身處的大唐了。

李白就這麼在故鄉長大了，和眾多唐代文青一樣，他十五歲就成了文圈大大，同時也是劍術圈的大大，也酷愛喝酒。詩酒劍，簡直是一個江湖大俠的基本裝備啊，實際上李白也的確很有俠客範兒，他在家鄉快快活活地待到了二十四歲，決定走出新手村，在外面的地圖逛逛，升升級。

自古文人都要參加古代版高考，也就是科舉，考上了，過兩年被人給打下來，考不上，寫詩長歎。但李白顯然不在這個套路之外，李白很是骨骼清奇，很傲嬌，不稀罕走尋常路：「嘿，我就不參加高考，我要直接寫求職信一飛沖天，要做就做大大大官。」

他就寫信讓人推薦自己做官，在求職信裡寫過自己「十五好劍術，遍干諸侯。三十成文，力抵卿相」，這些事應該沒有多少吹噓成分，是真的。還寫了自己是西涼太祖李暠的後代，這個就有待考證了，李暠是何許人呢？是當朝皇上唐玄宗的祖宗。

43《新唐書·李白傳》：「白之生，母夢長庚星，因以命之。」

李白：「我跟皇上是同宗哥們啊！」

總之李白在求職信上把自己大大地誇了一番，這個不稀奇，咱們現在的求職簡歷也是往大了寫，比如「參加過馬雲投資鉅資的搶紅包項目」之類的，李白也是那個心情，但寫著寫著就跑偏了，李白又在信上寫了什麼呢？寫「可把我累壞了，我得歇會兒。哎，我前面都說了那麼多了，你要是再不用我，我就再也不回來了，此處不留爺自有留爺處，哼。」

當地官員捧著求職信：「……」

於是李白叉著腰在原地等了很多很多年，也沒人給他回個信。

在這很多很多年裡，李白又去了很多很多的地方，認識了很多很多的人，例如白目的孟浩然。而他真正的追星生涯，也是在那個時候開始的，他崇拜的偶像不少，其中最崇拜的偶像是大小謝。

大小謝指的其實是謝靈運和謝脁，謝靈運是南北朝的詩人，和李白隔著相當遠的年代，也是山水派詩的親生父親，開創了山水派，成就非常大。和李白這個小康之家不一樣，謝靈運是真・官二代，據說他爹不是個學習的料子，卻生出了身為學霸的謝靈運，惹得他爺爺感慨「我這蠢兒子居然能生出這聰明孫子，真是好運氣啊！」所以叫靈運。[44]也就是說，謝靈運祖上就是有錢人，僕從特別多，每次出去玩都要鑿山挖湖，自創景點，還喜歡哪危險往哪跑，非常具有冒險家精神。

事業方面，謝靈運得到一手好牌，連皇帝都是他的腦殘粉，恭恭敬敬地請他入宮來，謝靈運為人很狂，他不這麼覺得，他覺得「哼，官場沒一個好東西，沒人重用我」，於是屢屢作死，荒廢工作跑出去玩，又惹皇帝又惹同事，最後還犯了死罪，皇帝愛才沒殺，只把他流放走了，結果謝靈運半路讓人劫獄救自己，東窗事發，被扣了頂「謀反」的帽子，啰嚓了。

雖然謝靈運喜歡找自己麻煩，但他的性格和愛好及一切，李白都狂熱地表示喜歡。

偶像去過的地方，去去去！

偶像發明的鞋子，買買買！

謝靈運還發明過一款登山鞋叫謝公屐，居家旅行必備，李白立刻入手了一雙，美滋滋地穿著偶像發明的登山鞋吟詩一首：「腳著謝公屐，身登青雲梯。」

而李白的另一個偶像「小謝」指的是謝脁，和謝靈運同宗，性格孤直，進一步發展了山水詩，曾任宣城太守，故此也叫「謝宣城」，後來被陷害至死，梁武帝曾說過：「不讀謝詩三日覺口臭。」李白也是謝脁的狂熱粉，多次在自己的詩中引入謝脁，也常常登臨偶像來過的景點。

金陵夜寂涼風發，獨上高樓望吳越。白雲映水搖空城，白露垂珠滴秋月。
月下沉吟久不歸，古來相接眼中稀。解道澄江淨如練，令人長憶謝玄暉。

44《謝靈運列傳》：「靈運因父祖之資，生業甚厚。奴僮既眾，義故門生數百，鑿浚湖，功役無已。尋山陟嶺，必造幽峻，岩嶂千重，莫不備盡。」

——《金陵城西樓月下吟》

「金陵夜寂風冷，我獨自登上高樓眺望吳越，白雲映入水裡搖晃著空城，露水垂在枝頭搖搖欲墜，我在月下久久地沉吟，自古能與我相接者很是稀少，只有一人能寫出澄江靜如練的意境，不僅讓人又回憶起了謝玄暉。」

這首詩的創作時間有爭議，一說是李白二十多歲時所作，二是說李白四十多歲之後所作。最後兩句表達了李白對謝朓的傾慕之情，他後來在《謝公亭》寫過「今古一相接，長歌懷舊遊」，可見李白是個多狂熱的粉絲。

李白就這麼追追星，作作詩，旅旅遊，仗劍行走江湖，留下不少傳說，十多年一晃就過去了，三十五歲那年，李白寫了一篇《大獵賦》獻給皇上，認識了玉真公主和賀知章。賀知章一看見李白，就立刻驚呼：「謫仙人啊！」[45]

據說李白不但氣場強大，長相還有些混血意味，根據《李翰林集序》裡記載他的相貌「眸子炯然，哆如餓虎」，這是李白第一次和上層階級有交集，但還是沒能如願以償地成為公務員。

直到李白四十一歲，命運的轉折來了。經過賀知章和玉真公主的極力推薦，李白終於被皇上發現了，皇上一讀他的作品頓時路人變粉絲：「真是天才啊！」，就連忙召他進宮。據說李白下了轎子之後，唐玄宗一見他的氣場，居然忘了自己才是國君，親自走過來迎接他，還親手給他調羹吃。

從此以後唐玄宗每次出門玩，都必定帶上李白，不過都只是寫寫詩，和李白想像中的政治工作差太遠，李白表示很不滿意：「這不是我想要的生活！」

沒有以興趣為前提的工作，會讓人變成鹹魚，於是李白就漸漸成了宮裡的一條鹹魚，常常喝得大醉，更不屑與權貴為伍，唐玄宗派人來叫都懶得去，有一次李白喝醉，把腳一伸，頭一抬，一指那邊正懵逼的大宦官高力士：「你，過來給我脫靴子！」[46]

高力士：「神經病啊這人，我不要面子嗎。」

當時唐玄宗得了新詩正高興，沒計較這麼多，但高力士不一樣啊，高力士哪受得了這侮辱，當面從了，背後就跑去楊貴妃那兒說李白的壞話，說李白寫的《清平調詞》是嘲諷她。

「貴妃啊我跟您講，那個李白最不是東西了，暗著罵您呢……」

原來《清平調詞三首》是李白為了拍楊貴妃的馬屁寫的，其中名句「雲想衣裳花想容」就是出自第一首，而第二首中有「借問漢宮誰得似，可憐飛燕倚新妝」本意是以趙飛燕襯托楊貴妃的美，到了高力士口中，卻成了以趙飛燕私通的事兒來詆毀楊玉環不檢點。

楊玉環傻乎乎地信了，從此偷偷地記了小李一道，從此以後，但凡唐玄宗想重用李白，楊玉環都要攔著。最後唐玄宗乾脆給了鹹魚李白一筆錢，打發他出宮了，李白的公務員生涯很短暫，

45《新唐書．李白傳》：「往見賀知章，知章見其文，嘆曰：『子，謫仙人也！』」

46《唐國史補》：「李白在翰林，多沈飲。玄宗令撰樂辭，醉不可待，以水沃之，白稍能動，索筆一揮十數章，文不加點。後對御，引足令高力士脫靴，上命小閹排出之。」

才兩年半。

這個故事告訴我們，得罪老闆娘比得罪老闆更可怕。

李白就這麼拿著錢離開了翰林院，由於是皇帝身邊的紅人，而且還是皇帝給了錢才請出來的，所以走哪哪掀起一陣追星熱潮，大家瘋狂地為李白大大搖旗吶喊。但大大自己開心嗎？不，當然不開心，李白大大心裡的抱負一點也沒實現，開心不起來。也是這一年，他遇到了還是文青界的呆新人人杜甫，這次大大與新人的相遇，雖然短暫，卻激動了無數人的心。

也就是在這個時間裡，李白來到宣城兩次，想到了自己的偶像謝朓，為偶像寫下兩首名垂千古的詩。

江城如畫裡，山晚望晴空。兩水夾明鏡，雙橋落彩虹。
人煙寒橘柚，秋色老梧桐。誰念北樓上，臨風懷謝公。

——《秋登宣城謝朓北樓》

棄我去者，昨日之日不可留；亂我心者，今日之日多煩憂。
長風萬里送秋雁，對此可以酣高樓。蓬萊文章建安骨，中間小謝又清發。
俱懷逸興壯思飛，欲上青天覽明月。抽刀斷水水更流，舉杯消愁愁更愁。
人生在世不稱意，明朝散髮弄扁舟。

——《宣州謝朓樓餞別校書叔雲》

這兩首詩都提及了李白的偶像謝朓，表現了李白對謝朓的無比欣賞，詩中情緒變幻，時而豪情萬千，時而抑鬱無限。前者被《唐宋詩醇》稱為「風神散朗」，後者則被《唐詩鏡》稱讚「雄情逸調」。

此外還寫了《夢遊天姥吟留別》，其中「安能摧眉折腰事權貴，使我不得開心顏」已成為家喻戶曉的名句。李白的詩大多浪漫感強烈，且意境大氣，想像力十分豐富，既豪邁奔放，又能清新飄逸，所以被成為「詩仙」，他打破了陳舊的詩詞格式，以變幻莫測的無邊想像力落筆，反映了盛唐山河的壯麗與繁榮，也反映了朝廷的腐敗。

後來安史之亂爆發，安祿山率兵向大唐開戰，大唐亂成了一鍋粥，消沉了很久的李白大大，終於在五十七歲那年振作起來：「不行，我這麼厲害我不能消沉，我要加入永王陣營！」

於是李白毅然地加入了永王的軍營，卻萬萬沒想到，他人品（運氣）不好站錯了陣營，永王被新登基的唐肅宗幹掉了，李白也非常倒楣地被扔到監獄去了。他坐在監獄裡回想著自己的兩位偶像，似乎也曾有過這麼一段經歷，歷史總是驚人的相似啊，不知道自己會不會也被殺掉。

然而李白並沒有被殺掉，因為宋若思和崔煥把他給救了出來，他出來之後因為「站錯隊伍加入永王」的罪名被流放去了夜郎——他跳出了文人科舉的套路，卻沒能跳出被流放的套路，李白就這麼顛顛地走上了套路。

等到待了兩年之後，朝廷大赦，死罪當做流放處理，流放當做沒事處理，五十九歲的李白就這麼獲得了自由，心情那叫一個暢快，《早發白帝城》就能看出他當時的心情。

朝辭白帝彩雲間，千里江陵一日還。
兩岸猿聲啼不住，輕舟已過萬重山。

又過了兩年，六十多歲高齡的李白已經是老胳膊老腿，禁不住折騰，得了病，只好回到金陵投奔叔叔李陽冰，過了一年病情加重而終，重回天上作仙人去了，後葬於青山，那裡有謝朓的遺跡。清代王士禎在《論詩絕句》中感慨：「青蓮才筆九州橫，六代淫哇總度聲。白紵青山魂魄在，一生低首謝宣城。」

其實對於李白的死撲朔迷離，有三種說法，一是《舊唐書》記載「後遇赦得還，以飲酒過度，醉死於宣城」，二是李白病死於叔叔家，三則是民間最出名的說法，說李白當時在江上喝酒，大醉，要去捉那水裡的月亮，落水身亡，享年六十二歲。

他是連死都死得浪漫的詩仙，無數後世人至今仰慕著他，圈粉可謂千年不止，這樣的謫仙，似乎是語言無法完全形容出來的，我覺得其中余光中的形容最形象：「酒入豪腸，七分釀成了月光，餘下的三分嘯成劍氣，繡口一吐，就是半個盛唐。」

前些日聽聞李白墓前放了不少好酒，千年之後，還有現代人記得給他帶上幾壺好酒，李白在另一個世界，想必過得也很是快活吧。

李白，李白，他只是自傳說裡來，又悠悠然回到傳說中。

第二回 太白太白你慢些走——杜甫的癡漢修練手冊

文／拂羅

七一二年，大唐。當四川的李白已經十一歲，可以出口成詩的時候，遠在北方的一個大士族——杜氏之中降生了一個小孩，他叫杜甫，也是個注定在平凡中昇華的名字。

杜甫這個人，似乎在咱們的腦海裡他的形象已經固定了，只要一提起杜甫，腦子裡就會浮現出一個滿面滄桑的老頭，以及老杜追著李白作詩不止的形象。照著這麼說，難道他是一生下來就又蒼老又陰鬱的？當然不是。那他和李白真的是那種網路盛傳的有情與無情的關係嗎？當然也不是。

這些事當然還得從頭慢慢講起，其實杜甫也有過年少輕狂。

和許多詩人一樣，杜甫出生在一個很有錢的書香門第，從小就是學霸，七歲就能寫出關於鳳凰的詩，記憶力也一級棒，據說他六歲曾看公孫大娘舞劍，過了幾十年一回想還歷歷在目，於是揮毫寫出一首《觀公孫大娘弟子舞劍器行》來。

杜甫當時其實也是個熊孩子，絕對不比現在的熊孩子安靜多少，根據他自己回憶時寫下的詩：他小時候壯得像牛犢，八月份院裡的大樹結果子了，他這一天能上樹千回，特別會沒事找事做。[47]這要是放在現代，估計妥妥得被人打死。

學霸杜甫一晃就長到了十九歲，人往高處走，杜甫覺得家鄉這個池子太小了，容不下自己這條大錦鯉，大唐那麼大，他想看看。於是他就背著小包袱悠哉悠哉地出發了，在吳越一帶當遊吟詩人，吃吃喝喝，寫寫詩旅旅遊。

什麼？你問他怎麼沒有經濟上的苦惱？

「因為我家有錢啊！」

杜甫二十四歲時，又悠哉悠哉地參加了一次高考，沒中，但杜甫不著急，杜甫依然過著遊吟詩人的生活。

為啥他沒像其他詩人一樣痛哭流涕？

「因為我有才華啊！」

杜甫當年還年輕，大大咧咧的，根本沒在乎這點小事，反正他有一身才華，一次的失敗算個啥？於是杜甫就寫下一首著名的詩《望嶽》。

岱宗夫如何？齊魯青未了。

造化鐘神秀，陰陽割昏曉。

蕩胸生層雲，決眥入歸鳥。

會當凌絕頂，一覽眾山小。

「泰山到底有多雄偉呢？出了齊魯都能看見山的青色，大自然真神奇啊，能分割出黃昏和早上。白雲迴蕩在胸中，極目遠眺，看見空中有歸鳥，總有一天我會登上最高最高的頂峰，指著你們這些小山說『除了我之外，在座各位都是垃圾』。」

這首詩非常能看出杜甫當年的輕狂，不輸醉鬼李白幾分，你想想，他一個年輕人登上泰山，看見這麼雄偉的景色，心裡該有多激動！杜甫就是在這種激動之下，寫出這首詩的。

富二代青年杜甫就這麼晃晃悠悠地玩到了三十三歲，猝不及防地遇到了剛被朝廷踢出來的李白，兩人當時就成了朋友，開開心心地手把手玩耍去了。當時李白四十四歲，比他大十一歲，對小新人杜甫來講是文學圈的大大大明星，從此被李白大大徹底圈粉，從路人粉一下跳躍性地成了死忠粉。

「我跟你講，從我看見詩仙的第一秒鐘，我就認定他是我這輩子最崇拜的大大。」

當時他倆雖然互相欣賞，但當時大抵沒覺得有多誇張的感覺，只是大神和小新人初遇而已，但後世人就不一樣了，後世人激動狂熱地想像著他倆相逢那一瞬間，一個詩仙，一個詩聖，大唐的兩顆巨星相遇了，更有人將這一幕用老子和孔子的相遇作比，還有人將這一幕比作「太陽和月亮的相遇」。

「小杜啊，咱們約好了，秋天去梁宋那邊兒玩喲！」

47 杜甫《百憂集行》：「憶年十五心尚孩，健如黃犢走復來。庭前八月梨棗熟，一日上樹能千回。」

兒。

「好！」

於是同年的秋天，杜甫樂顛顛地赴約來了。梁宋是哪？其實就是開封一帶，李白大大果然在開封等著他，同行的還有一個半路冒出來的高適，高適當年還沒當上公務員，有大把的時間去玩兒。

三人就這麼結伴旅遊，痛痛快快地玩到了秋冬時候，揮揮手告別了，等到第四年的秋天，杜甫又想到了李白，便一路去了兗州。這次兩人的同遊時間卻比較短，只有半個月就作別了，可杜甫和李白都沒有想到，這一次，是他們這輩子最後一次見面。

別看杜甫寫那麼多詩給李白，其實他倆這輩子只見過三次面，但互相無比欣賞，杜甫是晚輩，對李白更有一種仰慕之情在其中，但絕不放低姿態，是以平等的身份與李白交朋友。

只見過三次，重要的事兒重複一遍，驚不驚喜？意不意外？

後來杜甫回憶這段友情，還寫過詩來形容「醉眠秋空杯，攜手日同行」——《與李十二同尋范十隱居》，這兩句什麼意思呢？就是「當時我倆喝醉了，蒙著一張被子就睡著了，第二天我倆再手把手出去玩」。

當時李白也同寫了一首《尋魯城北范居士世道落蒼耳中見范置酒摘蒼耳作》，這個又是什麼事呢？就是「我當時騎馬跑的太快，一頭就扎蒼耳叢裡去了，沾了一身蒼耳啊，懶得管它，逕自去尋老范。」

老范看著掛一身蒼耳的李白：「壯士你誰？」

據說對於杜甫這首秀友情的詩，李白也當即回了他一首詩，這首詩有點爭議，有人說是好事者模仿李白所作，有人說就是李白寫的。

飯顆山頭逢杜甫，戴頂笠子日卓午。
借問別來太瘦生，總為從前作詩苦。

——《戲贈杜甫》

「我在飯顆山上看見老杜，正好是中午，他戴著個斗笠，自分別之後老杜又瘦了不少，這位老兄啊，何苦為了作詩這麼費辛苦。」

雖然李白和杜甫平生只見過三次面，但友情也絕不含糊，尤其是杜甫對於李白更是深切，近年不知為何，杜甫和李白又火起來了，網友紛紛戲謔「杜甫深愛李白，李白卻深愛孟浩然」，杜甫可謂是平時思念李白，春天想李白，冬天想李白……無時無刻不想李白，還有詩為證。《贈李白》《飲中八仙歌》《冬日有懷李白》《春日憶李白》《天末懷李白》《夢李白二首》《寄李十二白二十韻》……

天子呼來不上船，自稱臣是酒中仙。

——《飲中八仙歌》

白也詩無敵，飄然思不群。

——《春日憶李白》

故人入我夢，明我長相憶。

——《夢李白二首》

而李白的回詩似乎不太多：《沙丘城下寄杜甫》《魯郡東石門送杜二甫》，而他寫給孟浩然的詩，遠遠不止這些……這是怎麼回事？難道真如傳說中一樣？不一定。

首先李白出生於七〇一年，杜甫出生於七一二年。他大杜甫十一歲，是他的長輩，杜甫對李白更是帶著傾慕之情，所以頻頻給偶像寫詩，可你想想，比你小十一歲的人給你寫詩，你需要每首都回覆嗎？不需要。李白為什麼又頻頻給孟浩然寫詩呢？因為孟浩然又比李白大十一歲，這三人差了一輩呢。

另一方面，萬一李白回贈給杜甫的其他詩，比較倒楣，沒流傳下來呢，是吧？

友誼之中哪有什麼不平衡呢？古代文人的友誼，許多都超越了時間，在古今長河裡閃閃發光，杜甫和李白的友誼就是這樣。

什麼？你說這不是你認識的杜甫？放心，他馬上就變成你所認識的杜甫了。

和李白大大分別之後，過了三年，三十五歲的杜甫終於又參加了一次考試——當時唐玄宗號稱「只要你有才，不管你是富得流油還是窮得叮噹響，盡可以來長安城報名，加入我們吧！」於是杜甫就樂顛顛地去了，萬萬沒想到，這次考試入選人數：〇。

這就要怪當時的主考官李林甫了，李林甫是個善妒的人，心胸狹窄，生怕有新鮮血液頂替了自己的位置，乾脆一個也沒錄取，回頭對唐玄宗稟報：「哎呦老闆，人才已經被咱們大唐集團收攬一空，民間沒有人才啦。」唐玄宗大概得意過頭，沖淡了智商，信了。這就是名副其實的「野無遺賢」鬧劇。

杜甫運氣不好，就這麼不明不白地被埋沒了。

還有第二條路可以走，就是直接寫求職信介紹自己，於是杜甫四處找人給介紹，都沒有回信。這時候杜甫已經不再是青年了，他開始著急了，但一點法子也沒有，一個新血要加入政治圈子是很難的，連李白都被踢出來了，何況杜甫呢，他就這麼進退兩難地留在了長安。

轉眼又過了四年，杜甫寫了一篇《三大禮賦》獻上去，終於得到了大老闆的注意，得到了一個加入大唐集團的考試機會，杜甫發揮很好，等到結果一下來，他傻眼了，自己只獲得一個「等候分配」的名額，基本就沒啥希望了。

為啥這樣？因為李林甫還在啊。

四年之後又四年，杜甫已經沒當年那麼闊綽了，十年的長安生活已經把他變成了一個窮人，甚至連妻兒都難以養得起。這時候朝廷終於扔給他一個官職：「給你，你就做個河西尉吧！」

河西尉是什麼官呢？九品以下芝麻官，既要奉承上頭，又要追討百姓的債，杜甫當時就怒了：「不做！」

「行，那上頭安排你做個右位率府胄曹參軍吧！」48

48《新唐書．杜甫傳》：「天寶末，獻《三大禮賦》。帝奇之，使待制集賢院，命宰相試文章，擢河西尉，不拜，改右衛率府胄曹參軍。」

這官是正八品下，主要管管兵甲器仗啥的，杜甫回頭一看餓得吃不上飯的妻兒，忍了，不過他寫了一首詩來自嘲。

不作河西尉，淒涼為折腰。老夫怕趨走，率府且逍遙。
耽酒須微祿，狂歌托聖朝。故山歸興盡，回首向風飆。

——《官定後戲贈》

他的志向難道就只是當個小破官職嗎？當然不是，他的志向是為國為民，卻只能苟且在下層之中。他早年的詩風比較輕狂，主要是表達自己的滿腔熱血，如今畫風一轉，已經變成了反應民生疾苦的現實主義詩歌，他已經成為咱們印象裡的杜甫了。

這時候杜甫已經四十四歲了，同年，他離開長安城回家探親，沒開門就聽見哭聲，杜甫急忙推門而入才知道，自己的小兒子活活餓死了！悲憤之下，他寫出了《自京赴奉先縣詠懷五百字》，其中著名的「朱門酒肉臭，路有凍死骨」就是出自這首詩。

同年十一月，安史之亂爆發了，第二年潼關失守，唐玄宗狼狽地走上出逃之路，唐肅宗趁機登基。當時杜甫已經搬家避難了，聽見這消息，卻一個人匆匆忙忙地去投奔皇帝了。他運氣向來不太好，半路還被叛軍給抓個正著，同批被抓住的還有誰呢？還有王維。

這是不幸中的萬幸，他倆一起被抓住，但杜甫官太小，溜了，王維就沒那麼幸運，被瘋狂的叛軍粉絲給扣在軍營裡了。

安史之亂時期李白混得更慘，站錯了隊伍被捉起來了，眾人避之不及，唯獨杜甫憤怒地寫了長詩《寄李十二白二十韻》「昔年有狂客，號爾謫仙人。筆落驚風雨，詩成泣鬼神」給李白辯解，夢中還三番五次地夢到了李白，《夢李白二首》就是之後所作。最後乾脆來了一句詩《不見》，用行動表明什麼是「你就是我的立場」

不見李生久，佯狂真可哀。世人皆欲殺，吾意獨憐才。

——《不見》

逃出來一年之後，杜甫才終於以乞丐一樣的形象見到了唐肅宗，被唐肅宗給了個職位「左拾遺」，不久就因為朋友辯護得罪了唐肅宗，給貶謫了。後來宰相張鎬向老闆說了好話才回來一段時間，但老闆對他已經不感冒，很快就又貶了下去。

在這段時期他回家探親，半途親歷了戰亂後生靈塗炭的景象，悲憤之下寫出著名的「三吏三別」，即《新安吏》《石壕吏》《潼關吏》，和《新婚別》《垂老別》《無家別》，用長詩講述了所見所聞，字字凝練驚心，故此被稱為「詩史」。

寫實風戰地記者．杜甫，他的風格是「陰鬱頓挫」，對後世現實主義詩歌的發展起到了承上啟下的作用，加深了這類題材的深度，影響了許多後世詩人。

四十七歲時，杜甫從大唐集團的底層幹部階層辭職，幾經輾轉又跑到了成都，做了一回伸手黨，在熟人的幫助下蓋了一座有模有樣的草堂，也就是「杜甫草堂」。

而這段時間裡，安史之亂終於結束了，大街小巷的歡呼聲震耳欲聾：「戰亂結束啦！」

杜甫當場樂得手舞足蹈，好似羊癲瘋發作，當場寫下了一首詩《聞官軍收河北河南》。

劍外忽傳收薊北，初聞涕淚滿衣裳。卻看妻子愁何在，漫捲詩書喜欲狂。

白日放歌須縱酒，青春作伴好還鄉。即從巴峽穿巫峽，便下襄陽向洛陽。

按理說這次能「便下襄陽向洛陽」了吧？沒有。為什麼呢？因為家鄉不穩定，朋友嚴武又有了人事變動，他就也跑去四川，在朋友嚴武手下當了五六年官，辭職回草堂了。為什麼辭職？因為心裡鬱悶啊，大家都是朋友的時候還行，一旦朋友成了自己上司，就變得怪怪的了。

而且這期間李白去世，杜甫悲痛欲絕，是人生中一大打擊。

總之杜甫全家又折騰回了草堂，就在他回到草堂之後，猝不及防颳了一場大颱風，杜甫的茅廬立刻被吹成了矛廬，為什麼這麼說？因為房蓋兒鋪的草沒了。《茅屋為秋風所破歌》就是這時候寫出來的。

安得廣廈千萬間，大庇天下寒士俱歡顏，風雨不動安如山。

嗚呼！何時眼前突兀見此屋，吾廬獨破受凍死亦足。

最後幾句尤其讓人欽佩，杜甫對於百姓民生的愛，是一種無我的大愛，這也是他後世被稱作「詩聖」的原因。

好在五十四歲那年，夔州一個朋友對他說：「來啊，老杜，我幫你。」

老杜又舉家搬到了朋友那邊，在這裡，他代公家管著不少田地，自己也雇了些人，在園子裡過上了有滋有味的小日子，可算是熬到頭了。回顧之前流離逃亡的那些年，可謂一直是以伸手黨的職業過活啊，但他是個文藝的伸手黨，寫個欠條都用詩來寫。

老婆孩子熱炕頭，手裡還有幾頭牛，大概這是杜甫晚年這些年裡最舒心的日子了，但他終究沒能安安穩穩地過下去。杜甫早已不年輕了，從初見李白時那個清瘦的年輕人，變成了滿面風霜的老人。

落葉歸根，老人是會思鄉的。

五十六歲那年，杜甫思鄉心切，竟然一個人乘船踏上了回家之旅，由於窮困潦倒，局勢混亂，被迫連日住在船上，最後去了潭州。兩年之後潭州亂了，杜甫又乘船打算去投靠舅父，卻不料河水暴漲，困在船上五天沒吃飯，幸好本地縣令及時送來牛肉和酒。

可洪水如猛獸，世道也如猛獸，杜甫終究沒能回到自己的家鄉，而是在五十九歲那年，死在了漂泊的小船上。和李白一樣，對於杜甫的死因也是眾說紛紜。有人說病死，有人說溺水而死，也有人說是五天沒吃飯，終於得到縣令的招待，一口氣吃了太多，消化不良而死，《新唐書》裡就記載：「令嘗饋牛炙白酒，大醉，一昔卒，年五十九。」

和永遠浪漫的全民偶像李白不同，杜甫的後半生始終都在悲苦流離中度過，在底層百姓之中度過。如果說李白是耀眼的太陽，那杜甫就是內斂的彎月，也可說一個在雲端，一個在泥潭，卻正因身處泥潭，才讓他從歷史中昇華，和李白攜手走出了歷史。

杜甫並不是大唐當代的偶像，他的影響力不大，是在中唐晚唐時才被人發掘的，他「詩聖」的稱號也是後世起的。大概一生疾苦的杜甫做夢都沒有想到，自己以後能與李白一同名流千古，對他來講，也許這也是一大幸事了。

他是個偉大的詩人，活著是，死去後亦是，縱然被發現得遲些，也沒有關係。

「太白太白你慢些走，看我一眼好不好？」

另一個世界沒有安史之亂，也沒有那麼多波折，如今，李杜二人終於能在那邊盡情贈詩了吧？

第三回　原諒我放蕩不羈與你相愛相殺——韓愈與白居易

文／拂羅

在書的那頭字的那頭有一群大詩人，他們浪漫又聰明，他們有趣又和諧，他們生活在那千年前的大唐朝……

話說在文藝圈高手雲集的唐朝，許多知名網紅們都是互相關注的好友，這件事很是平常，像劉禹錫和柳宗元啦，還有李白和杜甫啦，大家互相轉發轉發新寫的詩，偶爾你送我一首，我回你一首，已經成為了文學圈的風氣。

劉禹錫：柳兄柳兄，咱倆去玄都觀賞花呀？

柳宗元：好呀好呀。

杜甫：又是一個思念李白兄的日子，唉……

李白朋友圈刷新太快，沒看見。

但大唐文學圈真的像想像裡一樣，大家都和和諧諧的嗎？當然不是，也有許多關係不是那麼好的詩人。例如王維和李白老死沒相往來，又例如韓愈和白居易，這些大大雖然都生活在唐朝，關係卻沒那麼好，今天就來扒一扒韓愈和白居易之間的那點事，不止一次有人發出質疑，這兩個最應該成為摯友的人，為什麼沒互相追蹤？

其實成為好朋友，也得講究天時地利人和，那麼這兩人是沒占這個因素嗎？絕對不是，他倆可謂是占盡了天時地利，從各方面都驚人的相似，這個就很稀奇了，首先扒一扒這兩人的仕途。

韓愈首先投胎到中唐，四年之後白居易呱呱墜地，他倆的家庭背景都是官二代，不過韓愈的爹爹和哥哥相繼離世，是被嫂子養大的，童年比較清苦。

韓愈長大之後參加了四次高考，由於文風問題，他前三次基本可以這樣形容：「沒中」「沒中」「沒中」……終於在第四次，也就是韓愈二十四歲時，發出一聲歡呼：「中了！」

八年之後，比他小四歲的白居易也發出一聲歡呼：「噫，中了！」

這兩人先後邁入中唐集團，不過中唐集團的應聘系統有點麻煩，一次考中不代表你能當官兒，你還得再參加「博學宏詞科」，也就是公務員考試，考不中還是沒戲唱。

韓愈的文風出了啥問題呢？當時時興的是華麗的駢文，越華麗越好，而韓愈主張的文風是先秦兩漢時的傳統文，也就是不那麼華麗，但有內在的文——這也是為啥他以後宣導「古文運動」的原因。

於是韓愈又參加了三次公務員考試，還是沒中，他一怒之下又直接給集團內部人員——給宰相寫了三封信[49]，什麼內容呢？「你們公司錄用的人，都是只會寫好聽的話的人，真正有才幹的人根本錄取不了啊！」

宰相：「謝謝您的參與，請另聽通知。」

開玩笑，實際上宰相啥也沒說。韓愈等了很久很久，也沒等來個回信，直到二十八歲，他才算是正式邁入中唐集團的大門檻，一步步開始了當官之路。三十三歲那年被任命為四門博士，主要是在太學工作，這期間韓愈喜歡指導指導小輩，被好事者嘲笑「好為人師」，就寫了一篇《師說》，嗆了回去。

不得不提的是，根據《唐國史補》記載，在當四門博士的時候，韓愈還曾經請假去華山玩兒，蹭蹭地爬到山頂之後，下不來了，低頭一看臥槽山勢太險，給嚇得嗷嗷大哭，還寫了遺書，後來被當地縣令想辦法給救了下來……這事堪稱黑歷史[50]。

之後韓愈因為得罪上頭被陸續貶了幾次官，官復原職之後就在刑部侍郎、吏部侍郎、兵部侍郎之間轉職徘徊。而這些年裡白居易在做些什麼呢？和他一樣，在朝廷當官呢。從這方面看來，白居易比他順利了不少，沒這麼多波折，他在朝廷裡安安穩穩地待了幾年，後來因為太耿直得罪了人，才被皇上找理由踢出去，後來又回京城了。

時間過得很快，轉眼韓愈已經五十一歲了，那年全國上下刮起一陣信佛熱潮，連皇上都不例外，勞民傷財地供奉佛骨，韓愈很憤怒，揮筆寫了篇《論佛骨表》把皇帝罵了一頓，指出這件事真荒唐。皇上當然也很生氣，當場就要把他極刑處死。

裴度一群人就在旁邊勸諫：「哎哎哎……皇上息怒皇上息怒……」

49《唐才子傳》：「凡三指光範上書，始得調。」

50《唐國史補》：「韓愈好奇，與客登華山絕峰，度不可邁。乃作遺書，發狂慟哭。華陰令百計取之，乃下。」

韓愈這才免了死刑，被貶為刺史，兩年之後回到長安，繼續在兵部侍郎和禮部侍郎之間徘徊，曾冒死出使鎮州，平安回來，晚年最後任職的是吏部侍郎。

白居易也曾做過刑部侍郎，最後以刑部尚書這個職位光榮退休。

白居易：「刑部侍郎？巧了。」

以上是這兩人的仕途，都當過刑部侍郎，也都曾在帝都和外地當過官，特別相似。什麼？你說這只不過是仕途上的巧合而已，好好好，那咱們再來扒一扒其他方面。

在理想方面，他們的出發點雖然不同，目的卻都是讓詩歌體現現實。韓愈宣導「幹掉駢文，恢復古文！」的恢復秦漢之風的古文運動，而白居易則宣導新樂府運動，什麼是新樂府運動？就是自創新的樂府題目，發揚《詩經》體現時事的優點，當時跟他一起搞運動的還有元稹等人，他們的口號是「文章合為時而著，歌詩合為事而作！」（白居易《與元九書》）

在追星方面，他倆都是杜甫的粉絲。韓愈評價杜甫「李杜文章在，光焰萬丈長」，白居易評價杜甫「杜詩貫穿古今，盡工盡善，殆過於李」。

那時候有個文人叫張籍，和他們倆關係都有互關，據說就是張籍介紹他倆見面的，可惜他們倆見面是見面了，出去玩大抵也出去玩了，卻並沒有成為好朋友。就如同愛情強求不得，其實友情也是，白居易顯然對韓愈的好感更多些，經常給韓愈寫寫詩，並且 tag 好友韓愈看。

白居易：「我寫了一篇《和韓侍郎苦雨》，快來看看吧！」

韓愈顯示為已讀不回。

白居易：「我又寫了一篇《同韓侍郎遊鄭家池吟詩小飲》，記那次同遊，韓兄不寫一篇嗎？」

韓愈：「哦。」

久而久之，畢竟也曾幾次出去玩過，這兩人也不是完全沒有唱和的，根據宋代魏泰的《臨漢隱居詩話》爆料八卦，韓愈就曾寫過「仿朝曾不報，半夜踏泥歸」，而白居易和詩「仍聞放朝夜，誤出到街頭」（白居易《和韓侍郎苦雨》）。但這兩人的關係，比起其他詩人之間的關係來講，可以說是很冷淡了，尤其是比較高冷的韓愈，簡直無法接近，讓白居易十分無奈，只能寫詩自嘲。

白居易就曾寫過《久不見韓侍郎，戲題四韻以寄之》，其中四句是這麼寫的「近來韓閣老，疏我我心知。戶大嫌甜酒，才高笑小詩」。

古代的甜酒一般都是劣質酒，這句詩的意思就是「唉，老韓疏遠我，我早就知道了」。

白居易還寫過《酬張十八訪宿見贈》，其中八句：「況君秉高義，富貴視如雲。午後三相家，冷眼不見君。問其所與遊，獨言韓舍人。其次即及我，我愧非其倫。」

白居易：「我自嘲一級棒。」

終於有一天，韓愈給白居易寫詩了，詩名叫《同水部張員外籍曲江春遊，寄白二十二舍人》：「漠漠輕陰晚自開，青天白日映樓臺。曲江水滿花千樹，有底忙時不肯來。」

「好不容易從陰轉晴，我興致勃勃地邀請了張籍和白居易一同來玩，張籍來了，白居易卻說雨後泥濘，沒來，唉。」

這首詩送給白居易之後，白居易也揮筆回了一首詩《酬韓侍郎、張博士雨後遊曲江見寄》：

「小園新種紅櫻樹，閒繞花行便當遊。何必更隨鞍馬隊，沖泥蹋雨曲江頭。」

「嘿，我跟你講，我這小院裡可漂亮了，我閒著沒事走一圈就當是旅遊了，何必跟你們去那曲江頭玩泥巴。」

韓愈：「……」

根據《清異錄》爆料，韓愈晚年的時候日夜沉迷美色，導致身體不好，又不知聽了誰的鬼話，把硫磺餵給雞吃，等雞餵養大了，他再把雞宰了吃，最後「始亦見功，終致絕命」，把自己給搞死了。而白居易起初聽說他食用硫磺之後，還特意寫過一首《思舊》給他，寫得什麼呢？「退之服硫黃，一病訖不痊」「或疾或暴夭，悉不過中年。唯予不服食，老命反遲延」。

「你們總搞那些沒用的鬼點子，最後還不是容易整死自己？瞧瞧我，只有我啥也不吃，反而身體倍兒棒牙口好，嘿嘿嘿。」

韓愈心想：「……打死一個白居易判幾年？」

當時他們都是老頭兒了，其實白居易本人還是挺怕老的，總給自己的另一個朋友劉禹錫寫詩，嘮叨「哎呦我老了啊……」據說老白晚年尤其不愛洗頭，就是因為這個原因。《早梳頭》裡他寫「夜沐早梳頭，窗明秋鏡曉。颯然握中髮，一沐知一少」，《因沐而髮》裡也嘮叨過「沐稀髮苦落，一沐仍半禿」……

「哎呦我這頭髮啊，一洗澡，一梳，一掉一大把啊……」

歷史總是驚人的相似，老白脫髮，老韓掉牙，老韓也有過同樣的感慨《贈劉師服》：「羨君齒牙牢且潔，大肉硬餠如刀截。我今呀豁落者多，所存十餘皆兀䡄。」

過了很久，韓愈永久退出文壇了。

又過了很久，白居易也退出文壇了。

他們倆始終沒有互相關注，無論是思想還是性格所造成的，也只能用一句「強求不得」來形容了。嘿，別說古人神聖得和神仙一樣，其實他們也有偏偏就不感冒的人，因為他們在世的時候也是有七情六欲的人呀。

只是如今看來，這些大唐詩人圈的嬉笑怒罵，就好像一杯茶似的，細細一品，倒是挺有趣的。

第四回　最肉麻的詩寫給最愛的摯友——劉禹錫與柳宗元

文／拂羅

公元八一四年，中唐。

「柳兄，此次咱們一同被貶，你去的柳州道遠，一定要珍重啊，等朝中小人失利，咱們就能再回京了，到時定要再去玄都觀賞花。保重！」

「劉兄，保重！」

多年後，劉禹錫孤身走在回京的路上，一遍遍回憶與柳宗元分別那日說過的話。

他只是沒有想明白，當年說好的一同回京城，為何如今，只有他一人輾轉回來了呢？

他也沒有想到，自己和柳宗元的友情會超越古今，千年間傳頌不息。

和一個走一個追的李白杜甫、同為摯友也同為詩敵的劉禹錫白居易不同，劉禹錫與另一位獨一無二的摯友柳宗元的友誼，在歷史上也排得上名。他們倆相差一歲，在少年時互相神往對方大名，終於大好年華相識，從此成為一輩子的朋友，這段友情，還要從中唐開始講起。

兩人都是生在官宦家庭，書香門第，所以早年就在文壇出了名，還互相聽說過。尤其是柳宗元，不僅父親的家族全是大官，連母親的家族都是名門望族，這樣強悍的基因，再加上後天的勤奮，柳宗元想不優秀都難。於是他在二十歲那年就直接被選為鄉貢，越過了學校考試，直接去京城參加科考去了。

也就是在這個時候，他遇到了另一個同去參加考試的學霸，兩人一見如故，好似上輩子就有緣分，柳宗元細細一問：「哎，這位兄弟，你叫啥？」

另一個學霸也激動地回答：「我叫劉禹錫，大兄弟你呢？」

「我叫柳宗元，哎呀，你就是劉禹錫大大？」

「哎呦，是是是，你就是柳宗元大大？我早就聽說過你！」

二人都沒想到，自己嚮往已久的同輩大大竟然就在眼前，竟然就這麼在京城意外見面了！真是緣分啊緣分，兩個小青年高高興興地手牽手考試去了。

「柳兄，你考完出來啦？考得怎麼樣？」

「唉，別提了，發揮得一般，你呢？」

「我也是啊。」

旁邊眾學渣：「呼……他倆都沒發揮好，也不怪我等學渣沒考上了。」

之後大榜一出，大家呼啦一聲圍過去看，柳宗元和劉禹錫的名字儼然都在上面，這兩個學霸就這麼輕輕鬆鬆一起進士及第，又一起快快樂樂通過了朝廷的公務員考試。如果要把歷代的科舉分個級別，那麼大唐科舉就是地獄級別的，有人考了一輩子，七十歲才中進士，連韓愈都考了四次才通過。

眾學渣：「？」

後來柳宗元的父親病逝，柳宗元回家鄉守了三年孝，之後再踏上為官之路，當時劉禹錫已經在朝廷裡當了官。兩個學霸的仕途可謂是一帆風順，他倆三十歲左右的時候，更是同在一個部門「御史臺」工作[51]，當時韓愈也在那兒，這三人既是同事又是朋友，文采也相差無幾，只不過劉禹錫往詩歌方面發展，柳宗元則往散文和寓言方向發展，寫過的寓言有《黔之驢》等。

這段時間，他們的人生是快樂的，不過胸中還有另一番抱負沒能實現，當時盛唐已經成為過去，經歷安史之亂後中唐的朝廷，已經是小人當道，宦官專權，二人早已對這樣的工作環境非常不滿，又正是熱血的而立之年，一直想找個機會改變世界。

三年之後，這個機會來了。當時朝廷裡有個叫王叔文的大官，一心要搞革新，把這些宦官都踢下去，劉禹錫和柳宗元雙雙一拍大腿，積極踴躍地加入了組織[52]，一同加入的還有不少人，例如呂溫、李景儉等人。這一群人打著「踢翻宦官勢力」的口號，轟轟烈烈地鬧改革，可這場改革一共維持了多久呢？一百八十天。

在短短一百八十天後，組織就被黑惡勢力踢翻了。帶頭搞事的王叔文被賜死，附和著搞事的劉禹錫柳宗元等八個人一一被貶謫到遠方當刺史，之後又半路加貶成司馬，這件事在歷史上叫做「永貞革新」。一帆風順的仕途就此結束，劉禹錫去了朗州，柳宗元去了永州，兩個好朋友就這麼分開了。

眼淚汪汪地和柳宗元告別之後，劉禹錫來到朗州，一晃就過了好幾年。這期間他做過通判這樣的芝麻官兒，當地有個縣令看人下菜，一看劉禹錫這廝是被貶謫下來的，瞧不起他，特意安排他住在江邊的三間三廂房子裡：「嘿，本官給你個下馬威。」

意料之中的事沒發生，劉禹錫是個樂觀主義者，反而高高興興的寫了個對聯，往門口一貼「面對大江觀白帆，身在和州思爭辯」。

當地縣令黑線，又把劉禹錫趕去另一個小宅子裡，只有一間半，附近都是楊柳：「嘿，我看你怎麼辦。」

意料之中的事兒還是沒發生，劉禹錫很樂觀，高高興興地寫「垂柳青青江水邊，人在曆陽心在京」。

當地縣令鬱悶得差點吐血，又強迫劉禹錫搬家，這次是搬到了一間斗室，小得只能放下一張桌子一張床，然後他美滋滋地等著劉禹錫大怒，等了好多天，啥也沒等來，最後縣令耐不住，自己先偷偷地跑過去了。

劉禹錫還是那麼淡定，還淡定地請人立了個石碑，刻上一篇文章《陋室銘》：「山不在高，有仙則名，水不在深，有龍則靈，斯是陋室，惟吾德馨……」

「山不在於高不高，有仙人則出名，水不在於深淺，有蛟龍在就會仙靈，這是一間破舊的陋室，然而有我在這裡，也能讓它芳名遠揚。」

51《新唐書・柳宗元傳》：「貞元十九年，為監察御史裡行。」

52《舊唐書・劉禹錫列傳》：「順宗即位，久疾不任政事，禁中文誥，皆出於叔文。引禹錫及柳宗元入禁中，與之圖議，言無不從。」

再通俗點兒就是：「我老劉懶得和你這狗官鬧開。」縣令終於跪了。

劉禹錫就這麼輕描淡寫地KO掉了狗官，悠悠閒閒地保持著樂觀的心情，住在陋室裡，這期間他和柳宗元也頻頻有書信詩文來往，就算隔了千山萬水，也擋不住他們的友情。《竹枝詞》就是在這期間寫出來的，充分體現了劉禹錫是個樂天派。

楊柳青青江水平，聞郎江上唱歌聲。東邊日出西邊雨，道是無晴卻有晴。

這首詩充分融合了當地民俗山歌風格，用少女的口吻，將少女思慕心上人的微妙心情刻畫得十分活潑，「晴」與「情」一語雙關，將民歌的俗和詩歌的雅融合，明快清晰。

在這期間，遠在永州的柳宗元又在幹啥呢？

其實和性子樂觀的劉禹錫相比，柳宗元就顯得有些憂鬱，劉禹錫起碼有個陋室，他是一開始只能住在破廟裡。但他被趕到永州的這些年裡，也並不是當當鹹魚了事，永州是個鳥不生蛋的荒涼地方，柳宗元卻看到了這地方的好景色，還寫下了著名的《永州八記》，被選入課本必學的《小石潭記》就是其中一篇。

這期間他看到韓愈寫了一篇論文《原道》，讀過之後，對其中的某些思想不大贊同，就寫了一篇哲學論文《天說》回應過去，劉禹錫看到密友發了新文之後，也立刻加入隊伍，接連寫了三篇《天論》跟帖過去。

劉禹錫：「你的立場就是我的立場！」

韓愈：「……你倆想幹什麼。」

他們倆這一貶謫就是十年，這十年間書信從未斷過，可謂感情至深。直到十年之後，他們才被皇上召回京城[53]，這兩人當然特別高興，一路高高興興地吃著火鍋唱著歌回來了，玩遍了京城，誰知道這一玩，壞事了。

劉禹錫：柳兄柳兄，咱倆去玄都觀賞花呀？

柳宗元：好呀好呀。

二人就來到了玄都觀看風景，劉禹錫一個觸景生情，控制不住自己，揮筆就寫了一首詩《元和十一年，自朗州召至京，戲贈看花諸君子》：「紫陌紅塵拂面來，無人不道看花回。玄都觀裡桃千樹，盡是劉郎去後栽。」

「京城的路上車馬不息，塵土撲面而來，人人都說自己是從玄都觀看花回來的，玄都觀裡有上千棵桃花樹，全是我老劉被貶離開之後栽的。」

這詩表面上是寫看花，其實是諷刺攀附權貴的，這些桃花就是十年間新提拔的權貴，看花人就是攀附權貴的人。本來上次革新的事兒就算過去了，壞就壞在劉禹錫自己白目，他一下就把權

53《舊唐書．劉禹錫傳》：「元和十年，自武陵召還，宰相復欲置之郎署。」

貴給得罪個遍，當即就要把他給扔到更遠的地方去，是哪裡呢？一個叫播州的地方，古代也叫夜郎，是真正的窮山惡水，劉禹錫還有個八十歲的母親，要是和他同去播州，豈不是經受不住？

當時柳宗元也因為權貴記仇，不但沒得到重用，反而被貶往柳州。柳宗元聽見這消息，先是對自己這位神經大條的好友又搖頭又歎氣，然後做了一件讓所有人震驚的事——柳宗元拚命地要求自己和劉禹錫對調地方，讓自己去那荒涼的播州，劉禹錫去相對好些的柳州。[54]

什麼叫真正的朋友，真正的兄弟？我想這就是。

最後上頭也被感動了：「算了，你倆都別折騰了，劉禹錫就去連州吧！」

於是這兩人又踏上了奔波之旅，和上次不同的是，柳州和連州有一段是順路，二人結伴而行，喝酒作詩，這大概是他們最快樂的時刻了。最後要分離時，二人依依不捨，做了好幾首詩還捨不得分開，柳宗元首先寫下一首《衡陽分路與夢得贈別》。

> 十年憔悴到秦京，誰料翻為嶺外行。伏波故道風煙在，翁仲遺墟草樹平。
> 直以慵疏招物議，休將文字占時名。今朝不用臨河別，垂淚千行便濯纓。

「在永州辛苦十年，這才憔悴進京，在長安城不久，卻又要謫去邊荒。走上故道追思馬援將軍，昔日舊人如今又在哪裡？只留下野草廢墟。你我本來無意招惹，卻無端遭奸佞誹謗，區區詩文也能惹來禍端，你還是暫且封筆吧。今天咱們生死兩別，都不必在河水邊作別了，流的淚就可成為清流。」

這首詩奉勸他莫要再鋒芒畢露，劉禹錫深有感悟，也寫了一首《再授連州至衡陽酬柳柳州贈別》。

去國十年同赴召，渡湘千里又分歧。重臨事異黃丞相，三黜名慚柳士師。
歸目並隨回雁盡，愁腸正遇斷猿時。桂江東過連山下，相望長吟有所思。

「我們被貶十年之後終於一同回來，如今卻轉眼又要前往荒涼的地方，度過這湘水，我們就要分別了。雖然我是再任刺史，卻和兩度出任太守的黃霸不同，也比不上三次被貶謫的柳下惠。想要歸去的目光隨著飛遠的大雁而去，滿腔惆悵時正好聽到淒厲的猿鳴。柳州和連州有一條桂江相隔，我與你隔岸對望，低吟沉思。」

按理說詩寫完了，人就該分別了，可二人實在難捨難分，還有那麼多話沒有說，柳宗元便又寫一首《重別夢得》。

54《舊唐書．柳宗元傳》：時朗州司馬劉禹錫得播州刺史，制書下，宗元謂所親曰：「禹錫有母年高，今為郡蠻方，西南絕域，往復萬里，如何與母偕行。如母子異方，便為永訣。吾與禹錫執友，何忍見其若是？」即草奏章，請以柳州授禹錫，自往播。裴度亦奏其事，禹錫終易連州。」

二十年來萬事同，今朝岐路忽西東。皇恩若許歸田去，晚歲當為鄰舍翁。

「咱們二十年間共同患難，今朝忽然走上了歧路，若皇上開恩讓咱們回家種地，咱們晚年就做個老鄰居吧。」

這詩句句深切，惹得劉禹錫又是一把鼻涕一把淚，二贈詩云《重答柳柳州》。

弱冠同懷長者憂，臨岐回想盡悠悠。耦耕若便遺身老，黃髮相看萬事休。

此次一別，難以再見，柳宗元也許是預感到了什麼，於是又寫下第三首詩《三贈劉員外》。

信書成自誤，經事漸知非。今日臨歧別，何年待汝歸？

劉禹錫復答《答柳子厚》。

年方伯玉早，恨比四愁多。會待休車騎，相隨出罻羅。

二人一共寫了六首詩，這才含淚各自作別，連他們都沒有預料到，這次一別，竟再也沒能相見。柳宗元不像劉禹錫那麼樂觀，他已經四十七歲了，又在柳州得了病，朝廷裡的好友裴度連續為他求情，皇上終於同意再召他回京，誰知送的信還沒到柳州，柳宗元已經在病榻上撒手人間了。臨走之前，他還心念著劉禹錫，吩咐將自己的書稿和兒女都託付給他，劉禹錫是他平生最信得過的人。

聽到這個噩耗的時候，劉禹錫在遠方悲痛狂呼，他在《祭柳員外文》中一邊流淚，一邊寫下自己當時的心情：「忽承訃書。驚號大叫，如得狂病。良久問故，百哀攻中。魂魄震越。得君遺書，絕弦之音，悽愴徹骨。」

他又寫了《重至衡陽傷柳儀曹並引》來祭奠摯友，又在餘生裡花費了二十年，將摯友留下的書稿整理成書，還撫養了柳宗元的大兒子周六，悉心將周六養大。

七年之後，劉禹錫終於被召回京城做官，他這一生裡整整被貶謫了二十三年，一朝終於孤身一人回來，看到京都已物是人非，身邊又沒有了柳宗元陪伴，卻依舊保持樂觀，又遊了一遍玄都觀，又寫下一首《再遊玄都觀》。

> 百畝庭中半是苔，桃花淨盡菜花開。種桃道士今何處，前度劉郎今又來。

劉禹錫 tag 柳宗元：老柳，你看見沒有？我老劉熬死那些壞蛋，又回來了。老柳你看啊，哈哈哈……

劉禹錫又當了幾十年官，直到七十一歲時病逝，他晚年雖失去了柳宗元，卻也來到洛陽，和白居易、裴度、韋莊等人郊遊唱和，過得很是自在。故人已逝，若看到自己的摯友晚年如此快樂，想必在九泉之下也會感到安慰吧。

值得一提的是，古人對朋友情深義重，所以現代人看見的疑似寫給戀人的詩，其實許多都是寫給同性朋友的。比如柳宗元的《答劉連州邦字》裡就寫過「連璧本難雙，分符刺小邦」，用連璧來指代自己和劉禹錫，而現在形容男女多用「璧人」。

其實這種現象在古代屢見不鮮，晚唐有個人叫張籍，一個參加科考的考生給他寫了一首詩《近試上張籍水部》：「洞房昨夜停紅燭，待曉堂前拜舅姑。妝罷低聲問夫婿，畫眉深淺入時無？」

言外之意：「夫（張）婿（籍）啊，您說，我能不能中舉？」

張籍回他一首《酬朱慶餘》：「越女新妝出鏡心，自知明豔更沉吟。齊紈未足時人貴，一曲菱歌敵萬金。」

言外之意：「放心吧，妥妥的。」

類似的悶騷詩還有辛棄疾寫給陳亮的《賀新郎．把酒長亭說》「佳人重約還輕別」等等，你以為是描寫男女感情的絕美詩句，用到情書裡寫給心愛的妹子時……有沒有想過，萬一寫詩的人和被寫詩的人是倆大老爺們，該怎麼辦？

華夏文化博大精深。

不過這也正好表現了中國古人那種含蓄的性子，也充分體現出古人之間的情誼有多重，正如劉柳，又如李杜，又如子期伯牙。

共享樂都是假，同患難才是真，現在你知道古人對待感情有多認真了嗎？

第四卷

唐朝有嘻哈八強選手

八強選手，
最強戰力分析。

八強選手1
最強選手李白：原諒我這一生不羈放縱愛自由

文／狸花喵子

先爆個料：原本呢，導師們是想把張若虛選手放進八強的，畢竟「孤篇蓋全唐」也不是浪得虛名。

奈何這位同學實在太低調了。字不詳，號不詳，生年不詳，卒年不詳……你就說說你到底有什麼是詳的吧？

好不容易，《全唐詩》第一一七卷裡終於用二十六個字曝光了他，讓我們知道他來自揚州、做過兗州兵曹、有過三個密友。除此之外，就只有《舊唐書》中，張同學在密友之一賀知章大大的傳記裡蹭了一下熱度，露面整整六個字：「若虛，兗州兵曹。」

好嘛，等於什麼都沒說。

要是給每位選手都拍一段VCR，負責張若虛的那位編導一定會愁禿了頭。

光有作品，沒有人設，會嚴重影響人氣的好不好！出於這樣的現實考慮，我們只好委屈這位選手了。

相比之下，現在隆重登場的這位李白同學，無疑是節目組最不需要為八卦素材煩惱的，就連他家的馬叫什麼名字，都被熱心群眾給曝光了。55

這是一位天生的舞臺王者，不光作品是天才手筆，挾風雷、吞日月、光焰萬丈，更兼一舉一動都是戲，一抖一個大包袱，還都穩準狠地戳在群眾的點上。不怕跟任何實力派比實力，偏偏還比任何偶像派更偶像。叫別的選手怎麼活？

沒什麼說的，當之無愧的No. 1就定他了。

按慣例，出生的時候要是沒有異象，都不好意思跟人說自己是天才。

李白尚在腹中，他媽偶得一夢，夢見太白金星投胎進了她的肚子，李媽媽頓時得到了給娃起名的靈感：名白，字太白！

不知道跟名字有沒有關係，反正在群眾心目中，太白的舞臺造型總是白衣翩翩。還得腰間佩劍，單手舉杯，後面放一組送風機，把一身白色長衫外加襆頭（古代男子用的頭巾）下面的兩個襆頭腳，都吹到風中凌亂。不得不說，這個造型飄飄欲仙，辨識度極高。

那麼問題來了：劍是哪來的？

如果把襆頭換成東坡巾，衣裳腰身做肥一點，那麼這個舞美服化，蘇軾也可以hold得住，但是劍這個道具嘛，恐怕還是換成牙籤叼著。搞不好對他來說更配。

遍觀八強，唯獨太白這位選手，跟劍有許多不可不說的故事。

55《琅嬛記》：「李白有馬，名黃芝。」

風流少年時，京洛事遊遨。腰間延陵劍，玉帶明珠袍。

——《敘舊贈江陽宰陸調》

高冠佩雄劍，長揖韓荊州。

——《憶襄陽舊遊贈馬少府巨》

願將腰下劍，直為斬樓蘭。

——《塞下曲六首》其一

酒酣舞長劍，倉卒解漢紛。

——《送張秀才謁高中丞》

萬里橫戈探虎穴，三杯拔劍舞龍泉。

——《送羽林陶將軍》

劍，乃短兵之祖、百兵之君，無疑是俠客身份的絕讚標誌。既會舞刀弄劍，又會吟詩作賦，就可以說是真・文武雙全了。

而太白向我們證明，劍在大唐肯定不屬於管制刀具。

他存詩共一千餘首，其中九十四首提到了作為兵器的「劍」，差不多十首作品中就占一首。志得意滿的時候，有事沒事都顯擺一下佩劍，建功立業的雄心壯志盡在其中；到了失意之時，更加一言不合就要拔劍，畢竟，還有什麼比抽出寒光閃閃的劍來揮舞一通更能抒發憤懣之情的酒後活動呢？

彈劍作歌奏苦聲，曳裾王門不稱情。

——《行路難》其二

停杯投箸不能食，拔劍四顧心茫然。

——《行路難》其一

正如另一位八強選手王維認為自己「哪裡是寫詩的料啊，其實我就是個畫畫的」一樣，太白大約也可以這樣謙虛道：「哪裡是寫詩的料啊，其實我的理想，是當個走江湖的！」

光說不練假把式。為了當個好劍客，太白專門跑到山東去學劍法，還給當時的劍舞達人裴旻寫信求帶。人家到底帶沒帶他練，我們不知道，反正太白同學用《俠客行》對自己的武功誇下海口：

十步殺一人，千里不留行。事了拂衣去，深藏身與名。

客觀一點講，雖然從作品中我們完全可以感受到太白同學對這種行徑滿滿的嚮往，但是《俠客行》畢竟不是《太白行》，不能一口咬定就是他的自傳。但是，「托身白刃裡，殺人紅塵中」（李白《贈從兄襄陽少府皓》）可就明白無誤地是在寫（誇）自己了。他還有一位腦殘粉魏萬，上演了一齣「千萬里我追尋著你」，鍥而不捨地跟蹤，輾轉跟蹤三千里，終於在揚州追上了偶像。面對這樣的私生飯（指喜歡刺探藝人私生活的粉絲），太白不但不生氣，還贈詩一首，引為知己。正是這位見過太白本尊的魏萬同學，在《李翰林集序》裡把他活活描述成了一個古惑仔：「眸子炯然，哆如餓虎」「少任俠，手刃數人」……

等等！我們所在的可是大唐——狄大人和元芳的那個大唐啊，不是什麼法外之地！不是說好了，有法必依違法必究執法必嚴的嗎？

翻開《唐律》，我們可以看到這樣一條規定：「諸鬥毆殺人者，絞；以刃及故殺人者，斬；雖因鬥，而用兵刃殺者，與故殺同。」對照來看，太白同學的犯罪情節十分嚴重，為什麼沒有被繩之以法呢？

那就不得不談到另一首作品《敘舊贈江陽宰陸調》了：

> 我昔鬥雞徒，連延五陵豪。
> 邀遮相組織，呵嚇來煎熬。
> 君開萬叢人，鞍馬皆辟易。
> 告急清憲臺，脫余北門厄。

太白不慎自己說漏了嘴。

有那麼一回，他和鬥雞徒發生了衝突。什麼是鬥雞徒呢？我們還是用他自己的作品《大車揚飛塵》來解答好了：

路逢鬥雞者，冠蓋何輝赫。
鼻息干虹蜺，行人皆怵惕。

馬路上碰到的鬥雞徒啊，張著傘蓋威風凜凜，鼻孔裡噴出的氣都要上天了，嚇得路人瑟瑟發抖。這群五坊小兒（對宮廷內五坊的工作人員的蔑稱），都是狗仗人勢的特權階級，不要說老百姓了，就連低級官員也不在他們眼裡。

於是某一天，在長安北門，太白不知道怎麼和他們發生了衝突，被這群臭流氓包圍了。還沒有開始群毆，尚在「你是在看什麼？」「看你又怎樣？」的放狠話階段，幸虧一位武功高強的朋友陸調從天而降，把這群人連車帶馬都嚇退，還及時報警，這才救了太白，太白感激涕零，寫詩相贈，我們才有機會知道這件事情的來龍去脈。

不是說好了「十步殺一人」的嗎，怎麼還要等別人來英雄救美呢？

我不禁陷入了沉思。

結合種種情況來看，搞不好，太白只是個嘴炮黨。

但是，太白並沒有覺得人設崩塌，依然孜孜不倦地想證明自己是個好劍俠。在給知名獵頭韓朝宗寫的信中，他再一次自稱「十五好劍術，遍干諸侯！」

不要想歪。

遍干諸侯的「干」，是干謁的「干」。

要知道，大唐的公務員考試，還沒有用上密封卷。主考官批卷的時候，卷面答題情況只占部分分值，還要考慮考生的人氣——特別是在知名網紅中間的人氣，來打綜合分。

為了讓知名網紅們對自己留下好印象，考生們就需要用自己的詩文當敲門磚，想方設法地走後門求見達官貴人。這種行為，就是「干謁」。一旦對上貴人的胃口，沒準就會幫自己推廣宣傳。萬一運氣好，貴人願意直接給主考官打個招呼，那想考個把進士還不是妥妥的了？

太白同學也幹過這事。

當他剛從蜀中來到京城，正式成為一名「長安漂」的時候，還是一個沒什麼存在感的人。要出名，得先抱一條大腿求捧場，於是把《蜀道難》送到了時任太子賓客兼銀青光祿大夫兼正授秘書監的賀知章桌子上。這首作品驚掉了賀知章的下巴：「這哪是個人啊！是太白星成了精呀！」[56]

在更誇張的版本裡，太白初到長安就已經驚動了賀知章的大駕，主動登門求文，邊看《蜀道難》邊拍大腿，驚呼太白是天上謫仙。為表誠意，賀知章還當場解下腰間佩戴的金龜，換來美酒投餵他。[57]

換句話說，太白這位選手，從出道開始，起點就已經不知道高到哪裡去了。

於是，他很快如願以償地驚動了中央。

不必說，以這位太白星精的性格，當然不會故作謙虛、忸怩推托。對於突如其來的好消息，太白坦蕩蕩地高調炫耀「仰天大笑出門去，我輩豈是蓬蒿人！」然後就跳過正規的考試程序，直接進入了體制內。

唐人的短篇鬼扯小說集《酉陽雜俎》裡說：玄宗一見到這位選手，馬上就被其巨星風範所傾倒，連自己的座駕都不乘，激動到走著來見偶像，還命人搬來七寶床，請太白上座。最後，這位天子端起碗，親自調羹湯，親口吹涼涼，就差親手餵進太白嘴裡了。

還有一個更浮誇的故事，說的是太白後來騎驢路過華陰，喝得斷片了，闖進了華陰縣令的工作場所，縣令很生氣：「你誰啊？沒長眼睛？」

太白：「曾令龍巾拭吐，御手調羹，貴妃捧硯，力士脫靴。天子門前，尚容走馬，華陰縣裡，不得騎驢？」御用手帕擦過我的嘔吐物，皇帝親手為我調過羹湯，貴妃為我捧過硯臺，高力士給我脫過靴子，天子門前我都被特許騎馬，怎麼了，你這小小的華陰縣就不讓我騎驢了，敢情是想上天？

雖然並沒有署名，但是縣令秒懂，而且嚇尿了：「原來是李翰林！有失遠迎該死該死！」太白打著酒嗝，騎驢揚長而去，只留下一個高貴冷豔的背影。

很顯然，在人民群眾的心目中，太白就是這樣漢子！就是這樣的秉性！就是這樣「天子呼來不上船」的酒中仙！

56《唐摭言》
57《本事詩》

故事難免有虛構的成分，可是太白曾受甲方玄宗的委託、為楊貴妃私人定製的作品《清平調》，卻是如假包換的：

雲想衣裳花相容，春風拂檻露華濃。
若非群玉山頭見，會向瑤臺月下逢。
一枝穠豔露凝香，雲雨巫山枉斷腸。
借問漢宮誰得似，可憐飛燕倚新妝。
名花傾國兩相歡，長得君王帶笑看。
解釋春風無限恨，沉香亭北倚欄杆。

首席樂師李龜年那一天正要亮嗓，玄宗掃了一眼點歌單，興致缺缺：「多美的花，多美的貴妃，居然只有那幾首老歌能聽？立刻，馬上，傳李白寫幾首新歌來！」

太白宿醉未醒，腦袋還疼著，牙還沒刷呢，就被拉到宮裡了。

要不怎麼說是前八強的選手呢？就算在這種臨場狀態下，他依然隨手一揮就是三首正常水準之上的《清平調》。梨園子弟趕緊配上樂，李龜年試試嗓，當即唱得玄宗和貴妃心花怒放。

唱到場內氣氛夠 High 的時候，貴妃用玻璃七寶小酒杯喝著西涼葡萄酒，玄宗呢，乾脆親自下場，吹他拿手的玉笛為此曲伴奏。[58]

當太白在大內如魚得水的時候，他甚至還結交了一位老外——日本留學生阿倍仲麻呂，漢名晁衡。晁衡邀請了大唐高僧鑑真一起到日本做文化交流。沒想到，鑑真坐的那艘船平安到達了目的地，晁衡那艘船卻翻了，乘客幾乎全部遇難。

太白聽說了這個消息，捶胸頓足，立刻寫了一首作品《哭晁衡》悼念：

日本晁卿辭帝都，征帆一片繞蓬壺。
明月不歸沉碧海，白雲愁色滿蒼梧。

這是一首悼詩。然而，晁衡奇跡般地生還，又從陸路回到了長安。這就有點尷尬了。當然，生還肯定是好事，晁衡看到太白為他寫的詩，感動萬分，也寫下「魂兮歸來了，感君痛苦吾」相贈。（為什麼這兩句看起來有點怪怪的？不要在意，人家是國際友人啊！）以作品促進了中日兩國人民間的友誼，太白這位選手，必須再加一分。

其實，晁衡寫下這首答詩的時候，李白已經被「賜金放還」，離開長安了。為什麼呢？這都是酒的禍！

58《唐詩紀事》

大家都知道太白貪杯，可是他現在喝斷片的機率，已經高到影響工作了。有好幾次，玄宗叫他創作命題音樂作品，而太白在崗位上醉得不省人事，玄宗等不及，急得叫人用水潑他。還有一次，太白索性撒起酒瘋，對著天子伸出腳丫子，叫高力士給他脫靴子。

我知道「給爺脫靴！」聽上去很爽，然而結局其實挺沒面子，以玄宗讓小太監把太白轟出去告終。放縱不羈是個萌點。在玄宗和貴妃這樣要風得風要雨得雨的統治階層看來，太白偶爾傲嬌放肆幾下，很逗很討喜。

但是，你要成天這麼幹，是不是就不識抬舉了？我養你何用？

他曾經給自己設定了一個小目標：和天子說上話。

小目標很快就實現了，但是大目標的達成卻遙遙無期。

自從用口蜜腹劍的李林甫取代了賢相張九齡，玄宗早已不是那個勵精圖治的玄宗。他現在什麼話也聽不進去，就想舒舒服服地唱唱KTV、泡泡妞。需要的時候，叫個會寫歌的來豐富一下自己的娛樂生活。

所以你就乖乖當個寫歌助興的創作型藝人，想跟我談什麼國事，對不起，寶寶不聽。

太白要挽回自己的印象分，惟有看人眼色，做小伏低。不要想著什麼建功立業啦，橫量天子的愛好，多寫幾首風花雪月的小情歌就行了。

可是，生活不僅有眼前的苟且，還有詩、劍、酒和遠方。

他辭職了。

天寶十四年（西元七五五年），安史之亂爆發。帝國大廈將傾。太白還沒來得及為人民服務，就無奈地離開了公務員隊伍。壯志未酬，想想都不甘心。就這麼巧，他遇到了玄宗的第十六個兒子，永王李璘。

這位永王和他老爸不一樣，不僅對太白優禮有加，還重金聘請他當軍政參謀，助他消滅叛軍。

「俠之大者，為國為民」，這本來就是劍俠太白的夢想啊！他毫不猶豫地跟永王簽了工作合約並且詩興大發，創作了《永王東巡歌》：

永王正月東出師，天子遙分龍虎旗。
樓船一舉風波靜，江漢翻為雁鶩池。
二帝巡遊俱未回，五陵松柏使人哀。
諸侯不救河南地，更喜賢王遠道來。
試借君王玉馬鞭，指揮戎虜坐瓊筵。
南風一掃胡塵靜，西入長安到日邊。

請君王借給我您的玉馬鞭，我將坐在華麗的筵席上指揮軍隊消滅叛亂。我軍將像秋風掃落葉一樣對敵人毫不留情，直到收復洛陽和長安，重整河山。

唱得真棒——什麼？你說永王的隊伍是個反政府武裝！

政府軍很快剿滅了永王。

《永王東巡歌》是確鑿無疑的「從逆」證據。李太白，參與顛覆國家政權，很好，滾去夜郎吧。曾經為王昌齡寫下「我寄愁心與明月，隨風直到夜郎西」的太白，終於自己也被流放到了這裡。

乾元二年（西元七五九年），因關中旱情而大赦天下，太白重獲自由。回程途中，他寫下了喜不自勝的《早發白帝城》。此時，距離他賦《臨終歌》與世長辭，只剩三年。

他是幾無異議的大唐歌壇第一天王，他的粉絲站在一起，可以繞地球好幾圈。

奇妙的是，海報上的杜子美總是愁眉不展的老人，而比他年長許多的李太白，卻是那個永遠桀驁任性的掛劍青年。因為我們很難相信，他也會老，也會病，也會死。

我們寧可相信，只是那團火熄滅了。

酒盡了，酒杯隨手擲入粼粼的湖水。

太白向著月亮，一直走過去。

八強選手2 猛人杜甫：草根選手的逆襲

文／狸花喵子

這是一場公平公正公開的賽事，我們承認實力是第一評判標準。

然而，誰也不能否認行銷的重要性。

比方說：李白是天仙下凡。這種事，大家是怎麼知道的呢？

當然是他自己說的啊！

李白同學是一個real直白的人。他在《對酒憶賀監詩序》裡毫不臉紅地寫道：「四明有狂客，風流賀季真。長安一相見，呼我謫仙人。」

既然樓主都發話了，這個頭銜從此就和他綁定了，別人休想再拿走。（還有這種操作？）

於是，恐怕很少有人知道，杜甫這位低調的選手，也有個天仙下凡的傳說。

杜甫同學，字子美。據說，子美十歲出頭的時候，追夢追到康水邊，一位鶡冠童子告訴他：「你呢，其實是天上的文星典史，如今被貶謫到凡間。九雲誥已經降下，自己到豆壟下接旨去吧。」果不其然，那裡有一塊刻著金字的石頭。然而，子美心也太大了，不說把這塊石頭供起來，居然還佩戴著它去逛農貿市場。回家一看，飛火滿室，這塊很有性格的石頭說：「熏得我一身味！罰你文章蓋世，照樣吃土！」[59]

這個悲傷的故事不但告訴我們子美同樣是一位謫仙，還預示了他草根的一生。

說子美是草根，大概是因為《茅屋為秋風所破歌》實在太深入人心了。但是說真的，比起未成年時就要勤工儉學的李商隱來說，杜選手的青少年時代還是相當滋潤的。

首先，他爺爺杜審言曾經是咸亨元年進士，做過膳部員外郎、修文館直學士。跟「審言」這個名字一點也不般配的是，杜爺爺以一條毒舌聞名天下，號稱噴遍文壇無敵手。

杜爺爺名言：「憑我的文章水準，屈原宋玉也就勉強給我提鞋；至於我的書法呢，甩王羲之不知道幾條街！」

再舉個例子：蘇味道和杜審言同朝為官，還都是「文章四友」這個小群的群成員。兩個人可以說是低頭不見抬頭見了。可是杜審言想噴就噴，一點面子也不講。

比如蘇味道擔任天官侍郎的時候，杜審言寫判詞，寫完對人說：「味道死定啦！」

眾人驚呆：「蘇大人出什麼事了？」

杜審言哈哈大笑：「你們看了我的生花妙筆，還不活活羞死啊！」

幸虧這位身為北宋「三蘇」先祖的蘇味道大人，是出了名的溫吞敦厚，凡事模稜兩可，人稱「蘇模稜」，所以從來沒有他對杜審言還嘴的紀錄。

杜審言生病了，宋之問等一群小夥伴去看望他。結果他癱在床上，嘴皮子還不饒人：「我只要活著一天，你們這幫渣渣都被我壓得翻不了身；我要是病死了，你們該高興才對嘛！」[60]

實乃病得不輕。這種傢伙居然還會有朋友？

俗話說：不能指望能力強的人態度好。杜審言能這麼嘴賤，自然是底氣十足的。當時的宮廷詩人們，都寫著「臺閣體」詩，一言以蔽之：美則美矣，毫無靈魂。杜審言也不例外。但是，別瞧他在題材上沒什麼創新，可在聲律體式上，他還真是有那麼兩把刷子。就好比大家都無聊得唱像「妹妹我愛你」這種老歌，偏偏他的節奏樂感最最精妙，隨便給個 beat 就能征服全場。

要知道，初唐時，七言律詩這種東西還不存在，就連五言律詩的整體水準也一般般。而杜審言橫空出世，成為名副其實的初唐五律第一把交椅。[61]不要懷疑，站在你面前的就是：不世出的毒舌大咖·賣弄之王·詩聖他爺爺·大唐近體詩定型者·五言律詩之光。

所以，子美之所以能成為詩聖，跟他有個好爺爺是不無關係的。

No.1李太白這位選手，非常重視復古，但卻有那麼一點輕視律詩。律詩，特別是七律，是太白的短板。[62]子美就不一樣了，他認為：管它古體詩、近體詩，能抓住老鼠就是好詩。萬一子美

59《雲仙雜記·文星典史》
60《新唐書》
61《詩藪》
62《杜甫評傳》

遺傳了他爺爺那種囂張的性格，那他完全可以這樣說：太白算什麼東西？縱觀古今詩壇，是打從我開始，中國才有了最好的七律！

當然了，子美除非精分，不然是絕對不會這樣說話的。

雖然他沒有繼承爺爺的嘴賤，但卻繼承了爺爺的律詩天才。讓我們來玩一個「找相同」小遊戲：

綰霧青條弱，牽風紫蔓長。

——《和韋承慶過義陽公主山池五首》之二　杜爺爺

林花著雨燕支濕，水荇牽風翠帶長。

——《曲江對雨》杜子美

寄語洛城風日道，明年春色倍還人。

——《春日京中有懷》杜爺爺

傳語風光共流轉，暫時相賞莫相違。

——《曲江二首》之二　杜子美

嗯，以上是妥妥可以當作是否抄襲的依據，那還有借哏的呢？

明月高秋迥，愁人獨夜看。暫將弓並曲，翻與扇俱團。

霧濯清輝苦，風飄月影寒。羅衣此一鑑，頓使別離難。

——《和康五庭芝望月有懷》杜爺爺

今夜鄜州月，閨中只獨看。遙憐小兒女，未解憶長安。
香霧雲鬟濕，清輝玉臂寒。何時倚虛幌，雙照淚痕乾。

——《月夜》杜子美

旅客三秋至，層城四望開。楚山橫地出，漢水接天回。
冠蓋非新里，章華即舊臺。習池風景異，歸路滿塵埃。

——《登襄陽樓》杜爺爺

東郡趨庭日，南樓縱目初。浮雲連海岱，平野入青徐。
孤嶂秦碑在，荒城魯殿餘。從來多古意，臨眺獨躊躇。

——《登兗州城樓》杜子美

首聯：何時，何地，我登了個樓。
頷聯：看山是山，看水是水。
頸聯：我眼裡可不是山水，是歷史，歷史！
尾聯：所以我滿心都是傷悲！
不是我挑剔啊，這些五律，在章法和意境上，真的不相似嗎？

可是話又說回來了：同樣寫「真的好想你」「月亮代表我的心」這種主題，杜爺爺只是從主觀角度去直寫，子美卻能反過來，從被他所想的人那邊寫起，構思之妙比他爺爺又不知道高到哪裡去了。

至於都用了薄霧清寒的意象啦，首聯與頸聯撞了相同的韻腳啦……答應我，這種細節就不要太在意了好不好。

子美的兒子收到過來自老爸的生日禮物——一首詩。子美在詩中得意地說：「詩是吾家事。」作詩這種事啊，就是我們家的家傳嘛。可不是？爺爺留下的文化遺產，傳到子美這裡，都得到了翻新出奇的發揚光大。

其實，早在子美出生之前，他爺爺就去世了。但是別忘了，子美還有個當官的爸爸啊！「甫昔少年日，早充觀國賓。讀書破萬卷，下筆如有神。」（杜甫《奉贈韋左丞丈二十二韻》）除了獲得超一流的教育資源之外，小小的子美在課外時間還有機會接受各種高等藝術的薰陶。

開元五年（西元七一七年），剛剛達到小學入學年齡線的子美，就在郾城（今河南郾城）的VIP座，圍觀到了著名舞蹈家公孫大娘的《劍器渾脫》舞。

開元十四年（西元七二七年）之前，十四五歲的子美又成了洛陽岐王李範和殿中監崔滌的座上賓，在這些豪宅裡享受了御用歌手李龜年的獨家專場演唱會。

一成年，子美就當上了背包客。開元十八年（西元七三〇年），他先跑到郇瑕（今山西臨猗）觀光，第二年，又一路從淮陰、揚州開始逛，渡過長江，遊覽金陵、姑蘇，一直南下到浙江。

幫幫忙，你們那種三日遊七日遊頂多十四日遊，也好意思叫旅行？弱冠之年的子美，整個旅程長達四年，什麼叫深度旅遊，這才叫深度旅遊！

浪到了開元二十三年（西元七三五年），子美才回洛陽參加國考，結果——落榜了。落榜沒關係，咱又不差錢，再接著出去散散心，療療傷。於是，第二年，子美開始了齊趙自由行。這一趟更不得了，整整逛了五年。

天寶三載（西元七四四年）的春天，子美遇見了太白，說好了做背包客一起飛。他們倆，再加上電燈泡高適同學，一起在梁宋徒步，又遊遍了齊魯。就這樣，子美一直在外面玩到天寶五載（西元七四六年），才終於收心，回到了長安。

一場說走就走的旅行，前後竟然走了十幾年。

這就叫：不但讀破萬卷書，還能行夠萬里路；不但比人家起點高，還比人家更努力。不用說，子美這位選手的藝術修養，就在漫遊大好河山的同時日益精進。

在子美五十五歲那一年，他寫下一首《壯遊》，回憶這段當文青背包客的歲月：

放蕩齊趙間，裘馬頗清狂。
快意八九年，西歸到咸陽。

沒有一定的財力，這可能實現嗎？

不論古今中外，一個能讓人放心當背包客的國度，必然是安全指數高、人民相對安居樂業的國度。

子美當時趕上的，正是百年不遇的開元之治。

憶昔開元全盛日，小邑猶藏萬家室。稻米流脂粟米白，公私倉廩俱豐實。
九州道路無豺虎，遠行不勞吉日出。齊紈魯縞車班班，男耕女桑不相失。
官中聖人奏雲門，天下朋友皆膠漆。百餘年間未災變，叔孫禮樂蕭何律。

——《憶昔二首》之二

這盛世，如你所願。許多年之後，面對石壕吏，杜子美將會想起，他父親帶他去見識公孫大娘舞劍的那個下午。

天寶五載（西元七四六年），收心回到長安的杜子美再次開始準備公務員考試。

但是這一年，玄宗已經冊立了楊貴妃，李林甫已經換下了張九齡，如日中天的大唐，在它的下坡路上被踩了一腳油門。子美再一次落榜了。這一次落榜和上一次不一樣，他當官的爹不在了。五年後，他獻《三大禮賦》，也沒有得到一官半職。啃老青年子美失去了經濟來源。

子美的「長安漂」生涯，顯然比太白要落魄得多。他沒有像太白一樣得到貴人的提攜，而是過起了「賣藥都市，寄食友朋」的貧困生活，提問：從官n代的生活水準一落千丈，是一種什麼樣的體驗？

從他第二次落榜算起，這樣的日子一過，就是十年。

十年後，連昔日繁華的國際大都會長安城都亂得待不下去了。子美全家逃到陝西的舅舅家，作詩：「三歎酒食旁，何由似平昔？」（杜甫《白水崔少府十九翁高齋三十韻》）從此，每當子美一次又一次流離失所、目睹民生疾苦，總是情不自禁地念叨起那已經不可追回的盛世。

安得更似開元中，道路即今多擁隔！

——《光祿阪行》

唉，世道更亂了，繼續搬，搬到粹州。

歷歷開元事，分明在眼前。

——《歷歷》

好幾年過去了，怎麼 GDP 還是在往下掉呢？困居葵州。

武德開元際，蒼生豈重攀？

——《有歎》

又是新的一年了！開元啊，什麼時候才能再重回開元啊！

對於子美來說，曾經親身經歷過的開元就是最接近理想的時代。所以，他對儒家的政治理想深信不疑，總是幻想著「致君堯舜上，再使風俗淳」，而開元盛世還能夠在人間再現。

曾經擁有卻失去，比從來沒有擁有過，還要令人絕望。

要到千年以後，才有另一位詩人說出「國家不幸詩家幸，賦到滄桑句便工」（趙翼《題遺山詩》）。其實，此句用來形容身閱浩劫的子美，也是同樣的貼切。

現在過得慘算什麼？以後慘的日子還多著呢。子美漸漸淪落到「殘杯與冷炙，到處潛悲辛」的境地，甚至自曝時不時穿著粗布短衣跟貧民擠在一起搶購太倉的打折米。

他再也不是當年那個大口吃瓜、快意走馬的官n代了。

在曲江池畔，子美目睹了多麼奢華的排場；那麼在咸陽橋頭，他就聽到了多麼震天的哭聲。於是，他終於成了能寫下「朱門酒肉臭，路有凍死骨」的那個杜子美。

詩仙李太白也好，詩佛王摩詰也罷，都沒有真正受過飢寒流離之苦。只有杜子美，始終在戰亂和災荒裡掙扎。潼關失守，舉家逃難，中途又被叛軍所俘，擄到長安；冒死逃出，卻被關中大饑荒逼得再次逃難到秦州。

這個國度的百姓遭遇過的所有痛苦，他要麼親身經歷，要麼耳聞目睹。

詩窮而後工。[63]《三吏》《三別》這樣的不朽作品，不出現在這個時代造就的滿心血淚的詩聖筆下，還能出現在誰的筆下？

這個世界上曾經有過數不清的作者，有的也曾名動一時受盡追捧，而其作品卻最終成了蟲吃鼠咬的一堆破紙；也有人恰恰相反，需要時間這位最終的評判者一錘定音，從湮沒無聞回到他該有的位置。

子美年輕的時候，曾經努力進入過當時的熱門知名網紅圈子，跟李白、高適、王維、岑參、儲光羲等人一度玩在一起，各種交遊唱酬。

然而，遍觀上述諸人的存詩，找不到一句對子美作品的點讚轉發。

一直到子美快五十一歲時，才有一位任華同學寫了《雜言寄杜拾遺》，對他的作品不吝溢美之詞：「諸人見所作，無不心膽破。」在他去世的前一年，又有郭受同學作《杜員外兄垂示詩因作此寄上》形容子美「新詩海內流傳遍」，還有一位韋迢同學作《潭州留別杜員外院長》誇子美「大名詩獨步」。

我就問一句：你認識這三位同學嗎？

不認識就對了。

他們三個人雖然是資深的子美粉，但全都沒什麼存在感，他們的意見，說了不算。子美生前，就算不是沒沒無聞，但至少遠遠不如李白、王維，人氣甚至還不及儲光羲和岑參。

《杜工部小集序》中，子美的好友樊晃形容他「故不為東人之所知」。何止是「不為東人之所知」，其實是「不為世人之所知」。

63《梅聖俞詩集序》

當時的大唐，兩家最權威的詩歌榜單，《河岳英靈集》和《中興間氣集》，收錄作品的年代幾乎和子美的一生完美重合，然而，子美一首作品也沒有上榜。此外，還有一個榜單叫做《國秀集》，主推盛唐詩人，而且是以五律這樣子美最擅長的近體詩為主——可是竟然也沒有子美的名字！子美的逆襲，一直要等到他去世多年後的中唐。

中唐的舞臺上，元白、韓孟兩個詩派互不相讓，但他們對子美的態度卻是出奇地一致。

也是從這時候開始，子美的名字第一次和太白放到了一起。白居易說：「詩之豪者，世稱李杜。」韓愈又說：「少陵無人謫仙死，才薄將耐石鼓何？」到了晚唐「小李杜」的時代，子美早已和太白一起，成為了世人公認的大唐詩壇雙星。

「至於子美，蓋所謂上薄風騷，下該沈、宋，言奪蘇、李，氣吞曹、劉，掩顏、謝之孤高，雜徐、庾之流麗，盡得古今之體勢，而兼人人之所獨專矣。」[64]元稹這樣中肯的點評，子美生前從沒有看見過。

大曆四年（西元七六九年），他已經五十八歲了，還是沒有紅，在《南征》詩中寫下：「百年歌自苦，未見有知音！」

開元也沒有再現，國家瘡痍日深。

第二年，他被洪水圍困在湘江上的一艘小船裡，斷食近十天。當地縣令展開愛心救援行動，親自把年邁多病而又極度衰弱的子美從洪水中救出，又送上烤牛肉和一壇白酒。

「冠蓋滿京華，斯人獨憔悴。」「千秋萬歲名，寂寞身後事。」為太白寫下這幾句的時候，他知道這也將是他自己的命運嗎？

那一夜，子美大醉，再也沒有醒來。

他的太白捉月去了，他的這一曲，也唱完了。

64《唐故工部員外郎杜君墓系銘并序》

八強選手3
絕色男神王維：你以為白蓮花很好當？

文／狸花喵子

講道理，把這位選手放在八強裡，其實對他是相當失禮的。

因為有李杜雙星在，王維頂破天也就能排到第三，沒有然後了。

可是，他原本應該坐在導師的位置上才對呀！

憑啥？就憑他是大唐樂壇第一才子、毫無異議的音樂教父。比他資歷更高的導師？不存在的。

江湖至今流傳著關於他和音樂的傳說。比如他一出道就憑藉一曲琵琶 solo 驚豔了公主殿下、直接把已經內定為狀元的當朝宰相大人的親弟弟踢下了擂臺。[65]又比如：曾經有人得到一幅畫，是某樂隊的現場寫真。王維看了一眼，微微一笑：「這畫的是《霓裳羽衣曲》的第三疊第一拍。」圍觀群眾不信，還真組織了樂隊來演奏《霓裳羽衣曲》，等到了第三疊第一拍，全體暫停，一瞅，跟畫上分毫不差。

不過，據北宋著名理工男沈括同學考證，《霓裳羽衣曲》第三疊是個散曲，壓根就沒有拍，所以這個故事應該是假的。但是呢，我們應該辯證地看問題：哪怕是編故事吧，為什麼這樣神乎其神的音樂天才，會被編到王維的頭上，而不是其他人的頭上呢？難道還不能說明，在群眾心目中，這種奇跡跟王維同學更配嗎？

數百年後，笑傲寫手圈、畫手圈、書法圈的蘇軾同學，已經稱得上是全能型文藝天才。然而，王維這位選手不僅在這三個圈裡登峰造極，就連蘇軾十分苦手的音樂圈，他也玩到了大師級別。

有一位光州刺史薛用弱，比王維晚出生幾十年，形容他「性嫻音律，妙能琵琶」[66]，這絕對有錘有真相：開元九年（西元七二一年），年僅二十歲的王維高中進士以後，得到的第一份工作就是太樂丞——大唐帝國最高音樂機構的負責人，就問你怕不怕！

後來，有個朋友奉命出使西域，王維為他寫了一首《送元二使安西》。

渭城朝雨浥輕塵，客舍青青柳色新。
勸君更盡一杯酒，西出陽關無故人。

作品甫一問世，立刻成為送別金曲，連帶「陽關」這個詞都成了送別的專用哏。大概是嫌棄

65《唐才子傳》
66《集異記》

原來的題目不夠符合傳播學吧，人們又給它添上了《渭城曲》《陽關曲》等等名字。在大唐每個以送別為主題的包廂裡，甭管被送的物件是不是去西域，反正阻止不了大家紛紛淚流滿面地搶這首歌的麥克風。

比如我們的白居易選手，不考慮自己是否五音不全，非強迫別人聽他唱這首歌不可：「相逢且莫推辭醉，聽唱陽關第四聲。」（白居易《對酒》）

幾十年後，詩人陳陶聽完被放出宮的前·宮嬪金五雲女士的演唱，寫下了「歌是《伊州》第三遍，唱著右丞征戎詞」（陳陶《西川座上聽金五雲唱歌》）。這說明了啥？說明《陽關曲》不僅沒有被時代淘汰，還被選入了唐代大曲《伊州》。「紅綻櫻桃含白雪，斷腸聲裡唱陽關」（李商隱《贈歌妓二首》之二），你瞧瞧，一直流傳到百年之後李商隱的時代，它還沒從排行榜上下來呢。

對於一般人來說，能在一個領域專精到這一步，我這輩子值啦！可是對於王維這位選手來說，這才哪到哪啊？

在遊刃有餘地玩音樂之餘，他還留下了繪畫理論著作《山水論》《山水訣》。《舊唐書》中說他「書畫特臻其妙，筆蹤措思，參於造化」，分分鐘能搶閻立本的飯碗。

在蘇軾看來，甚至連吳道子的水準都要比王維差那麼點兒。

吳道子是誰啊？那可是「吳帶當風」的「百代畫聖」啊！而蘇軾這個腦殘粉卻評價道：「吳大大的畫好是好，畢竟還是停留在技巧精湛這個級別上；我們王維大大的畫才是真絕色，早就不拘行跡、超脫凡俗，叫我老蘇佩服到連話都不會說了！」[67]他還留下了對王維最經典的一句總結

「詩中有畫，畫中有詩」，至今還在我們的語文課本上等著讓老師劃重點。

有些人生來就是會吸引仇恨的。樂壇畫壇都被他橫掃不說，關鍵人家還長！得！帥！

我們已經知道，玉真公主是在文藝沙龍裡被王維同學的美貌和音樂吸粉的。可是，與王維同歲的李白卻在玉真公主那裡碰了個釘子，害得他在淒風苦雨中寫詩給密友發牢騷：「獨酌聊自勉，誰貴經綸才？彈劍謝公子，無魚良可哀。」（李白《玉真公主別館苦雨贈衛尉張卿二首》）

要說太白同學沒有才，那是絕對不可能的。為何公主如此偏心呢？顯然是因為，不論文風還是顏值，他都實在不是她的菜，畢竟「眸子炯然，哆如餓虎」的太白同學稍微有點重口味。而我們的王維選手呢，卻是出了名的「妙年潔白，風姿都美」[68]，一句話：又年輕又白嫩，不光眉目如畫，還風姿翩翩，是一塊非常標準的小鮮肉。

除了上述各種第一男主角設定以外，在當時那個唯出身論的社會裡，王維同學還是一枚含著金湯匙出生的寶寶。那會兒，隴西李、趙郡李、博陵崔、清河崔、范陽盧、滎陽鄭、太原王，這五姓七望都是鼻孔朝天、誰也看不上，就連盛唐宰相薛元超也求不來五姓女下嫁。而王維的爸爸出身太原王，媽媽則出身博陵崔，可以說是地地道道的清貴之家了。

難得的是，這種看似高富帥的王維，非但沒有變成紈褲子弟，反而長成了一位男版薛寶釵姐

67《王維吳道子畫》
68 唐．薛用弱《集異記》

姐：「齋中無所有，唯茶鐺、藥臼、經案、繩床而已。」

這個世界上，有很多知名不具的男性文人，一邊寫著煽情的悼亡詩，一邊和新歡們打得火熱。王維並沒有留下一首寫給亡妻的作品，只是「妻亡不再娶，三十年孤居一室」。

要知道，這一年，他才三十一歲。依然寫得一手好詩，畫得一手好畫，彈得一手好琵琶，長得像是還沒曬黑的古天樂。而他還真就從此成了緋聞絕緣體，彷彿詩歌、繪畫和音樂已經足夠填滿他的世界了。

第一男主角的優質男神人設，是不是已經漸漸立起來了？

彷彿沒錯，但是，好像總是差了點什麼。

到底是什麼呢？

到現在為止，我們看似知道了王維同學的很多事，可那些都只是現象，完全沒有觸及本質。他只是一抹完美的、微笑的幻影，若即若離，毫不真實。

不如，還是從他的詩行《息夫人》中窺探他吧。

莫以今時寵，能忘舊日恩。

看花滿眼淚，不共楚王言。

甯王李憲是玄宗的哥哥，他見一個賣餅人的妻子長得美，就目無法紀地硬把她買回了王府。

不知道出於一種什麼樣的心態，他摟著人家的妻子還不滿足，竟然又把那個賣餅人叫來，再約了一群無關人士一起來圍觀這個修羅場。

王維也在受邀人之列。面對這個足以讓人犯尷尬癌的場景，他寫了一首《息夫人》呈給甯王。

楚王得知息國國君夫人的美貌，就出手霸占了息夫人。息夫人從此一言不發，哪怕給他生了兩個兒子，依然不開口。有一天，楚王苦苦逼問她，息夫人終於跟他說了唯一一次話：「我不想改嫁給你，你非逼我改嫁。我沒有辦法，又不想為這種破事去死，還有什麼好說的？」

王維這首詩，寫的就是這麼個故事。

他既沒有當面怒斥甯王胡作非為，也沒有拿這個可憐的妹子取樂，只是以息夫人的口吻平靜地向甯王講述了妹子的痛苦：「也許你現在是對我很好，但我並不會因此忘記舊愛。我看著花開也只會含淚，並不想跟你說話。」

到底是王維啊！

他明瞭眾生的痛苦，不會去助紂為虐；他做一點能做的事，然而也並不強求結果。

幾乎從不憤怒，從不反抗，從不掙扎。

他只陳述一個事實，願你好自為之。

即便是他最火的那首送別曲也是如此。

「再乾一杯酒吧，等你過了陽關，就見不到故人了。」

所以呢？然後呢？

不，他不會再多說什麼了。煽情本無意義。

事實上，他還有好幾首送別曲，名字都叫《送別》：

下馬飲君酒，問君何所之？
君言不得意，歸臥南山陲。
但去莫復問，白雲無盡時。

下馬請你喝一杯酒，順便問你要去往何方？你說人生在世不得意，不如回鄉隱居在終南山旁。那就去吧朋友，我不再多問了，你看那白雲一直連綿到天盡頭。

山中相送罷，日暮掩柴扉。
春草明年綠，王孫歸不歸？

在深山中送你離開，夕陽已經斜了，我掩上柴門。明年春草又綠的時候，不知道你還會不會再來呢？

你小時候背的唐詩裡，一定包括下面這一首：

紅豆生南國，春來發幾枝。
願君多採擷，此物最相思。

若是李白，他會放誕淋漓地寫「天長路遠魂飛苦，夢魂不到關山難。長相思，摧心肝！」若是杜甫，他會淒涼沉痛地寫「所向泥活活，思君令人瘦」。若是溫庭筠，他會纏纏綿綿地寫「玲瓏骰子安紅豆，入骨相思知不知？」若是白居易，他會小拳拳捶胸口地寫「思悠悠，恨悠悠，恨到歸時方始休」。

而王維都不是。

他只是弱弱地推薦一下：

「要是能採的話，還是採一點吧？如果不願意，那也沒有關係。不過這個東西，真不錯的呢。」惟有他代入的，是局外人的身份。

廟堂之志，江湖之意，在他絕大多數的作品裡都是隱身的。甚至連個人的悲喜都消解了，山只是山，水只是水。

絕句不好寫，五言絕句又是難上加難，「離首即尾，離尾即首，而腰腹自不可少。」[69]這樣小巧的題材，恰好可以盛放一點禪機。芭蕉桑[70]這位俳句之神，應該也會非常中意王維桑的吧？

69《藝苑卮言》
70 松尾芭蕉。日本俳句之神。

木末芙蓉花，山中發紅萼。
澗戶寂無人，紛紛開且落。

——《辛夷塢》

山中的野花，落紅翩然。它並不是為誰而開，也不是為誰而落。生命各自獨立。你不必訝異，更無須歡喜。因為你有你的，而我有我的方向。

會不會也有一點隱約的遺憾？或許吧。僅僅是一剎那幽微的光影，從來照不清他的心情。

假如選手們的房間裡都掛畫的話，李賀也許會喜歡畢卡索的畫，而李商隱正配梵谷的畫；王維，毫無疑問地，應該掛的是莫內的畫。

湖上一回首，青山捲白雲。

——《欹湖》

來日綺窗前，寒梅著花未？

——《雜詩三首》之二

水珠四濺，白鷺驚起，桂花悄落，山鳥時鳴。當然是溫柔敦厚的，絕不扎眼，絕不刺耳。然而，這一剎那的光影變幻，已經足以讓氣韻流轉，畫面由靜止變為永生。

只是，我們依然難以從中感覺到他的肌骨血肉。

在很多人看來：你不哭、不笑、不咒罵，那你肯定不是個真性情的人囉。

缺乏誠意的偽君子，精緻的利己主義者，虛偽的白蓮花。王維就是其中特別大的一朵。

可他到底有什麼黑點呢？

王維的伯樂——宰相張九齡，被李林甫擠對到了荊州。按照《資治通鑑》的記載：「九齡既得罪，自是朝廷之士，皆榮自保位，無復直言。」

形勢何其兇險，敵人何其兇殘，而王維彷彿不知道什麼叫自保，依然為張九齡寫下了「舉世無相識，終身思舊恩」。

如果是李白，那沒啥好說的，二話不說就「安能摧眉折腰事權貴，使我不得開心顏」了。

但是，王維雖然公開同情張九齡，卻並沒有辭官。

他反而在集體陪著天子泡溫泉的時候，奉旨為新宰相李林甫也寫了一首歌《和僕射晉公扈從溫湯》：

> 上宰無為化，明時太古同。靈芝三秀紫，陳粟萬箱紅。
> 王禮尊儒教，天兵小戰功。謀猷歸哲匠，詞賦屬文宗。
> 司諫方無闕，陳詩且未工。長吟吉甫頌，朝夕仰清風。

很明顯，這首「奉和」詩完全不是他的正常水準。抖了一堆典故，擠了許多套話，至於「謀猷歸哲匠，詞賦屬文宗」云云，簡直分不清在誇還是在黑。

其實，王維從來沒有和李林甫合作過，也沒有做過任何貪贓枉法的事情。

可是話又說回來：安史之亂，民不聊生，老杜曾經對此有過多少憤慨痛楚，而王維對此居然沒有留下一首作品。

可是話又又說回來，王維在叛軍攻陷長安時，被安祿山抓到洛陽、關在菩提寺裡，強迫他做偽職，而他默默吃藥，把自己變成啞巴，拒絕上班，並沒有當「唐奸」。[71]

可是話又又又說回來，按照當時的價值觀，其實拒絕上班還遠遠不夠，他應該要暴力反抗、自殺保全名節的……

南北朝時有位庾信大大，本是梁朝人，後來被強留在北周做高官，永別了江南。這是他一生的大黑點，使他的大量作品都充斥著難以言狀的痛苦。

在王維的詩作裡，我們很難找到這種痛苦的痕跡。

只有在他的文章裡，我們才能看到一點端倪：「當逆蕃干紀，上皇出宮，臣進不得從行，退不能自殺，情雖可察，罪不容誅。」（王維《謝除太子中允表》）——竟然有那麼一點像他曾經同情過的息夫人：我既不能拒絕偽職，又沒有抹脖子，還有什麼可說的？

他當然是不會尋死的。借用顧城形容薛寶釵的話來說：他知道空無，卻不會移情於空無。因為他生性平和，空到了無情可移。他永遠不會自殺，那都是自憐自艾之人的道路。他會生活下去，成為生活本身。

這位永遠清淡的選手，最接近直抒胸臆的作品，大約是這樣兩句：

一生幾許傷心事，不向空門何處銷？

——《歎白髮》

詩，跟輞川一樣，都是他逃世的地方。他似乎一直很不願意在詩中流露三次元的不順心，可是現在他終於承認，原來始終溫柔敦厚的他也是有傷心事的。

與薛寶釵迷之相似的是，王維居然也有一首諷世極為毒辣的「螃蟹詠」《酌酒與裴迪》：

酌酒與君君自寬，人情翻覆似波瀾。
白首相知猶按劍，朱門先達笑彈冠。

兩個老朋友，即便相知了一輩子，見面時還是各自把手按在劍柄上比較好，因為你怎麼知道他會不會對你出手加害呢？跟你同樣起點的好朋友，有朝一日得志了，你也別指望他會來幫助你，那徒然惹來恥笑罷了。

他從來不傻，只是看破不說破。偶爾說破一次，恰如出骨魚片裡未淨的刺，未免戳得有點痛。而在這首詩的結尾，他又成了那個逃世的王摩詰：世事浮雲何足問？不如高臥且加餐。

人生在世不稱意，而我又沒有勇氣散髮弄扁舟。欲潔何曾潔？雲空未必空。我能怎麼辦？我

71 宋．計有功《唐詩紀事》

也很無奈啊！

王維的名和字，從維摩詰三個字拆來。維摩詰，意為無垢，恰是一個「淨」字。宋人愛用「秋水芙蕖，倚風自笑」來形容王維。可是誰都知道，池上芙蕖淨少情。

少情又如何？他不憎，不怨，不喜，不嗔，活成了一座明鏡臺，靜照萬物，如天觀世。任是無情也動人。

太白會乘風破浪，騎著長鯨捉月亮。

而王維本身，就是月映萬川。

八強選手 4
鳳凰男韓愈：不是我要 diss 誰，是在座的各位都是文盲

文／狸花喵子

各位看官都知道，子美單箭頭地追了太白一輩子，死後終於成功地和自己的男神組成了官配，可以說是非常勵志了。

而一手製造此經典 CP 的，正是現在上場的這位選手——韓愈。他僅憑一首熱門單曲《調張籍》，就把「李杜」這個 CP 名永遠金光閃閃地裱了起來。

李杜文章在，光焰萬丈長。

伊我生其後，舉頸遙相望。

正所謂多年的媳婦熬成婆，長大後我就成了你。老杜大約並不曾想到，自己也能從一個追在太白屁股後面的小粉絲，變成被後世大咖仰望的大神吧？

遺憾的是，生於大曆三年（西元七六八年）的韓愈，沒能趕上盛唐樂壇的末班車。所以，當老杜寂寞地死在湘江時，他還是個兩歲的小屁孩，永遠沒有機會見偶像一面了。

老杜心心念念的開元盛世，早隨著漁陽鼙鼓，飄散在風中。經過八年抗戰，大唐好不容易才苟延殘喘地活下來，卻再也沒本事平定四方蜂起的藩鎮。從這時候起，直至帝國的終結，心懷異志的豪強就像地鼠一樣，打也打不盡，這邊剛平下去，那邊又冒起來。

所以，韓愈這位選手的一生，也注定要跟漂泊、離散、窮乏、鬱結……這些負能量滿滿的字眼糾纏在一起了。

雖說世道不好，但他對常年雄踞KTV榜單第一的那首《愛拼才會贏》深信不疑。如果導師問出金句：「你有什麼夢想？」

他一定會回答：「要讀書，要做官，要出人頭地！」

俗是俗了點兒，可是，窮人家的孩子早當家。如果口袋裡裝滿錢，誰不想一臉歲月靜好呢？

按照他發達以後官方給編的家譜：韓家乃是西周王室後裔，第十六代還出了個紅得發紫的祖宗——韓信。不過，大唐那會兒和現在差不多，大家都愛亂攀名人當祖宗。所以，究竟韓愈和韓信有沒有DNA上的聯繫呢？答案是四個字：查無實據。

我們不討論那些虛的，事實就是：韓愈的爺爺、爸爸和叔叔們，都憑辛苦K書闖進了官場，不過最高也只做到了縣令。所以，韓愈同學的起點，充其量是下層官宦家庭。

不管怎麼說，他還是個官n代，對吧？

然而，倒楣的韓愈三歲就成了孤兒。父母雙亡後，哥哥韓會又當爹又當媽，拉扯大了韓愈。

打從五六歲開始，韓愈跟著這位「善清言，有文章」的哥哥讀書識字，長到七歲，出口成章，成了遠近聞名的小神童。

按這個方向努力下去，眼看就要登上人生巔峰了嘛。

結果，頂樑柱哥哥立刻就得抑鬱症去世了。

韓家一下子滑到了絕境邊緣。將近一百口人的擔子，落到了大嫂鄭夫人一個人的肩上。

收入就那麼點，吃飯的嘴卻那麼多。看著大嫂鬢邊的白髮，少年韓愈決定不能再啃老了！上長安，考國考去！

我年十八九，壯氣起胸中。作書獻雲闕，辭家逐秋蓬。
歲時易遷次，身命多厄窮。一名雖雲就，片祿不足充。
今者復何事，卑棲寄徐戎。蕭條資用盡，濩落門巷空。
朝眠未能起，遠懷方鬱悰。

——《贈徐州族侄》

俗話說得好，考前壓力太大、心理負擔太重，是不行的。

果然，他連續三年都沒考上。好不容易靠著親友接濟才在長安城活下來，卻終於在他二十三歲那年進士及第了。問題是，中進士，只代表你有了端鐵飯碗的資格，並不意味著立刻就有飯碗可端。

為了儘早賺到薪水，年輕的韓愈只好夾在同窗隊裡，四處向權貴們投文「干謁」——約等於今天的畢業生向知名企業投簡歷。

換句話說，這些新進士們必須找到人脈，羞答答地向大老們送上秋波，再往人家袖子裡偷偷塞幾篇得意之作。萬一對上了人家的胃口，說不定一段美好的仕途就此展開了呢？

比如朱慶餘臨考前投給主考官張籍的《近試上張水部》：

洞房昨夜停紅燭，待曉堂前拜舅姑。
妝罷低眉問夫婿，畫眉深淺入時無？

這叫一個含情脈脈、欲語還羞，彷彿拿錯了女主角的劇本。

套路歸套路，擋不住人愛吃。張籍大為賞識，回詩一首，放出榜來，朱慶餘高中了。

這樣的詩文，韓愈倒也不見得不會寫。然而，孤苦出身的孩子，大約格外珍重自己堅硬而脆弱的自尊。他最瞧不上的，就是套路。

寫文，要寫樸實剛健的古文，鄙視繡花枕頭似的駢體文。就算求人，他也是一副直腸子，開口就是「我知道您不差錢，有錢就應該接納賢才。這樣吧，您要是肯幫我一把，我在這裡謝謝您吶！」——唉，少年，你這麼耿直，讓別人很難做的啊。

眼看就三十歲了，耿直的韓愈一直沒能弄到個官做，真快揭不開鍋了，悲憤到餓著肚子吶喊：

馬厭穀兮，士不厭糠秈；土被文繡兮，士無短褐！

彼其得志兮，不我虞；一朝失志兮，其何如！已焉哉，嗟嗟乎鄙夫！

——《馬厭穀》

長嫂如母的鄭夫人，沒能看到他飛黃騰達的那一天。韓愈相當於第二次失去了母親。

論理，小叔並沒有替嫂子戴孝的義務。但韓愈卻為鄭夫人「服期」，穿了五個月孝服，然後再次踏上了求職的旅程。

這一次，他時來運轉了。

三十三歲那年，韓愈終於當上了國子監的學官博士。可是，農村男子的負擔重啊！七大姑八大姨，拖家帶口的居然有三十多口人，全被他接到長安來團聚。

於是，「窮」字仍舊和韓愈形影不離：

四時各平分，一氣不可兼。隆寒奪春序，顓頊固不廉。

……

肌膚生鱗甲，衣被如刀鐮。氣寒鼻莫嗅，血凍指不拈。

濁醪沸入喉，口角如銜箝。將持匕箸食，觸指如排簽。

侵爐不覺暖，熾炭屢已添。探湯無所益，何況纊與縑。

虎豹僵穴中，蛟螭死幽潛。熒惑喪纏次，六龍冰脫髯。

——《苦寒》

明明考上了國考，居然還要忍飢受凍。

飢寒還能忍，不能忍的是大老闆皇帝難伺候：就因為韓愈上書為百姓求減稅，德宗不開心了，把他趕到陽山當芝麻官去了。一直折騰到韓愈近四十歲，他才有機會再回到長安。

看開點，被貶什麼的，多來幾次就習慣了。重返長安後，韓愈心情好多了，開始致力於和張籍、孟郊、李翱這一幫好哥們搞地下樂團，潛心創作。當然，他的曲風路線跟他的脾氣差不多，還是一貫的硬、冷、孤、倔。

就像他自個說的：「橫空盤硬語。」用典要冷，韻腳要怪，字要你認都不認得。動不動一個韻腳押到底，不信憋不死你。

虎熊麋豬逮猿猨，水龍鼉龜魚與黿，鴉鴟雕鷹雉鵠鵾，燖炰煨爊孰飛奔。

——《陸渾山火》

庭翻樹離合，牖變景明藹。漻瀉殊未終，飛浮亦雲泰。
牽懷到空山，屬聽迴驚瀨。簷垂白練直，渠漲清湘大。

——《秋雨聯句》韓愈、孟郊

人生此難餘可祈，子去矣時若發機。
蜃沉海底氣升霏，彩雉野伏朝扇翬。

——《送區弘南歸》

字典翻破還在其次，恐怕舌頭先擰成麻花了。韓愈同學，你是在鄙視一干群眾的智商嗎？這樣出門很容易被打的！

顯然，他並不在乎。

七言詩，一般是上四下三的節奏。他就要上五下二：「母從子走者——為誰。」《汴州亂》要不，上三下四也可以呀：「子去矣——時若發機」「雖欲悔——舌不可捫」。

五言詩呢，應該是上二下三，可他也要唱對臺戲，來個上一下四：「乃——一龍一豬。」《符讀書城南》

怎麼樣，不會念了吧？不會念就對了，在座的各位都是文盲。

韓愈這麼幹，是為了推陳出新，不用陳腐的成句熟語。力求創新這一點值得表揚，可是，瞧瞧上面那些古怪的作品，不僅斧鑿痕跡重，簡直是佶屈聱牙，嚴重妨害了詩的音樂性和形象性。

所以，他的這些怪詩，等於是主動拒絕了大部分的聽眾群體，傳唱度和白居易同學這種通俗金曲大手，自然是不能比了。

咱們換個角度，如果這是一場拚顏值的賽事，那麼王維選手大約妥妥是內定的冠軍了。

難免會有觀眾好奇：韓愈到底長啥樣呢？這可不好說。反正，無論官方傳記，還是他自己的墓誌銘，重點都在「老韓同志是個大好人！」「韓爺好犀利！」「我韓哥學習可勤奮了！」又有傳言說，他中了進士以後長期沒法工作，也和外表有關……你懂的。

按照韓愈自己的說法，大約因為早年貧苦，營養不良，還沒到四十歲，就已經齒搖髮疏，眼睛也老花了。總之，健康狀況實在是不容樂觀。

脾性明明那麼剛硬，肉體偏偏這麼病弱，這配置也太矛盾了，讓韓愈同學的性格更加極端，而命運也更加波折。當時的政壇，內有宦官擅權，外有武人跋扈。而韓愈誰也不怕，只要犯事兒撞在他手裡，該嗆誰嗆誰！結果就是——他在哪個工作崗位上都待不久。

好在，隨著文風日益成熟，名聲日益紫紅，上門求文的人也越來越多。韓愈同學終於找到了一樁不失尊嚴的副業：文字工作者。

他接下《平淮西碑》這個私活兒，甲方韓弘大手一揮送他五百匹絹，折合人民幣大約二十萬（約臺幣八十八萬）。要知道，全文一共才一千五百零五個字啊。這智慧財產權轉換為錢的效率，比現下的知名網紅段子手們可不遑多讓。

他給大臣王公寫墓誌銘，報酬是一匹駿馬和一條玉帶，約等於一臺賓士加一個愛馬仕包包。也難怪他的老鐵劉禹錫在他去世後還特地拿稿酬說事：「公鼎侯碑，志隧表阡，一字之價，輦金如山。」[72]

雖然起點低，但是，憑著多年存下的俸祿加稿費，在四十八歲那年農村男子韓愈終於得以完成人生大事：在帝都買下一所屬於自己的房子！為此，他專門給兒子寫了首詩《示兒》：

始我來京師，止攜一束書。辛勤三十年，以有此屋廬。

此屋豈為華，於我自有餘。……
庭內無所有，高樹八九株。有藤婁絡之，春華夏陰敷。
東堂坐見山，雲風相吹噓。松果連南亭，外有瓜芋區。
西偏屋不多，槐榆翳空虛。山鳥旦夕鳴，有類澗谷居。
主婦治北堂，膳服適戚疏。恩封高平君，子孫從朝裾。
開門問誰來，無非卿大夫。不知官高卑，玉帶懸金魚。
問客之所為，峨冠講唐虞。酒食罷無為，棋槊以相娛。

秀完房子秀菜地，秀完家屬秀朋友，多麼得意，多麼耿直！

好歹是一代文宗，矜持點行不行？

按韓愈的倔脾氣，大約只會硬硬地梗起脖子翻個白眼：「憑本事賺錢，不丟人！沒有錢，怎麼撫養族中孤兒寡婦？沒有錢，拿什麼周濟窮哥們？沒有錢，哪兒來的士人風骨？」

名有了，房有了，該過幾年安生日子了吧？偏不。

元和十四年（西元八一九年），唐憲宗不惜重金從鳳翔法門寺奉迎佛骨入長安。佛骨所到之處，王公貴族爭先佈施，百姓奔相走告。有錢的，不惜破產也要供養一次；沒錢的，各種自殘表

72《祭韓愈文》

示虔誠——有拿香火在頭上身上燒疤的，有刺血寫經的，有斷指燃燈的，千奇百怪，群魔亂舞。

眼見長安城上上下下跟嗑了藥似的，五十二歲的韓愈又坐不住了。

這一次，他選擇對至高無上的那個人開罵。他出手就是大招，明罵佛祖，暗罵皇帝，順便對滿朝文武放了一個三百六十度無死角的群嘲。

diss 皇帝，很酷。但 diss 的後果，很嚴重。

唐憲宗血槽 -9999，怒氣值 +9999，立刻決定拿韓愈剁了出氣。老鐵裴度、崔群苦苦求情，好不容易才改為流放廣東潮州。韓家老小一個不留，全體被趕出帝都。

天寒地凍，衣食難繼，韓愈十二歲的小女兒病死在流放的路上。草草掩埋了孩子，顧不上痛哭，只在小墳包前放下一碗飯，一家人又被迫踏上漫漫長途。

> 一封朝奏九重天，夕貶潮陽路八千。
> 欲為聖朝除弊事，肯將衰朽惜殘年！
> 雲橫秦嶺家何在？雪擁藍關馬不前。
> 知汝遠來應有意，好收吾骨瘴江邊。
>
> ——《左遷至藍關示侄孫湘》

也許你還記得，十五年前，他就曾經被貶陽山。當時也是過藍關南下，然而這一次，一切都更糟糕了：天威難測，性命只在須臾。壯志未酬，更兼衰病之軀。

韓愈的酷，並不像鮮衣怒馬的劍俠李白，卻更似大梁城中沒沒無聞的侯嬴、朱亥，懷抱一腔志氣和鬱氣，浮沉在市井紅塵。他看世道不公，他遍嘗窮蹙和艱難，卻從不曾折斷那根傲骨，也不曾磨滅對弱小的憐惜。

「儒者，固知其不可而為之。求仁得仁，夫復何憾，夫復何求？」

此時此刻，縱有千言萬語，也難對面前的親人傾訴。只有豁達地道一聲：

「你來得好，後事總算有人託付了。」

生死關砉然而破，天際煥彩華光，一顆啟明星冉冉升起。韓愈做了一生李杜的迷弟，至此，終有一首七律能得詩聖真傳。

他在潮州，只待了短短八個月，但卻馬不停蹄地幹成了四件大事：攆鱷魚、辦學校、釋放奴隸、修水利。

憲宗死在太監手裡，新上位的穆宗很快赦免了韓愈，調回長安，屢加重用。

命運彷彿終於對他溫柔起來了。可他的時間也不多了。長慶四年（西元八二三年）春，五十七歲的韓愈拖著病體，卸去了吏部侍郎的職務。

或許意識到流光寶貴，韓愈不肯乖乖養病，跟老密友張籍划船南溪，登高賞月，滋潤地過完了秋天。那之後，病情急轉直下。十二月二日，韓愈處理完身後事務，平靜地離開了人世。死亡之於他，不過是一場不期而遇、而又必然相逢的邂逅。

我生之辰，月宿南斗。牛奮其角，箕張其口。
牛不見服箱，斗不挹酒漿。箕獨有神靈，無時停簸揚。
——《三星行》

韓愈伸出手，牽住無常的衣袖，五十餘年來無盡的顛簸與磨難，終於落下了句點。乘凜冬的寒風降臨人間，又踏著漫天飛雪離去，中唐文壇最耀眼的一顆星隕落了。

近三百年後，又一位身世坎坷的文豪仰望群星，感嘆摩羯座的韓愈命運顛沛，冥冥中因緣莫測：「退之詩云：我生之辰，月宿直斗。乃知退之磨蠍為身宮，而僕乃以磨蠍為命，平生多得謗譽，殆是同病也！」73

曾虔誠仰望李杜雙星的小小少年，終於自身也化作了星辰。

八強選手5
無題小王子李商隱：被嫌棄的小李的一生

文／狸花喵子

有了像李白那樣難以逾越的一尊「大李」珠玉在前，李商隱自然只能是「小李」了。如果說，大李的舞臺造型多半是白衣仗劍舉杯邀月再加大型風扇機呼啦啦吹，那麼，小李在群眾心目中的形象，只要看他流傳最廣的那幅全身像，我們也就基本有譜：面白無鬚，纖眉細眼，櫻桃小口一點點；背著雙手，微微駝背，有點不好意思似的回首相顧。

不得不說，這位畫工抓重點的能力棒棒的。小李的這張傳世海報，簡直滿滿的「想說不能說，才最寂寞，沒說完溫柔，只剩離歌——」[74]讓人瞬間想到他的那一摞「無題詩」。四個字：一言難盡。再來四個字：不說也罷。

這一點兒也不奇怪。小李的一生，就是被嫌棄的一生。欲說還休，男默女淚，是為《無題》。

追根溯源地論起來，小李和大李其實還可以攀一攀親，因為他倆都自稱是西涼武昭王李暠的

73《東坡志林．命分》
74 信樂團《離歌》歌詞。

後代，跟李唐王室算得上同宗同源。當然，您多半會覺得這位「李＋冷僻字」先生還是太沒存在感了，那麼當您知道他是李廣的十六世孫，也許能點點頭恍然大悟「原來如此！」

可是問題在於，飛將軍李廣距離李商隱的時代，已經差不多一千年了啊。除了大家都姓李這一點是確鑿無疑的，其他的就……嗯。

不管怎麼說，小李對自己高貴的血統還是很看重的，寫詩也不免要「我系本王孫」（李商隱《哭遂州蕭侍郎二十四韻》）地感慨一番。也許，在他的理想中，自己應該是「明明可以靠出身，我卻偏偏要靠才華」的拉仇恨人生贏家，然而，現實是骨感的。他以宗室自詡，只可能得到「你也配姓李？」的譏諷。因為，他家上溯整整五代人，始終沒有出過什麼厲害的人物。最厲害的也不過做到了縣令，而且那已經是小李爺爺的爺爺了，後面的更加一代不如一代。

那麼我們退一步：不求富貴聞達，好歹健康長壽吧。這這這，依然戳了小李家的心窩子。不知怎麼回事，小李的曾祖、爺爺和爸爸，都死得特別早。簡直是代代孤寡，人丁稀薄，聞者傷心，見者流淚。

好日子也不是沒有過，比如小李的爸爸後來一度也做了縣令。可是，早在小李三歲的時候，他爸就被罷職了，漂泊到包郵區給別人做幕僚。十歲，他爸撒手人寰，一家孤兒寡母徹底沒了生計。未成年的小李為了補貼家用，小小年紀就開始了被人瞧不起的「傭書販舂」（李商隱《與裴氏姊書》）生涯。所謂「傭書販舂」，說白了，就是替別人有償抄書、打短工、幹零活，能賺一點是一點。這時候，他們住在繁華的東都洛陽。大城市米珠薪桂，熱鬧是別人的，窮人什麼都沒有。

努力餬口的同時，小李也沒有在學習上有所鬆懈。他有一位憤世嫉俗而又精通古文的堂叔，給他一對一補習，幫他打好基礎。於是，小李「十六歲能著《才論》、《聖論》，以古文出諸公間」（李商隱《樊南甲集序》）。可以說，憑小李的自我奮鬥，放到今天，怎麼也能拿國家勵志獎學金了。

但是，一個人的命運啊，還是要考慮到歷史的進程……李白的大半生，好歹是在安史之亂前度過的，也算見證了一個王朝烈火烹油、鮮花著錦的盛世。而小李呢，趕上的卻是一個末世，就像他自己唱的「夕陽無限好，只是近黃昏」，李唐的太陽，馬上就要落下去了。

說到這裡，我們已經不難看出，以「王孫」自許的小李，其實是末世裡破落戶家的孤兒，苦菜藤上的苦菜花。

流鶯漂蕩復參差，渡陌臨流不自持。
巧囀豈能無本意，良辰未必有佳期。
風朝露夜陰晴裡，萬戶千門開閉時。
曾苦傷春不忍聽，鳳城何處有花枝。

——《流鶯》

如果要找一個鳥類形象作為小李的 LOGO，大約再沒有比「流鶯」更適合的了。大李的說唱，那自然是轟轟烈烈摧枯拉朽，「大鵬飛兮振八裔，中天摧兮力不濟」。小李的說唱卻是宛轉低吟如泣如訴，恰似這種纖小的鳥兒，漂泊流離，無枝可棲，殷殷鳴囀，苦待佳期。從小活在不安之中的小李，始終沒能摸到命運的咽喉在哪裡，更別提扼住它了。長安城那麼大，哪裡能找到他的粉絲呢？

當時的小李，不喜歡也不擅長駢文。對於想應試的考生說，這就好比高考作文要求「體裁不限，詩歌除外」，而你恰好除了詩歌其他都很苦手；也好比國考要考申論寫作的時候，你小手一攤，說你只擅長碼抒情散文。而小李正在為生計發愁，寫作方面的不合時宜對他可是致命的。苦悶的小李只能在詩中描繪早慧的少女，「十五歲了還沒有嫁出去，多麼像前途未卜的我自己呀！」

八歲偷照鏡，長眉已能畫。
十歲去踏青，芙蓉作裙衩。
十二學彈箏，銀甲不曾卸。
十四藏六親，懸知猶未嫁。
十五泣春風，背面秋千下。

我知道你此刻在想啥。

「開什麼玩笑，十五歲沒男人，至於這麼苦悶嗎！」

但是，敲黑板，我們必須承認古人的歷史局限性嘛。即使到了七百年後，杜麗娘依然覺得十六歲沒男人就「誠為虛度青春」呢。今天的我們能有跟她們不一樣的想法，先讓我們為彼此鼓鼓掌！

言歸正傳。假如你不知道這首詩的名字，請想想它是小李寫的，然後隨便猜一個，猜錯算我輸。是的，又是《無題》。

再容我插一句嘴：之前引用的那一首呀，雖然叫《流鶯》，其實也是一首準《無題》，只不過取了開頭的兩個字做名字。每當小李不想起名的時候，就很喜歡用這一套，《錦瑟》不也是這麼來的嗎？至於現在這首，小李想了一下：叫《八歲》總不像話，算了，還是無題吧。

苦悶的小李，就在此時遇到了他想要的粉絲。這位粉絲來自糾纏了他一生的那個姓氏——令狐。

令狐楚，文宗時期的朝廷元老兼文壇大手。這個名字，現在看來肯定不如李商隱家喻戶曉。但在當時，令狐楚的駢文，可是跟韓愈的古文、杜甫的詩並稱「三絕」的。能跟後兩者並稱而不被diss，那我們應該多少也能想像到他的水準。

前面已經說了，小李最需要惡補駢文。瞌睡遇到枕頭，就這麼巧，雖然十六歲的小李穿著破舊、神情瑟縮，但是年過花甲的大老令狐楚一見到他那一摞的古文，就馬上嗅出了不世出的才情。一時間，誰讚小李，令狐楚就歡喜；誰黑小李，令狐楚就噴誰。這不算什麼，令狐楚乾脆把小李帶回自己家，安排兒子令狐綯跟小李一起好好學習，培養感情。不會公文寫作？沒問題，令狐楚親自輔導；天冷沒冬衣？令狐楚買；趕考沒有錢？令狐楚掏；碰到有文人開派對，令狐楚但凡參加，總是帶上小李一起去，幫他宣傳推廣，打點人脈。

年幼喪父的小李，不知道有沒有在令狐楚的身上重溫了那種溫暖的安全感。反正，他曾經寫下「自蒙夜半傳衣後，不羨王祥得佩刀」（李商隱《謝書》）的詩句來表達對令狐楚的感激之情，不是爸爸，勝似爸爸！

講道理，如果沒有童年時代的江南遊歷，也許小李不會有「百寶流蘇」[75]一樣雕潤密麗的詞采；如果沒有顛沛流離的孤兒生涯，也許小李不會有抑鬱感傷的現實基礎；如果沒有那位耿介尚古的堂叔對他的各種潛移默化，也許小李不會有幽獨不凡的性情；如果沒有苦境求生的親身經歷，也許小李也不會有後來詠史詩、諷喻詩裡那樣悲天憫人的情懷。

同樣，如果沒有令狐楚傾囊以授，也許小李的駢文也不能如此精進，詩中的用典遣詞也不一定能如此繁富，詩的風格可能將是另一番面目。[76]

一句話，小李幾乎已經 get 了他後來成為詩壇大手所需的一切元素，卻並沒有誰教他世事洞明人情練達那一套。

所以，他悲劇疊悲劇的人生，在迎來曙光的同時，也已經埋下了新悲劇的伏筆。

種種不幸之中，當然也少不了「落榜」這個關鍵字。小李幾次落榜之後，開成二年（西元八三七年）的主考官高鍇問令狐綯：「八郎啊，你的朋友裡誰最出色呀？」令狐綯立刻耿直地回答：「李商隱！李商隱！李商隱！」高鍇心領神會，小李順利被錄取了。

其實，自打小李住進令狐家的那一天起，在所有人的眼裡，他就毫無疑問地已經站隊「牛黨」了，因為令狐楚就是「牛黨」的骨幹人物。更何況，小李幾乎是在令狐父子手把手的幫助下才獲取了官場的敲門磚。

也許，單純的小李，一心只想考個高分，找份好工作，哪裡有心參與什麼黨爭。可是，小小的流鶯，「漂蕩參差」「渡陌臨流」，難道還能由得自己？你見，或者不見，官場潛規則就在那裡。整個暮氣沉沉的中晚唐，都攪和在這場「牛李黨爭」裡面。初入廟堂的小李，根本逃不開這個巨大的政治漩渦。

就在這一年年底，令狐楚去世了，小李為恩公寫了字字泣血的墓誌銘。然後，約莫是在一場別有用心的新進士宴會上，二十五歲的他，對「李黨」涇源節度使王茂元的女兒一見鍾情了。

令狐綯的肺，當時就氣炸了，罵小李「忘家恩，放利偷合！」

你十六歲來到了我令狐家，喝令狐家的水，吃令狐家的飯，在令狐家長到這麼大。你敢去娶王家的女兒，那你就別回來了！不管小李自己怎麼看，反正，邁出這一步，他就再也別想在「牛李黨爭」這個大泥潭裡拔足了。

他並沒有真的依附「李黨」，從「李黨」那裡得到什麼好處；可他又實實在在地被「牛黨」

75《詩評》
76《李商隱研究》

視為忘恩負義的叛徒，再也得不到諒解。在小李心裡，恩師就是恩師，好友就是好友，愛妻就是愛妻，難道這些單純的身份不能滿足你們嗎！

沒錯，不能。所以小李注定到處被排擠、被嫌棄、被猜疑。

從此，小李的每一首詩，在某些有心人——比如清代學者馮浩的眼裡，都成了「字字為令狐而吟」。沒毛病，誰叫小李寫了那麼多既沒有題目又指向不明的詩歌呢！反正只要是看起來好像在描寫愛情的詩篇，要麼說成是小李失意時對令狐楚的懷念，要麼說是小李在對令狐綯深情剖白、渴求汲引，再不然就是在表達對令狐綯冷淡和摒棄自己的幽怨之情。

「大膽假設好啦，反正無法求證。」馮浩大約會這樣說。

當然，我覺得他也不全是胡說八道。比如，會昌五年（西元八四五年），小李確實寫了一首《寄令狐郎中》給令狐綯：

> 嵩雲秦樹久離居，雙鯉迢迢一紙書。
> 休問梁園舊賓客，茂陵秋雨病相如。

此詩大意是：你我就像嵩山雲和秦川樹，久久天各一方，如今你千里迢迢寄來慰問我的書信，我的心情自不必說。其實，不要再問候我這個昔日寄居你家的舊客了，我啊，就像茂陵的秋雨中病歪歪的司馬相如。

不知道你有沒有嗅出那麼一絲絲「長門自是無梳洗，何必珍珠慰寂寥」的味道呢？

岳丈死後，小李久久沒有得到正經職務。此時的朝廷，還是令狐綯他們「牛黨」的天下。「李黨」鄭亞被擠對得要貶到桂林去，聘請小李同行，小李欣然前往，而且寫下了這樣一首《晚晴》：

> 深居俯夾城，春去夏猶清。
> 天意憐幽草，人間重晚晴。

遠離了亂七八糟的黨爭中心，桂林山水真心美，幽草幸有天意憐呀。

不管小李有心還是無意，反正他已經毫不掩飾地表露出去牛就李的政治傾向，於是，包括令狐綯在內的整個牛黨新貴，震怒了。

更不要提他接下來的這一首火上澆油的《海客》：

> 海客乘槎上紫氛，星娥罷織一相聞。
> 只應不憚牽牛妒，聊用支機石贈君。

海客乘木筏上了天河，織女停下織機前來招呼，她不怕牛郎嫉妒，送給客人一塊支機石。馮浩認為：海客是鄭亞，織女是小李自己，支機石象徵著自己的文采，嫉妒的牛郎就是令狐綯囉。

西元八五〇年，昔日的令狐公子，成了大權在握的宰相。小李反復向他陳說內心苦衷，令狐依然對他不理不睬：哦，當初剛給我寫完「休問梁園舊賓客」，轉頭就跟鄭亞走了，我不要面子的啊？

兜兜轉轉，十年時光流過去了。小李的官職跟十年前一樣低微，而前途比十年前更加渺茫。

有人說，正是令狐的絕情，把小李真正推到了「李黨」那一邊。

然而，小李真的是這麼不辨是非、只知意氣的人嗎？他為楊虞卿、蕭澣寫悼詩，並不因他們是「牛黨」，而是憤慨於奸佞弄權、朝政失統，使楊、蕭身蒙「莫須有」之罪。等到「李黨」大勢已去、黨人紛紛被拉下來之時，他忽然又公開地同情起了「李黨」。

小李或許是個一身書呆氣的傻白甜，是個為了生存而在太陽下低頭的小可憐，可他依然保有著獨立的人格和明確的是非觀。他壓根做不來如脂如韋的政客，總是「不合時宜」地在他微不足道的位置上奮力抨擊黑暗、讚美高節，發出鏗金戛玉之音。自始至終，他還是海報上那個懷著赤子之心溫柔回首的少年郎。

如果說，在大李的舞臺上，風一直吹；那麼，在小李的舞臺上，雨一直下。

小李的存詩中，涉及到「雨」這個意象的，有七十三處。光是以「雨」為題的，就有《雨》《微雨》《細雨》《滯雨》《春雨》《風雨》……更不要說我們熟悉的「何當共剪西窗燭，卻話巴山夜雨時」「秋陰不散霜飛晚，留得枯荷聽雨聲」了。

朦朧，流動，細密，微涼，再加一絲絲細碎的閃光。這樣的舞美效果，再配上小李的詩風，簡直不能更合拍。

在這樣的舞臺上，我們自然要用《錦瑟》來收束小李的故事。

錦瑟無端五十弦，一弦一柱思華年。
莊生曉夢迷蝴蝶，望帝春心託杜鵑。
滄海月明珠有淚，藍田日暖玉生煙。
此情可待成追憶？只是當時已惘然。

劉攽說：「錦瑟」是令狐楚家的丫鬟，小李肯定跟她有點什麼。

黃朝英：不要看什麼都用黃色的眼光看！這詩明明就是在描繪瑟聲的「適、怨、清、和」四個聲調。

朱鶴齡、朱彝尊、馮浩、何焯、錢良擇等一堆人排隊說：這其實是一首悼亡詩。

可是何焯、汪師韓又跳出來說：哪裡寫老婆了？明明是寫自己！

哎，何必呢，何苦呢。「一篇《錦瑟》解人難。」[77]咱們不能怪哪一屆讀者不行，實際上，除

77《詩論》

了小李本人，恐怕誰也不敢說自己知道《錦瑟》到底在說什麼。

也許，面對雨落枯荷，我們無需去掰開揉碎、化驗成分。安靜地聽，就可以了。

恰如梁啟超評價小李的詩：「我理會不著，拆開一句一句叫我解釋，我連文義也解不出來，但我覺得它美，讀來令我精神得到一種新鮮的愉快。」裝懂也能說得這麼清新脫俗。

小李這一曲，似喜非喜，欲泣未泣，迷離惝恍，疑夢疑真，終於在他四十五歲時永遠落幕了。

寫人，則「靈犀一點」；寫物，則「珠箔飄燈」。小李的許多詩，看起來似乎占一個「豔」字，然而那一種懇摯深情，遠不是聲色之娛和感官刺激可比的。雲漿未飲結成冰，華年從此停頓。綺夢成塵，托為五十弦上的哀聲。看上去很美，可是我們仍未知道有些歌到底在寫什麼。

重重疊疊，凝結在心底的舊傷痕，本不是那麼容易命名的。

小李想了很久，說：無題。

八強選手 6
奔跑吧李賀：浪漫魔幻主義天才的征途大海

文／狸花喵子

在八強之夜，這是唯一一位以哥德風令人耳目一新的選手。

一上場，其犀利的造型就足以讓我們聯想到剪刀手愛德華：消瘦蒼白，眼窩深陷，長眉連到一起，細長的指爪伸出來，比舞蹈家楊麗萍老師有過之而無不及。

再來說說他的曲風：裝得很厲害，看上去很美——但總叫人怕怕的。我猜，要是不談外表，只說看上去很美，你是不是還會在李商隱和李賀之間猶豫一下？但是帶上最後那半句，拍大腿，那就只能是李賀了。

「鬼」「泣」「死」「血」……反正越不吉利的字眼他越喜歡，一點兒忌諱也不講。以至於王思任評價他「愛用這些字眼的人兒，你就說，你不短命誰短命吧？」78

除了熱愛「死」，他還熱愛「鬼」。寫鬼的興致恨不得比寫人還高，跟他親眼見過似的。

他彷彿一個抖m，樂於搜羅一般人看來醜惡可怕的東西，把它們強勢植入詩的世界。看那些

78《唐音癸簽》

刺激的撞色、恐怖的詞彙，爽肌戛魄，酸心刺骨，有種別樣的快感。

別的詩人對待死亡的態度，最多是「直面」「不憚」「笑對」什麼的。

李賀選手才不是。

他簡直是津津樂道，對死亡樂此不疲地舔舐、親吻、擁抱。

不知道是不是求仁得仁，他的死神，來得確實有點早。

近百年來，要研究李賀這位選手的生平，總得先探討一下他的享年問題。學者們向來為三種意見打得不可開交，分別是二十四歲、二十六歲和二十七歲[79]……呃，不管哪種意見勝出，反正都是一樣的扎心：剛滿三十，人就沒了。

關於李賀是怎麼沒的，同為八強選手的李商隱，記下了這樣一個傳說：

有一個大白天，李賀忽然看見一個緋衣人騎著一條赤虯，毫不客氣地衝到他床頭，要把他帶走。

李賀：「去哪兒？」

緋衣人：「上天！」

李賀趕緊下榻叩頭：「你們還是另請高明吧！」

緋衣人：「沒用的，上司已經決定了。」

李賀大哭一場，可是緋衣人的內心毫無波動，依然把他帶走當了「天使」，為天帝施展他的生花妙筆去了。[80]

李商隱對此捶胸頓足：「天庭那麼厲害，難道就沒有別的人才了嗎？為什麼非要欽定李賀呢！噫！難道是像他這樣的奇才，不光地上少，連天上都不多嗎？」

說得好像很有道理的樣子，然而這都是封建迷信，我們還是應該選擇走近科學。比如，他特殊的形貌，實在有點讓人懷疑：莫非他是一位不幸的馬凡綜合徵[81]患者？畢竟，這種病的一大特徵，正是細瘦的身材和長長的「蜘蛛指」啊。

算了算了，我並不想知道他是怎麼沒的，我就想知道他是怎麼唱的。

那麼，讓我們回到他名動京城的那一年吧。

據說神童李賀剛滿七歲的時候，是那種典型的「別人家的孩子」。大老韓愈和皇甫湜看了他的作品，一臉的難以置信，非得一起去認識認識。不見面還好，一見更加不得了，沒想到他還是個這麼小的小不點兒。

兩位大人恐怕當時心裡有點犯嘀咕：這小孩不知有沒有代筆的爸爸之類的？

這樣吧，乾脆出題考考他。神童完全沒在怕的，當場就來了一首《高軒過》：

華裾織翠青如蔥，金環壓轡搖玲瓏。

79《二十世紀隋唐五代文學研究綜述》

80《李賀小傳》

81 馬凡綜合徵：一種突出表現為指（趾）細長如蜘蛛足的遺傳性疾病，皮膚、心血管、眼部均可見異常。

馬蹄隱耳聲隆隆，入門下馬氣如虹。
云是東京才子，文章巨公。
二十八宿羅心胸，元精耿耿貫當中。
殿前作賦聲摩空，筆補造化天無功。
龐眉書客感秋蓬，誰知死草生華風？
我今垂翅附冥鴻，他日不羞蛇作龍！

這個故事，出自元人彙編的《唐才子傳》。故事裡小小的李賀，主角光環亮瞎眾人。他寫道：來看望我的兩位，一個是「東京才子」，一個是「文章巨公」。二十八宿的才氣全在您二位胸口，造物之精華就指著您二位吸光，您二位在皇帝跟前做賦，聲音響徹天地；您二位妙筆可補造化，補的水準高到連上天都只能看看而已。

別的不說，光拍馬屁的水準就已經登峰造極。

且慢，好像有哪裡不對？

「書客」「秋蓬」云云，說明作者貌似沒住在自己家裡；「我今垂翅附冥鴻」，分明是倒楣蛋窮途潦倒的口氣。所以，這真的是個七歲的小孩子寫的嗎？

於是，也有吃瓜群眾深挖了這三個人的行蹤，認為李賀寫《高軒過》時的真實年齡，應該在十七到二十歲之間。[82]

沒關係，本賽事不計較年齡，只要版權確定是選手本人的就好。七歲做的也好，十七歲做的也罷。從這首《高軒過》裡湧起，流淌在屈原、李白一脈裡的浪漫主義，錯不了。

又有好事的小說家言：你們說的都不對，李賀是到了十八歲那年，才以一首《雁門太守行》敲開了韓愈家的大門。

黑雲壓城城欲摧，甲光向日金鱗開。
角聲滿天秋色裡，塞上燕脂凝夜紫。
半捲紅旗臨易水，霜重鼓寒聲不起。
報君黃金臺上意，提攜玉龍為君死。

前兩句一出，彷彿已經聽到了那拉鋸的、戰慄的前奏。喪心病狂的黑暗，埋伏著不安的種子——乍然一聲囉響，罅隙破開，電吉他、電貝斯、民族大鼓忽然四下裡一齊炸裂！

鬱憤、奇詭，對上雄心壯志，成了完整和諧的一體。韓愈大大就這樣被征服了。疑似就是在

82 朱自清《李賀年譜》作二十歲，周閬風《詩人李賀．李賀年譜》作十九歲，游志堅《讀朱自清先生〈李賀年譜〉箚記》作十七歲。

這一年，李賀沒了爹，李家沒了收入來源。怎麼辦？考試找工作，立刻成了燃眉之急。

韓愈可是寫過《馬說》的。對真正的千里良駒，他絕不會看走眼。參加河南府試的時候，李賀憑一首《河南府試十二月樂詞並閏月》過關斬將，直達長安決賽現場，火速成為這一屆的大熱門。

鋒頭太健，人氣太旺，終於礙了某些小人的眼。小人決定煽動輿論，阻撓李賀考試。於是，考試前的某一天，李賀忽然被舉報了：李賀他爸爸名字沒起好！誰讓他叫「晉肅」了？「晉」與「進」，不是差不多的嗎？爸爸叫「晉肅」，難道兒子還好意思考「進士」嗎？

真是神邏輯。

面對這樣的套路，韓愈頓時氣不打一處來，當即大號發文抨擊：豈有此理！爸爸叫晉肅，兒子就不能考進士；那爸爸萬一叫阿仁，兒子是不是就應該開除人籍了？

可惜，即使以韓愈大大戰力十足的議論文水準，他的所有「質之於律」「稽之於典」，依然都被反彈了。

人家明擺著就是來陰你的，當然不會跟你講道理。所以，李賀還是一臉傻地被人踩下去了。不能參加公務員考試，就等於活活斷了前程。

苦悶的李賀，一言不合就酗酒。一邊酗，一邊唱著「我才二十歲啊，心已經拔涼拔涼的啦！」（二十心已朽）「我面黃肌瘦啊，就如同微賤無用的草狗！」（憔悴如芻狗）

橫豎沒有班可上，他就跟從前一樣，每天騎著一匹跟他一樣瘦弱的馬，帶著個小書童，背著袋子，到處體驗生活。但凡想到一個哏，立馬寫下來，攢在小袋子裡。有時候一個人騎上驢，來一場說走就走的旅行，游走於長安和洛陽之間。至於旅途中的作品嘛，隨寫隨丟，毫不在意。

李賀的親媽說得好：你這是在創作嗎？你這是在嘔心呀！身體能不被掏空嗎？

一邊嘔心一邊啃老的生活，持續了快三年。李賀終於輾轉求人，在長安找到了工作。可是，日子依然很不如意。他想的可是「男兒何不帶吳鉤，收取關山五十州」啊！理想那麼豐滿，現實卻是在芝麻小吏的位子上消磨生涯，一消磨又是三年。

還別說，職場失意，詞場得意。他一生中最精彩的那些作品，幾乎都是這個階段寫出來的。

吳絲蜀桐張高秋，空山凝雲頹不流。
江娥啼竹素女愁，李憑中國彈箜篌。
崑山玉碎鳳凰叫，芙蓉泣露香蘭笑。
十二門前融冷光，二十三絲動紫皇。
女媧煉石補天處，石破天驚逗秋雨。
夢入神山教神嫗，老魚跳波瘦蛟舞。
吳質不眠倚桂樹，露腳斜飛濕寒兔。

一曲《李憑箜篌引》，可以說「寫聲音寫到這個地步，已經頂了天了」（摹寫聲音之至文）。

我依然記得當年背誦這首詩的時候那種被支配的恐怖。險怪的韻腳，奇特的遣詞，脫韁野狗卻又理所當然的邏輯。每一聯都不知道是怎麼和下一聯湊到一起去的，彷彿和正常人類的思路永遠不在一個頻道上。

開篇還在長安聽音樂，結尾就跑到了月宮桂樹邊；並不懂為何一種花哭一種花笑，也不懂為什麼從女媧補天能跳到老魚寒兔。這樣鬼魅般的作品，簡直有一種「狼奔豕突之美」。

請不要介意這個生造出來的怪詞過於冒犯吧，面對這位選手的作品，邏輯已經徹底讓位於通感，理性也應該可以讓位於想像力。實際上，當時盛行的明明是整飭美觀的七律。

而李賀卻是個天生反骨的中二病，「你們喜歡那種是吧？哦，我偏不寫。」在他的存詩裡，竟然一首七律也沒有。

人生已經如此艱難，何必再戴著鐐銬寫字？他乾脆反格律、反駢偶，古詩不拘韻，律詩用古韻，「仄韻上去二聲雜用」[83]……這一系列的刻意新變，將詩引向了更音樂化的詞。行吧，做回自己，你開心就好。

做自己的李賀，終於引爆了中唐的嘻哈榜單，和比他足足大四十歲的李益熱度齊名。在一個有水分的傳說中，他倆每寫完一篇，宮廷樂師們就為了爭奪大ＩＰ打破頭，誰搶先下單成功，誰就能唱給天子聽。換句話說，連天子都成了他倆的迷弟。

可是，此時的李賀，一身病骨已經快要散，只好辭職回老家。詩沒法當飯吃，李賀還是得投親靠友，寄人籬下。而他成年後的第三個三年，其實已經過不到盡頭了。

現實中，他一輩子沒得到過什麼正經重用；而在傳說裡，他卻得到了天帝派專人挖牆腳特聘的待遇。

現實中，他才活到二字頭的年紀就病重不治，讓老母白髮人送黑髮人；而在傳說裡，他只是風風光光地當天庭公務員去了。

不知道天庭的白玉樓上，還有沒有金銅仙人呢？

不過，不論李賀同學身在哪裡，他的金銅仙人想必依然會流下鉛水一般的眼淚，羲和也還是會把太陽敲出玻璃的聲音，小王子依然吹著笙管，呼龍耕煙比呼牛耕田更自然……在這位哥特青年的魔幻世界裡，分分鐘上天入地，穿梭於星辰大海，原本就是一件不需要解釋的事。

八強選手7
貧窮貴公子杜牧：春風十里，不如我弟弟

文／麥貓糧

本屆賽事有個不可不說的黑幕。

有心人大概已經發現：盛唐官配「大李杜」和晚唐官配「小李杜」，姓氏居然是一樣一樣的。

真相是，這兩個組合本來就有那麼點兒沾親帶故。

大小李都自稱跟李唐王室有說不清道不明的關係，而大小杜呢，不是一家人不進一家門。

杜牧的杜，是京兆杜氏的那個杜，「城南韋杜，去天尺五」的那個杜。

往上追溯，最有名的一位要數西晉的鎮南大將軍杜預，武能平天下，文能注《左傳》，還精通刑律、曆法、水利……時人形容他「杜武庫」，就是活生生的文曲星+武曲星。

No.2杜甫選手，正是杜大將軍的兒子杜耽的後代，所以杜甫動不動就在作品中強調：「自先君恕、預以降，奉儒守官，未墜素業矣。」（杜甫《進雕賦表》）

杜牧家這一支呢，則出自杜大將軍的小兒子杜尹。杜牧同學非常關心時政，尤其熱愛收看軍事頻道，相當有杜預遺風。跟杜甫不同的是，杜牧的詩文倒不怎麼愛提杜預。

這是因為小杜特別低調嗎？非也非也。

雖然沒提杜預的名字，但他喜歡說「世業儒學，自高、曾至於某身，家風不墜」（《上李中丞書》），「我家公相家，劍佩嘗丁當」（《冬至日寄小侄阿宜詩》），跟低調可沾不上邊兒。

就是這樣驕傲的一個人兒，不幸生在了亂世。

小杜降生之時，距離安史之亂，已經將近五十年了。

風燭殘年的大唐，頹勢難挽。且不提藩鎮割據，賦斂繁重，就連皇宮裡也亂得一塌糊塗：太監們把神策軍都抓在了手裡，隨隨便便就能廢立個把皇帝，操縱朝政還不是小 case？

所幸，文壇並非無人。這一年，韓愈三十六歲，柳宗元三十一歲，白居易三十二歲，元稹二十五歲，都在創作生涯的黃金時期。在小杜選手的童年，這幾位的詩文一定屬於那種「……並背誦全文」的大作。但他對課外教材的選文標準顯然很有意見。

對元白 CP，他認為「纖豔不逞，非莊人雅士」（《唐故平盧軍節度巡官隴西李府君墓誌銘》），不怎麼感冒；但是對韓柳 CP，小杜的景仰之情卻有如黃河氾濫一發不可收拾：

李杜泛浩浩，韓柳摩蒼蒼。近者四君子，與古爭強梁。

——《冬至日寄小侄阿宜詩》

杜詩韓集愁來讀，似倩麻姑癢處搔。

——《讀韓杜集》

至於小杜的童年嘛，你照著曹雪芹大大去想，一定相去不遠。

那時候，他爸爸和伯伯身居官位，親爺爺更是入朝為相，歷經三個皇帝，超長待機十年。家住長安安仁坊、朱雀門東第一街，說白了就是寸土寸金的帝都一環內。榮甯二府比起杜牧家，還差著點。

可是，就在他剛剛步入青春期的時候，爺爺沒了，爸爸也沒了。

據杜牧小少爺自己描述，他的生活水準一下子墮入了赤貧階層：「奴婢見家裡破落了，紛紛捲舖蓋逃走，追著喊也喊不回來。我和弟弟受凍、挨餓、吃野菜，晚上連蠟燭也點不起了，只好摸黑把白天讀的書背幾遍。」（《上宰相求湖州第二啟》）

依我看，這段話恐怕有在導師跟前賣慘之嫌。怎麼說也是宰相之孫，哪怕把一環的豪宅賣個廁所出去，也該不愁吃穿吧？不過，杜家的日子遠不如從前富裕了，這應該不算瞎話。

就在小杜落魄的時候，他的堂哥、二伯父家的兒子杜悰，卻迎娶白富美、走上了人生巔峰。

這位白富美，是憲宗的大女兒岐陽公主。

大唐公主多驕縱，一言不合就把婆家搞得雞犬不寧。所以，想一想睡了和尚的高陽公主，再想一想「打金枝」故事裡的昇平公主（巧了，岐陽公主她媽郭皇后，恰好就是昇平公主的女兒），憲宗中意的適齡男青年們紛紛找藉口拒絕相親。

只有杜悰決定搏一搏。

他搏對了。

成功被公主殿下爆燈的杜悰，得到了豪宅、美人，被封為銀青光祿大夫、殿中少監、駙馬都尉。雖說是吃軟飯吧，可到底是當上了「隆貴顯榮，莫與為比」的人生贏家。

而我們的小杜，既沒有爹可拚，也沒有裙帶可爬，只能靠考試改變命運了。

敬宗即位時才十六歲，是個長歪了的熊孩子。正事一件不幹，就知道打球、摔角，半夜不睡覺捉狐狸，還大把撒錢修宮殿。

小杜雖然還沒考上國考，但已經致力於實現、維護、發展人民群眾的根本利益。他以一篇痛心疾首的《阿房宮賦》，讓十幾個太學生的腦袋湊在一起「揚眉抵掌」。太學博士吳武陵，二話不說騎上小毛驢就去找主考官崔郾，強推此文，並毫不客氣地表示狀元就定他了！

崔郾雖然也喜歡這篇賦，可是狀元已經有別的關係戶內定了啊。吳武陵不幹，一番討價還價，最後敲定：第五名，成交！[84]

東都放榜未花開，三十三人走馬回。
秦地少年多釀酒，已將春色入關來。

——《及第後寄長安故人》

現在你大約可以理解，為什麼杜牧及第以後的這首詩並不算狂喜亂舞了吧？因為名次什麼的，早就被劇透啦。

84《唐才子傳》

二十六歲的小杜，進士及第，制策登科。人家蟾宮折一枝桂就謝天謝地，而他卻是「兩枝仙桂一時芳」（《贈終南蘭若僧》），可以立刻走馬上任拿薪水了。

但是，也有人對小杜表示不服，說他「不拘細行」——生活作風有問題。

關於這個舉報，小杜還真無法反駁。畢竟「十年一覺揚州夢，贏得青樓薄幸名」（杜牧《遣懷》）是他自己白紙黑字寫的呀。後人看到這首詩，往往以為他真在揚州混了十年。其實並沒有。大和七年（西元八三三年）春天，小杜來到揚州，大和九年（西元八三五年）就回長安去了。仔細思量，才待了兩年。

大唐的揚州，紙醉金迷，相當於「魔都」和「東莞」。小杜雖然跟杜甫是親戚，但性格反而有幾分像李白，各種浪蕩風流。年輕的他來到揚州，就像老鼠掉進了米缸。

作為五方雜處之地，紅燈區的治安可不好說。幸好，他有一個非常體貼的老闆牛僧孺。

這廂，小杜夜夜尋芳「無虛夕」；那廂，牛僧孺怕有地痞流氓欺負他，悄悄派了三十個便衣保護。小杜大約是玩得太投入了，從來沒發現自己被盯梢。

直到送小杜回京的時候，老牛才意味深長道：「你呀，前途無量。我就擔心你不知節制，有傷身體呀。」

小杜趕緊裝純：「那不會，我一向檢點，您不要擔心。」

老牛笑而不答，讓人把一個小書篋遞給小杜。打開一看，裡面滿滿的都是密報，內容大同小異：「某月某日夜，杜書記與某頭牌開房，無恙。」「某月日，點某花魁陪酒，歡飲達旦。」

小杜再怎麼厚臉皮，面對鐵證如山都嚇得尿了一地。[85]

且不去管老牛這是什麼心態吧，反正揚州發生的韻事都由小杜本人爆料：

煬帝雷塘上，迷藏有舊樓。誰家唱水調，明月滿揚州。
駿馬宜閒出，千金好暗遊。喧闐醉年少，半脫紫茸裘。

——《揚州三首》之一

娉娉嫋嫋十三餘，豆蔻梢頭二月初。
春風十里揚州路，捲上珠簾總不如。

——《贈別二首》之一

春風十里，哪及得上小杜的繾綣多情？數百年後，當姜夔經過被戰火蹂躪後的這座城市，依然會想起小杜筆下的那個揚州：「杜郎俊賞，算而今，重到須驚。縱豆蔻詞工，青樓夢好，難賦深情。」（姜夔《揚州慢》）

畢竟是官n代，政治嗅覺敏銳。回到長安的小杜，立刻發現氣氛不對勁。

他藉口有病逃離了帝都。判斷正確，這一去，他就躲過了甘露之變這場大逃殺。

可是，人生中的風雨，早晚還是要來。

85《太平廣記》

小杜這位選手，是一個不折不扣的弟控——沒錯，就是和他一起受凍受餓吃野菜的那個弟弟杜顗。

杜顗因病失明，小杜為照顧他請了長假。按照大唐官場管理規定，請假超過一百天，就算自動離職。[86]所以，小杜乾脆就陪著弟弟求醫問藥去了。上班？誰愛上誰上吧。

可是，不上班就沒有錢；沒有錢，拿什麼給弟弟治眼睛？小杜從名醫石公集，一直請到神醫周師達。為了賺錢，他還是不得不重新找工作。

這個時期，小杜寫下了這樣苦悶的作品：

尋僧解憂夢，乞酒解愁腸。

——《郡齋獨酌》

弟弟還是沒能重見光明。在黃州繼續上班，也越來越不開心。

回鶻南下，北境老百姓流離失所。小杜半生研究兵法，此時正是報國的機會，可是並沒有說話管用的人肯信任他。黃州是個多雨的地方，多愁的小杜更加抑鬱了。

人比人，氣死人。那位人生贏家駙馬堂哥，此時已經一路做到了宰相。而小杜並沒能夠像當年牛僧孺預言的那樣前途無量；恰恰相反，他在職場一直鬱鬱不得志，作品倒是寫得越來越有偶像李白的感覺了：

人生直作百歲翁，亦是萬古一瞬中。
我欲東召龍伯翁，上天揭取北斗柄。
蓬萊頂上斡海水，水盡到底看海空。
月於何處去，日於何處來？跳丸相趁走不住，堯舜禹湯文武周孔皆為灰。
酌此一杯酒，與君狂且歌。
離別豈足更關意，衰老相隨可奈何。

——《池州送孟遲先輩》

再度被拉進帝都工作群的時候，小杜是拒絕的。

你沒看錯。自代宗以後，京官薪水低，外官薪水高。雖然京官體面清要，其他士大夫都喜歡做京官，可是為了五斗米，小杜寧可跪求當個實惠的外官。

明明是貴公子出身，竟然混得這麼慘。跪求一次沒人搭理，他就跪求了四次，乾脆如實說：「我就想多掙點錢、供失明弟弟醫藥衣食，求你們了，讓我去做外官吧！」

這一回，話事人終於發揚了人道主義精神，小杜如願了。

可是，僅僅第二年，心愛的弟弟就去世了。我們已經無從知曉小杜當時的心情，只能看到他寫下這樣消沉的句子：「假如我還能再活十年，那麼，只要再過三千六百天，就能跟你重會。不

86《唐會要》

過，真是太好了，我早衰多病，大約連十年也活不到的。」（《杜顗墓誌銘》）

「刻意傷春復傷別，人間唯有杜司勳。」（李商隱《杜司勳》）小杜也曾縱情詩酒故作曠達，而今，卻閒愛孤雲靜愛僧，漸漸沉澱為無邊的寂寞。

他出身顯赫，半生潦倒；他空有憂國傷時之心，卻從來沒能一展抱負；他遊走青樓，多情卻似總無情。英發俊爽的小杜，鬢髮居然早白。

彷彿一語成讖，僅僅過了一年，小杜就與弟弟相見去了。

少年時那所點不起蠟燭的老房子，大約不會比弟弟的眼前更黑吧？

無妨，不過就是又回到了那裡，重和弟弟一起摸著黑談詩論史罷了。

八強選手 8
通俗天王白居易：人家只是不小心走紅了而已！

文／麥貓糧

《小蘋果》一路紅到了非洲，充分說明：群眾對通俗金曲的愛是不分國界的。

對於這位選手，你可以鄙視他的曲風，你可以無視他的 verse，你甚至可以質疑他的節操……但是有一點你不得不承認：華語樂壇人氣天王的桂冠，就連李太白恐怕都爭不過他。

這是因為，不止國內粉絲為他瘋狂加油，這位選手的迷弟迷妹是遍佈亞洲的啊！

新羅粉：樂天歐爸，撒浪嘿（我愛你）！

扶桑粉：白桑，大好き（我喜歡你）！

白居易笑而不語。

小白同學的終身好密友元稹，將他的作品編成了長達五十卷的《白氏長慶集》，並在序言中寫道：「二十年來，小白那叫一個火。不管是王公貴族，還是特殊行業從事者，只要是個人，都會唱小白的作品；不管是豪華飯店、旅遊景點還是公共洗手間，只要有面牆，上面一定有小白的金句！」由不得人不服氣，小白就是有市場號召力。

他紅得令人髮指，以至於根本找不到現成的字眼來形容，群眾只好專門為他造了個成語「詩入雞林」。

「雞林」，指的是朝鮮半島上的新羅王國。新羅宰相曾經喊出一百兩銀子一篇的天價，用來收購小白的新作。而且你還別妄想用山寨貨蒙他，因為他是小白的鐵粉，不是真作，絕對逃不過他的火眼金睛。為了小錢錢，新羅商人一咬牙，千里迢迢奔赴長安，當起了白詩販子，沒辦法，誰讓賣白詩比賣白粉還暴利呢！比起小白，一首《搖籃曲》才換一份土豆燒牛肉的舒伯特只能哭暈在廁所了。

至於山的那邊海的那邊的扶桑國，據說最早是在承和五年（西元八三八年）得到了小白的作品。那一年，藤原嶽守從琳琅滿目的大唐進口貨裡挑出《元白詩筆》送給仁明天皇，天皇陛下毫無節操地成了腦殘粉。[87]遣唐使又陸續帶回了《白氏文集》（七十卷）、《白氏長慶集》（二十九卷）[88]，小白從此在日本也一炮而紅。《源氏物語》的作者紫式部，是一位相當愛掉書袋的女士，密密麻麻地引用了一百八十五處中國文學典故，其中居然有一百零六處都是小白的作品。清少納言妹子雖然十分瞧不上紫式部，可是在她自己的《枕草子》裡，照樣有三分之一的內容引用了《白氏文集》。這大約就叫：我不喜歡你的文，但我誓死捍衛你愛白樂天大大的那顆心！

紅透亞洲半邊天的小白，無疑是那種早慧型選手。

根據一則著名八卦的爆料：貞元三年（西元七八七年），十六歲的小鮮肉白居易敲開了文壇大老顧況的家門。老顧淡淡地瞅他一眼，一邊嘴裡調侃「長安的米可貴呢，居大不易」，一邊隨手翻開小白恭恭敬敬呈上的作品集。

只看了第一首，顧況跳起來激動地握住了小白的手：

「有句如此，居亦何難！」

讓大老瞬間變迷弟的，就是這首膾炙人口的金曲：

> 離離原上草，一歲一枯榮；
> 野火燒不盡，春風吹又生。
>
> ——《賦得古原草送別》

聽起來很爽。不過事實上，十六歲的小白還跟著家人一起在浙江躲避戰亂[89]，並沒有機會上京城去跟大老攀交情。所以，這個段子多半是後世粉絲的美好腦補。

天才不可怕，可怕的是天才比你更努力。

白居易的家世和韓愈差不多，祖上曾經闊過，但也沒闊到哪裡去。無爹可拚，只有拚自己。從十五六歲起，他和無數懷揣夢想的新人一樣，走上了懸樑刺股、刻苦攻書的路。因為太用功，陷入了健康危機：「口舌成瘡、手肘成胝」；還成了個小近視：「瞥瞥然如飛蠅垂珠在眸子中」，有點像今天的飛蚊症患者。不過，上天對他還是慷慨的，小白二十七歲縣試，二十八歲州試，二十九歲得中進士，考途一帆風順。要知道，每屆考生上千，能錄取

87《日本文德天皇實錄》

88《日本國見在書目》

89《白居易年譜》

的不過十幾二十個，連小白同學自己也忍不住得意忘形地唱：

慈恩塔下題名處，十七人中最少年。[90]

比起連戰連捷的小白，連續復讀三年的韓愈同學……唉，又哭暈一個。

三十一歲那年，白居易成功通過吏部的考試，當上了管編書的小官——校書郎，得以在長安落下了腳。

茅屋四五間，一馬二僕夫。俸錢萬六千，月給亦有餘。
既無衣食牽，亦少人事拘。遂使少年心，日日常宴如。
——《長樂里閒居偶題》

簡而言之，小白同學過上了事少錢多沒人管的美好生活。

然而，此時唐王朝的權力中心，革新派和保守派正鬥得如火如荼。短短一年，換了三個皇帝，比隔壁日本家換首相還勤快。最後勝出的唐憲宗剛上臺，立刻對革新派下狠手，賜死的賜死，流放的流放，受牽連者中甚至有我們熟悉的選手劉禹錫和柳宗元。小白選手位卑言輕，躲過了這場災難。卻也對日益腐朽的朝政充滿失望。

幸好，小白同學的個性就和他的字一樣：樂天。他愛花、愛酒、愛妹子；有志向、也珍惜祿位和名譽；嚮往佛道長生，又貪戀紅塵富貴；出世和入世兩途間，他都能悠遊。他並不是韓愈那種敢上九天觸逆鱗的勇士。

李白天才，李賀鬼才，白居易呢？不折不扣的人才。[91]

俗話說得好，性格決定命運。樂天則居易，也造就了他平白曉暢的詩風。雖然著名毒舌樂評家蘇東坡大大反對他「元輕白俗」，不過俗就俗吧，粗頭亂服，未必不能傾國傾城。

後宮佳麗三千人，三千寵愛在一身。
金屋妝成嬌侍夜，玉樓宴罷醉和春。
姊妹弟兄皆列土，可憐光彩生門戶。
遂令天下父母心，不重生男重生女。

——《長恨歌》

一曲《長恨歌》傳到日本，從此楊貴妃在日本人民心中的女神地位堅不可摧。平安朝編個唐詩選，白居易獨個兒就占了一半。[92]在日本當個文化人，要是沒讀過白居易，出門都不好意思和人打招呼。當然了，主要原因是好懂呀！你要是扔個李賀、韓愈過去，想想也夠為難人家外國人的。

然而，通俗不等於粗俗。俗得深入人心、俗得口口傳唱、俗得「老嫗能解」、俗得慷慨激昂，那只說明創作者能見世情，能知人性，有一副民胞物與的心腸。

90《唐摭言》
91《溫公續詩話》
92《千載佳句》

小白的俗，不過在一個「真」字。唯仁者得其真。

不悲口無食，不悲身無衣。
所悲忠與義，悲甚則哭之。
……
非求宮律高，不務文字奇。
惟歌生民病，願得天子知。

——《寄唐生》

輕快未必無悲憫。在他的筆下，站起了兩鬢蒼蒼的賣炭老翁、韶年被棄的上陽宮人、馬糧充飢的災民、二十不嫁的貧家女兒……掙扎在這無邊苦海的芸芸眾生，因他的詩句而不朽。有心有力有才華，這樣的白居易，憑什麼不紅？

人紅是非多。粉絲這種生物，在任何時代都是剽悍的。

那個叫魏萬的鐵粉，花半年功夫從河南一口氣追到揚州，就為了追上李白天才；張籍為學老杜，把男神的詩集燒成灰，一天三頓沖茶喝。不過，跟小白同學的粉絲比，他們就小巫見大巫了。荊州有個叫葛清的小青年，「自頸以下遍刺白居易詩，凡三十餘處」，還根據自己的理解給配了插圖，當然，插圖也是一針針紋在身上，問哪首指哪首，整個就是人肉推廣機！

小白道盡民間疾苦，不免引來權貴忌恨。他屢遭閒置，四十三歲才得以回朝，沒過幾天，又碰上一樁震驚朝野的慘案：元和十年六月的一個清晨，節度使李師道派刺客潛入京城，殺害了力主削藩的宰相武元衡，當場割下受害人頭顱，從容逃走。

青天白日，當街殺宰相！白居易拍案而起，上書皇帝請求全力緝捕兇手。然而，這是你一個芝麻官能管的事嗎？政敵立刻抓住機會，編造了一堆關於白居易浮浪不孝的謠言，將他趕去江州做司馬。

安南遠進紅鸚鵡，色似桃花語似人；
文章辨慧皆如此，籠檻何年出得身？
——《紅鸚鵡》

從青年及第的狂喜，到中年被貶謫的失意，十五年的歲月讓小白看清了官場。就在他做江州司馬的時候，一場偶遇將他推上了樂壇生涯的巔峰：

我聞琵琶已歎息，又聞此語重唧唧。
同是天涯淪落人，相逢何必曾相識！
……
莫辭更坐彈一曲，為君翻作《琵琶行》。
感我此言良久立，卻坐促弦弦轉急。
淒淒不似向前聲，滿座重聞皆掩泣。
座中泣下誰最多？江州司馬青衫濕。
——《琵琶行》

錚鏦聲裡，是刀光劍影，是流年如寄。琵琶女和白居易，相互理解的靈魂無需更多繁瑣。酬唱已罷，各自撥轉船頭，只留下半輪明月、一江秋水。

這不是愛情，然而世間最好的相聚不過如此。

終於，連唐宣宗都忍不住給他點了讚：

綴玉聯珠六十年，誰教冥路作詩仙。
浮雲不繫名居易，造化無為字樂天。
童子解吟長恨曲，胡兒能唱琵琶篇。
文章已滿行人耳，一度思卿一愴然。

——李忱《吊白居易》

一代通俗金曲天王白居易，最終葬於河南龍門山。

他的塚前常年泥濘，怎麼也乾不了。

是龍門山多雨嗎？

不。是因為小白自稱千杯不倒：「二千八百首中，飲酒者八百首。」[93]他為自己寫的那篇《醉吟先生傳》，還由河南府尹盧貞親手刻在他的塚前。

他乾不了的墓土上，是一代代白粉走過的時候，忍不住為他斟下的酒。

93《泊宅編》

後記

唐詩發展簡史

文／知北遊

唐朝是詩歌發展的黃金時期，唐詩則是中國詩歌史上最奪目的一顆明珠。唐詩的繁榮，不但得益於輝煌而多變的時代，也得益於前朝文學發展的滋養。在隋唐一統之前，經歷過漫長而紛亂的魏晉南北朝時期，這一段時期，文學逐漸脫離了學術的附庸，獨立展示出它的審美殿堂，內容傾向於抒情娛樂，形式則摸索出文字與聲律並重的美學道路。只是這些變化，一時還被束縛在狹小的天地裡，主要表現為南朝宮廷文人追逐詞藻、傾心浮豔的宮體詩，被稱為「齊梁詩風」。這股風氣影響甚久，哪怕到了北方王朝踏破南朝，一統山河，馬上男兒仍然不能抵擋花間綺羅，隋煬帝與唐太宗，依舊是齊梁宮體的愛好與繼承者。這就是唐詩的前世。

然而就在這靡弱詩風的開端裡，醞釀著強盛時世的初音。詩歌逐漸從宮廷走向更廣闊的天地，北與南一剛一柔的不同文學特色也逐步融合成「剛健含婀娜」的風格，在南朝即已形成的注重詩歌聲律的「永明體」，更是在初唐詩人的摸索下，去其束縛，善其規則，創造出一種成熟的新體——格律詩。這個過程中湧現出不少優秀的詩人，崛起於詩壇、刷新了詩歌內容天地的「初唐四傑」（王勃、楊炯、盧照鄰、駱賓王）；高舉復古旗幟、主動提出革新詩體的陳子昂；開拓了詩境意象、完成「宮體詩的自贖」的劉希夷、張若虛；研練技巧、完善格律詩的杜審言、李嶠、宋之問、沈佺期等，都是初唐具有代表性的詩人。這是唐詩的第一個階段。

在初唐詩壇變革形式、擴大內容和完善規則之後，唐詩隨著唐朝進入了最輝煌的大唐盛世。盛唐詩的繁榮是全面的繁榮，不但表現在熱門的傑作和名詩人湧現，也表現在各種題材與流派的兼收並攬。這是一個開放的黃金帝國，有高適、岑參等人豪情壯彩的邊塞詩派，也有王維、孟浩然等人幽靜秀美的山水田園詩派，還有風格各異的名家王昌齡、崔顥、王之渙等等，共同構成了盛唐的璀璨星空。在這一個偉大時代裡，冉冉升起的詩壇太陽，則非李白而莫屬。李白的詩歌，真正做到了以絕世才華，寫絕代詩歌，他把人類在詩歌方面的天才，發揮到無與倫比的地步。

以李白為盛唐的太陽，那麼堪稱月亮的，也只有和他並稱「李杜」的杜甫了。如果說李白將先天的才華發揮到了極致，那麼杜甫就是以後天的技巧來巧奪天工。這是和李白的天才完全不同的路子，卻又同樣是文學才華的頂峰。李白是「詩仙」，風格飄逸不群，變幻莫測，而杜甫是「詩聖」。仙人是天上的，聖人則是人間的。杜甫的筆觸大部分停留在人間，尤其是當盛唐急轉而下，「漁陽鼙鼓動地來，驚破霓裳羽衣曲」的安史之亂，讓盛唐的歌舞昇平，一變而成「天地日流血」的人間地獄，杜甫的筆更加沉鬱頓挫，把苦難和血淚凝成藝術的篇章，因此他又被譽為「詩史」。李杜並肩所代表的盛唐詩壇，則是唐詩的第二個階段。

戰火平息，盛世的繁華卻難以再現，唐王朝走向了衰敗和彷徨的中唐。朋黨爭權、藩鎮擁兵、宦官專政，時代剝除了文壇的興盛氣象，隨之出現的是一個文學的低潮，以「大曆十才子」為代表的中唐詩壇，情思偏於狹隘，文字注重於技巧，詩骨和時代一樣衰落不振。到了唐德宗貞元、唐憲宗元和年間，唐王朝出現過短暫的中興，詩壇也出現了一批革新的力量。以奇崛詭異為美的韓愈、孟郊形成的韓孟詩派，還包括詞采奇麗的「詩鬼」李賀；而以平易通俗為追求的白居易、元稹形成的元白詩派，又包括同樣致力於「文章合為時而著，歌詩合為事而作」主張，加入新樂府題材創作的張籍、王建。此外還有沉浮宦海、將政治遭遇寫入詩篇的劉禹錫、柳宗元。這些詩人走著完全不同的文學道路，卻共同開拓出詩歌的新天地。這是唐詩的第三個階段。

繼中唐之後，國勢日頹，中興無望，唐王朝已經日薄西山，唐詩在這一片餘暉之中，開出了最後的瑰麗花朵。時代的沒落，使得一批詩人日益遁入幽微的藝術天地，形成了「清新奇僻」的苦吟詩人賈島、姚合等，也使一些詩人愈發寄情於溫柔鄉，以豔麗筆調描寫閨閣香奩，如溫庭筠、韓偓等。更有一些人見時代將亂，天下不可為，歸隱山水，避世高蹈，形成了淡泊閒雅的隱逸詩風，如陸龜蒙、皮日休、司空圖。又或描寫亂離，傾訴苦難，諷喻世情，如聶夷中、杜荀鶴、鄭谷、羅隱等。而晚唐詩歌的代表人物，無疑是被稱為「小李杜」的李商隱與杜牧。杜牧才氣縱橫，詠史懷古，筆力遒勁，而李商隱則細膩靈心，哀感頑豔，將筆鋒深入到豐富而朦朧的心靈世界，極修詞之能事，寫詩歌之至境。這是唐詩的最後一個境界。「氣魄旋消華彩在，晚開花似晚唐詩」，有唐一代的詩歌，有了如此華麗的落幕，也劃了下優雅的句號。

按：本文參考文獻主要為袁行霈主編《中國文學史（唐代卷）》（高等教育出版社，2004）、喬象鐘／董乃斌主編《唐代文學史（上、下）》（人民文學出版社，1995）、傅璿琮《唐五代文學編年史》（遼海出版社，1998）、聞一多《唐詩雜論》（上海古籍出版社，1998）。

點墨齋 018

唐朝有嘻哈：唐詩 Hip-Hop 新解。從海選到決賽，直播大唐國民詩人 freestyle 說唱現場 & 燃炸 battle 戰

作　　　　者　古人很潮

社　　　　長　張瑩瑩
總　編　輯　蔡麗真
編　　　　輯　蔡欣育
校　　　　對　魏秋綢
行 銷 企 劃　林麗紅

內 文 排 版　中原造像股份有限公司
封 面 設 計　許晉維
出　　　　版　野人文化股份有限公司
發　　　　行　遠足文化事業股份有限公司
地址：231 新北市新店區民權路 108-2 號 9 樓
電話：（02）2218-1417　傳真：（02）8667-1065
電子信箱：service@bookrep.com.tw
網址：www.bookrep.com.tw
郵撥帳號：19504465 遠足文化事業股份有限公司
客服專線：0800-221-029

讀書共和國出版集團　社長：郭重興
發行人兼出版總監：曾大福
印務：黃禮賢、李孟儒

法 律 顧 問　華洋法律事務所　蘇文生律師
印　　　　製　中原造像股份有限公司
初　　　　版　2018 年 12 月

歡迎團體訂購，另有優惠價，請洽業務部（02）2218-1417 分機 1124、1135

國家圖書館出版品預行編目（CIP）資料

唐朝有嘻哈：唐詩 Hip-Hop 新解。從海選到決賽，直播大唐國民詩人 freestyle 說唱現場 & 燃炸 battle 戰／古人很潮著 . -- 初版 . -- 新北市：野人文化出版：遠足文化發行 , 2018.12
面；　公分 . --（點墨齋）
ISBN 978-986-384-324-5（平裝）

1. 唐詩　2. 詩評

820.9104　　107017913